아들과의
연애를
끝내기로 했다

아들과의
연애를
끝내기로 했다

엄마라는 여자들의 내 새끼를 향한 서툰 연애질

김수경 산문집

for
book

"엄마, 이 반지는 우리 둘만의 비밀이야."

다섯 살 그놈이 플라스틱으로 만든 보석 반지를
내 투박한 손가락에 끼워주며 말했을 때,
나는 생애 최악의 사랑이 시작되었음을 직감했다.

엄마 되고 스무 해, 다시 심호흡을 하다

김장 김치, 스무 번 먹었다.

겨울 코트 드라이클리닝을 맡겼다, 스무 번.

라일락이 피고 지기를 스무 번,

스무 번의 장마 때문에 마음이 때로 눅눅했고,

메리 크리스마스도 스무 번.

스무 번의 동지 팥죽과 스무 번의 삼복더위.

해를 넘기고, 다시 해를 맞아들이기도 스무 번.

꿈꾸었다가 주저앉고 다시 새 꿈을 쓰기도 스무 번.

별것도 아니었구나, 나의 스무 해는.

그런데 왜 이토록 아득하게만 느껴지는 걸까.

나이는 거짓말처럼 꿀꺽 먹게 된다.

씹을 사이도 없이, 마치 한여름날 냉수 들이켜듯

나는 그렇게 나이를 먹어 치웠다.

얹혔나 싶을 때도 있었다.

꾸역꾸역 세월만 집어삼킨 그 미련함 때문에

속이 쓰릴 때도 있었다.

내 마음의 그 알싸한 체기를 풀어주는 건 언제나
스무 해의 증표 같은 아들이었다.
거울 속의 풀 죽은 내 모습이 쓰라렸다가도
아이를 보면 기가 살았다.
그래! 나는 엄마였지, 하면서 힘을 냈다.
배 속에 품었던 씨앗 하나 세상으로 이끌어
싹 틔우고, 꽃도 달고, 무성한 나무로 키웠으니 된 거다, 했다.
세월을 그냥 보낸 건 분명 아니지, 그랬다.
엄마가 위대한 건 '사람'을 만들 수 있기 때문이다.
이 세상에 '좋은 사람'을 빚어내는 일보다
더 귀한 일은 없다고 했으니.

좋은 엄마는 못 되었지만 열심히는 보냈던 세월.
그사이, 나는 한 번도 쉬어본 적 없는
'일하는 엄마'로 살았다.
아이를 키우고, 책을 만들었다.
아내 노릇에는 부실했고, 악성 며느리질도 곧잘 했다.
친정엄마에게는 늘 '그림자 딸'이었다.
그러느라 모두에게 늘 부족한 사람이었고,
미안한 사람이었다.
그게 늘 안타까웠다.

이 책은 사담(私談)이다. 내 얘기다.

아니, 사실은 끝나지 않을 짝사랑의 고백이며

그 구구절절 연애담이기도 하다.

다시 또 어떤 남자를 만난들

이토록 머저리 같은 연애를 할 수 있을까 싶게

퍼주고, 다 주고, 더 주는 엄마들의 연애 이야기.

어쩌면 이것이 내 얘기만은 아닐 거라는 생각이 들어

그저 한 편씩 마음 털어놓으며 글을 썼다.

그러니까 '엄마'라는 이름으로 살아가는 모든 사람들과

함께 나누고 싶은 우리들만의 속내인지도 모르겠다.

힘을 냈으면…

시답지도 않은 이 책이

당신을 다시 숨 쉬게 했으면 좋겠다.

슬픔도, 고단함도, 버티며 살아야 하는

시간의 무게 같은 것들도

언젠가는 기어이 다 지나가고 말 테니까.

그래서 우리가 다시 접시꽃처럼

활짝 피어나는 날이 올 테니 말이다.

오십 줄의 나이에 들어서보니
부질없다 여겼던 인생의 알갱이들,
그 하나하나가 깡그리 다 귀하다.
그래서 요즘 나는 내가 좋다.
여전히 쥐어 패고 싶을 때가 많은 아들이지만,
더럽고 치사할 때가 한두 번이 아니지만,
내 아들의 엄마로 사느라
늘 뛰어야 했던 내가… 무지 고맙다.

'에프북' 왕언니 김수경 씀

2 너는 어렸고, 나는 젊었고
: 엄마를 지켜준다고 약속했던, 그 아들이 사라졌다!

3 아빠도 나를 사랑했을까?

: 엄마에게도 나는, 수시로 아픈 딸이었을까?

4 연습은 시작되었다
: 기쁘게 멀어지는 연습 그리고 지는 연습

1

머저리거나 혹은 미저리거나

: 대체 그놈의 어디가 그렇게까지 좋은 걸까?

그놈과 싸웠다, 짐을 쌌다

그 아침은 하나도 다르지 않았다. 채 6시가 되기도 전에 반짝 눈이 뜨였고, 쌀을 씻어 미지근한 물에 잠시 불렸고, 믹스 커피 두 봉을 잔에 따른 뒤 정수기의 뜨거운 물을 부었다. 냉동실을 열어 무슨 재료가 있나 살폈고, 모시조개 몇 알을 찾았으며 그걸로 1인분 조개탕을 끓이기로 했다.

'아침이니까 마늘은 안 될 거야. 마늘 대신 청양고추와 채 썬 대파로 칼칼한 조개탕을 만들어야지.'

달착지근한 불고기덮밥에 조개탕을 먹여줄 참이었다. 전기압력밥솥이 칙칙폭폭 끓어오르기 시작할 무렵, 세탁기의 전원을 켜고는 '아, 참! 커피!' 하면서 다 식어빠진 커피 잔을 들고 욕실로 갔다. 오늘은 일찌감치 출근해야 하는 날이다. 아들이 씻기 전에 후다닥 씻고, 욕실 안의 가득한 수증기를 제거해야지. 안 그러면 걔가 이 눅눅한 욕실에서 불쾌한 아침을 맞게 될 테니까!

부리나케 샤워를 끝내고 양치를 하려다가 또다시 '아, 참! 커피!' 했을 때, 그 커피는 이미 식어빠진 누런 단물이 되어 있었다. 한 모금 입을 축인 뒤 잔을 들고 방으로 가서 스킨과 페이스오일 몇 방울로 뻑뻑한 얼굴을 가다듬고는 냅다 아들의 방으로 향했다. 일어나, 일어나! 학교 가야지!

"엄마, 나 밥 안 먹고 조금 더 잘래."

빼꼼 방문을 열고 부스스한 얼굴을 내밀며 아들이 말했다. 불고기를 볶던 손이 멈칫.

"얘, 그래봤자 10분이야. 그 10분 더 자고 일어나도 지금과 똑같을걸. 그냥 씻어."

단호한 나의 설득에 못 이겨 속옷 들고 퉁퉁거리며 욕실로 가던 아들이 다시 말했다.

"씻지만 밥은 안 먹을 거야. 나 진짜 피곤해서 입맛도 없어."

얼레? 나 좋으라고 씻는 거니? 니가 밥 먹으면 내 배가 불러? 야야! 관둬라, 관둬. 그깟 대학 좀 다니는 게 무슨 유세라고…. 다섯 시간도 넘게 잔 니가 그렇게 피곤하면 세 시간도 못 자고 설치는 나는 차~암도 안 피곤하겠다! 뱉고 싶은 말들이 많았지만 꾹꾹 참았다. 꼭두새벽부터 헛짓을 했다. 그냥 잠이나 두둑이 자둘걸.

그쯤에서 멈췄으면 좋았을 것을. 그랬으면 그 사달이 나지는 않았을 것을. 그럼에도 불구하고 빈속으로 내보내기가 영 그래서 빵이라도 한 조각 먹겠느냐고 물었던 게 화근이었다. 그러마고 대답하는 게 신이 나서 냉동실의 빵을 꺼내 오븐에 넣고, 오이와 당근을 착착 썰어 채소 스틱을 만들었다. 플레인 요구르트에 꿀을 섞어 만든 소스에다 찍어 먹게 할 참이었다. 우유도 한 잔, 채소와 빵도 있으니 괜찮은 식사야, 하면서 다람쥐처럼 종종거렸다. 그런데 식탁 앞에 앉은 녀석의 한마디에 그만, 모든 수고가 물거품이 되고 말았다.

"오이랑 당근은 안 먹을 거야. 그리고 엄마, 빵이 좀 덜 녹은 거 같은데? 안이 차가워서 못 먹겠어."

빵 접시를 확 뺏어다 배수구에 처박을까, 생각했다. 아니지. 아침부터 그럴 순 없지. 그냥 참았다.

"먹지 마, 그럼. 그냥 가. 그냥 가라."

던지듯 내뱉는 나의 말에 두 번 생각도 않고 방으로 휙 들어가는 녀석을 무섭게 쩨려보다가 빵 한 조각을 뜯어 입에 넣어보았다. 밸도 없이! 빵은 차지 않았다. 적당한 온도였다. 결국 빈속으로 신발을 찾아 신는 그놈 앞에 독기 서린 얼굴로 서서 차갑게 말했다.

"나쁜 자식! 너, 아주 개새끼야!"

그 모든 일련의 과정을 지켜본 남편은 아이가 나가자 내 등을 두드려주었고, 시어머니는 슬퍼서 축 처진 나의 두 눈을 빤히 쳐다보며 웃었다. 그 웃음 속에 여러 문장이 들어 있다는 걸 안다.

'어쩌겠냐, 걔를 그렇게 까다로운 아이로 만든 니 잘못이지.'

'그러니 누가 그렇게 유난스레 해 바치라던?'

'고거참 고소하다. 애만 밝히더니!'

평소 아이에게만 유난히 별스럽게 구는 나를 보며 늘 아니꼽다고 했던 어머니가 아닌가. 그러니 당연지사, 어쩌면 이 사태가 고소하고 시원할 수도 있겠지.

"엄마라는 게 그렇단다. 그러고 사는 거야."

그런데 어머니가 던진 의외의 한마디에 왈칵 눈물이 쏟아졌다. 젠장!
이 상황에서 눈물이 나면 지는 건데. 하지만 정작 상처 안긴 당사자는 떠
나고 없으니 알 게 뭐람.

"그런데… 아무리 그래도 개새끼는 좀 아니었다. 심했어."

남편의 추임새! 맞다. 개새끼일 것까지야…. 하지만 화가 정수리까지 치
솟는 데야 못할 말이 어디 있겠나. 어쨌든 복수를 해야 한다. 그 자식을 아
주 불편하게 만들 어떤 조치가 필요하다.

짐을 꾸렸다. 사나흘 치의 옷과 속옷을 커다란 핸드백 속에 꾸역꾸역.
회사에서 먹고 자고 해야지. 엄마 없는 집에서 어디 한번 잘 살아봐라. 잡
지사 기자에 글쟁이 노릇 하며 사느라 평소에도 툭하면 야근과 철야 인생
이었으니 가족들에게도 나의 외박은 그리 충격적이지 않겠지만!

"남편! 어머니! 저 며칠 글 좀 쓰고 돌아올게요. 찾지 마세요!"

이것이 이 책의 시작이었다. 아니, 사실은 지난 20년간 수없이 쓰고 싶
었는지도 모를 책이다. 아이로 인해 아프고, 안타깝고, 속 뒤집히고, 그러
다 간혹 기쁘거나 자랑스럽던 순간들이 얼마나 많았는지. 그때마다 쓰고
싶었던 것도 같다. 내 얘기이기는 하지만 세상 모든 엄마들의 이야기와
크게 다르지 않을 테니.

"나, 곰곰이 생각해봤는데 책을 써야겠어. 책 제목은 '아들과의 연애를
끝내기로 했다'야. 어떤 거 같아? 괜찮지 않아?"

사무실의 후배들에게 넌지시 건넸더니 반응이 나쁘지 않다. 지들도 맺힌 게 많은 엄마들이라 그런가 보다. 그래? 그럼 쓰지, 뭐. 어차피 집 나온 몸, 이 처절한 심정을 그대로 녹이면서 시작해보는 거야!

사실은 아이가 아니라, 나 자신에게 화를 내고 있는 것이라는 걸… 나는 알고 있었다. 한글 파일을 열어 제목을 입력할 때부터 그 마음이었다. 미친 거 아냐? 사랑도 어지간해야 사랑이지, 무슨 부귀영화를 누릴 일이라고 몸이 부서져라 봉사질인가 말이다. 그렇게 들이대는데야 무섭지 않을 상대가 있겠나. 그러니 지금 나는 아들이 아니라, 집착이 부른 짝사랑의 쓴맛을 제대로 보고 있는 중인 거다. 이제 그 사랑에서 벗어나야 한다. 그것만이 내가 살 길이고, 내 아이가 살 길이다.

이 책의 원고가 다 끝나갈 무렵이면 '그렇게까지 사랑하지 않을 수 있는 방법'을 찾게 되지 않을까? 부디, 그래주기를.

바짝 붙어서 오르는 일이 없는 자는
결코 떨어지지 않는다.
- 토머스 헤이우드

: 아이와 엄마의 애착 관계가 형성되는 만 3세까지는 가능하면 매우 가까운 자리
에서 돌보고 사랑해줄 필요가 있다고 했다. 그렇게 사랑받은 아이들은 만 3세 이
후가 되면 엄마의 품을 벗어나서도 불안하지 않은 상태로 자라게 된다지.

때가 되어도 벗어나지 못하는 아이들의 분리불안이라는 게 있다지만… 생각해보
면 분리불안은 아들이 아니라 엄마인 나에게 있었구나. 안전거리가 곧 행복의 거
리인 건 아니다. 게다가 아이는 벌써 스무 살 넘은 어른이 되었는데 나는 왜 자꾸
껌딱지처럼 아이 옆에 붙어 있으려 하는 걸까.

안다. 지켜주려고 그러는 거다. 다치지 않게, 힘들지 않게, 마음고생하지 않게! 아
니, 그런데 엄마가 무슨 경찰도 아니고… 경찰도 사람을 못 지키는 요즘 세상에
뭘 어떻게 지킨다는 거야? 병이다, 병. 고쳐야 한다. 그런데 약 먹으면 고쳐질까?
그런 약은 어디 가야 살 수 있는 거지?

엄마들의 트라우마

들춰보면 누구에게나 그런 게 있을 거다. 정신적 외상. 영구적인 정신 장애를 남기는 충격. 두 번 다시는 반복하고 싶지 않은 기억 같은 것. 그런 것들. 이런 걸 '트라우마'라고 부른단다. 엄마인 나에게도 트라우마가 있지 싶다. 그건 '밥'에 대한 트라우마다. 스무 살이 넘은 아들과 여전히 밥 문제로 싸우는 걸 보면 질병인 게 분명하다.

결혼해 지금까지 하루도 쉬어본 적 없이 일하는 엄마로 사느라 하나밖에 없는 아들을 야생으로 키웠다. 적어도 중학교를 졸업할 때까지, 나는 끼니 한 번 제대로 챙기지 못하는 엄마였으니까. 내 새끼는 혼자 컸다, 저 혼자. 다행히 한창 자랄 때는 할머니와 고모 가족이 함께 사는 대가족이었으니 엄마 밥 대신 고모 밥을 먹고 자랐겠다.

"엄마, 몇 시에 와?"

"8시."

"8시 몇 시?"

유치원에 다닐 무렵에는 하루에도 몇 차례씩 회사로 전화를 걸어서는 이렇게 물었다. 몇 시에 오느냐고. 몇 시라고 해도 또 물었다. 8시 몇 시?

그런데 초등학교에 들어가면서는 통화 내용이 달라졌다. 아이는 몇 시에 오냐고 묻는 대신 다른 말로 내 마음을 아리게 했다.

"엄마, 배고파."

수화기 너머, 아이의 풀 죽은 목소리가 들리면 심장이 뛰었다. 괜히 눈물이 쏟아질 때도 있었다. 배곯으며 사는 집 아이도 아니고, 식구들 없이 혼자 집을 지키는 아이도 아닌데 뭐가 그리 안쓰러웠을까. 기자 엄마였던 나는 그런 전화를 받으면 단숨에 달려갔다. 취재 가는 척, 일 나가는 척, 그렇게 집으로 달려간 적이 한두 번이 아니었다.

가면, 아이 손을 잡고 내가 아는 가장 맛있는 식당으로 데려갔다. 가서, 내가 먹어본 가장 맛있는 음식을 먹여주었다. 2인분을 시켜 아이 혼자 다 먹게 하고는, 그 모습을 보는 게 얼마나 큰 위안이었는지 모른다. "엄마는 안 먹어?" 아이는 언제나 똑같이 물었고, "응, 엄마는 배불러." 나는 또 늘 같은 대답을 하면서 우리 둘이 참 알콩달콩 그랬었다.

배가 고픈 게 아니라 마음이 허기져 있다는 걸 나는 알고 있었다. 그게 속상했다. 일하는 엄마를 둔 아이의 허기. 수시로 엄마 손길이 그리운 아이를 만들 수밖에 없는 미안함. 그런 것들이 한데 버무려져서 늘 눈물이 났다. 서른 몇 살, 미성숙한 엄마였던 그 시절의 나는.

그렇게 얼렁뚱땅 자라서 장대 같은 고등학생이 된 아들이 어느 날 내게 물었다.

"엄마, 도시락 싸줄 수 있어? 학교 급식을 못 먹겠어."

잘됐다 싶었다. 그 나이 되도록 밥 한 번 제대로 못해먹인 죗값을 치를 기회가 왔다고 생각했다. 나는 큰소리치면서 말했다.

"그럼, 그럼. 당연하지. 해줄 수 있지. 대신 조건이 있어. 아침밥 먹고 가면 도시락 싸줄게."

스스로 무덤을 판 거다. 아침 먹으면 배 아프다고, 여태 공복 등교를 하던 아이에게 '아침밥을 먹는' 조건까지 달았으니 이제 적어도 하루 두 끼 밥은 내 손으로 해결해주어야 했다. 그날부터 나의 새벽 전쟁은 시작되었다. 하여튼 사서 고생하는 걸 좋아하는 버릇, 못 말린다.

도시락 경연대회에 나가는 것처럼, 나는 갖은 술수와 계략을 도시락에 담았다. 새우볶음밥 위에 아스파라거스 버터구이를 올렸고, 햄버그스테이크에 아삭아삭 샐러드를 담았으며, 연어구이에 멸치호두볶음과 나물로 입맛을 돋웠다. 내일은 또 뭘 싸줄까? 자면서도 생각했고, 잠은 안 자도 도시락 거르는 법 없이 고등학교를 졸업하게 했다. 입시생인 아들에게 내가 해주었던 것이라고는 딱 하나, 아침밥 먹이고 도시락 싸준 것. 오직 이것뿐이었다.

알까? 아들도 이런 엄마의 마음을 알까? 아마 모를 거다. 어떻게 알겠나. 못해준 게 미안해서, 뭘 해달라고 말한 게 고마워서⋯ 도시락과 밥에 목숨 걸었던 엄마 마음을 지가 감히 알 턱이 있을까.

요즘도 밥 문제로 매일 아침 살얼음판이다. 식성 까다로운 아이를 만드는 데는 도시락이 일조했다. 아무거나 먹으려 들지 않으니 좋아하는 음식을 임금님께 바치듯 차려주어야 한다. 내 죄다. 내가 그렇게 만들어놓고 아무거나 안 먹는 아이에게 화를 낸다. 그러곤 싸움이 벌어지는 거다.

그냥 대충 좀 먹어주는 날도 있으면 안 되냐는 게 나의 논조이고, 먹기 싫은 걸 굳이 먹어야 하느냐는 게 녀석의 생각이다. 그러니 시어머니도, 남편도 팔짱을 끼고 서서 조금은 고소해할 수밖에.

지금도 여전히 수시로 얄밉고 까다로운 아들이다. 그런데 밥 문제로 다투고 집을 나와서 이렇게 글을 쓰고 앉아 있자니 문득 그 아이가 고3 수험생이던 어느 날, 둘이 주고받은 대화가 생각났다.

"엄마, 밥한테 너무 그러지 않아도 돼."

"내가 뭘? 밥한테 뭘?"

"너무 그러잖아. 그렇게 애쓰지 않아도 돼."

"그럼 엄마가 해주는 게 너무 없잖아."

"엄마가 왜 해주는 게 없어?"

"다른 엄마들처럼 공부에 신경도 못 쓰고, 입시에 대해선 아는 것도 없고, 건강도 못 챙겨주고….."

"엄마는 다른 엄마랑 다르잖아. 나도 다른 집 애들이랑 다르고."

"그러니까 엄마, 괜찮다는 거지?"

"그럼. 괜찮지."

괜찮다는 말이 얼마나 뜨거운 말인지 그날, 가슴에 아주 깊이 박아두었었다. 그러니 어째야 하나. 그 말을 해주었던 아들에게 다시 돌아가야 하나, 말아야 하나.

소심하게 굴기에는 인생이 너무 짧다.

- 앤드루 카네기

: 나는 소심하다. 극소심 트리플 A형이다. 소심하게 구느라 그동안 인생 참 많이 낭비했다. 소심한 엄마는 아이를 큰사람으로 키우지 못한다고 했다. 그럼 우리 애가 큰사람이 될 수 없게 방해하는 게 나란 말이야? 그럼 내가 지구를 떠나야 하나? 나는 쓸모없는 엄마란 건가? 그러지 말고 아들이 나에게 잘해주었던 것만 생각하자. 걔 때문에 기쁜 날이 더 많았지. 행복했지. 그래, 맞아.

근데… 아무리 그래도 그렇지. 지가 엄마한테 어떻게 그럴 수 있어?

행간을 못 읽는 남편의 서툰 위로

남편: 아, 그 자식 진짜! 걔가 아주 세상 쓴맛을 못 봐서 그래.
     아니, 복이 터져도 유분수지. 나는 여보가 걔한테 해주는 거,
     절반만 해줘도 절을 할 거다!

남편에게 전화가 걸려왔다. 대뜸 아들에 대한 지청구가 쏟아진다.
그런데 색깔이 살짝 이상하다. 핀이 나갔다.
아들을 욕하는 게 아니라 내 원망을 하고 있는 것 같다.

나: 아휴, 됐어. 걔가 뭘 잘못이야. 내가 그렇게 만들었는걸.
남편: 그렇지? 나도 그렇게 생각한다. 너무 마음 쓰지 마.
     뿌린 대로 거두는 거지, 뭐.

뭐…? 이 남자가 지금 뭐라니?

나:　됐고! 나, 책을 쓸까 해. 아들 키우는 엄마 얘기! 아니다.
　　아들이고, 딸이고… 그냥 엄마 얘기라는 게 맞겠어.
　　제목도 정했거든. '아들과의 연애를 끝내기로 했다'로!
　　사실… 내 마음이 딱 그래.

남편: 그래! 잘 생각했다. 너 이제 걔 좀 그만 좋아해.
　　멀쩡한 남편 놔두고!

아놔! '결론은 버킹검'이라고, 결국은 자기한테 좀 잘하라 이건가?

남편: 근데… 느낌이 좋아. 책, 될 거 같은데?
　　그럼, 나 차 바꾸는 건가?

아이고! 그럼 그렇지. 무슨 말을 더 하나. 끊자, 끊어.

남편: 너무 속 끓이지 말고. 근데… 랜드로버 어때?
　　나, 그 차 타고 싶었는데!

헉! 이거 위로 전화였던 거 맞나?

엄마에게 전염된 '하녀 근성'

하루를 살면서 아들과 교감할 수 있는 시간이라고는 고작 아침 한 시간이 전부다. 나에게는 그 시간이 아이를 위해서 초스피드로 애정을 쏟아부어야 할 골든타임이다. 그 한 시간 외에는 그놈이 대체 어디 가서 뭘 하고, 무슨 생각을 집어먹으며 사는지 도통 아는 게 없다. 그러니 할 수 있을 때 잘해야 한다.

워낙 사는 데 규칙이 많은 나는 스무 살이 훌쩍 넘은 아들을 케어하는데도 나름의 룰이 있다. 자기 전에 아침 메뉴를 미리 정하고, 아이가 깨기 전에 먼저 일어나 절반의 식사 준비를 마친 뒤 아이가 깨서 욕실로 가면 아침 식사를 완성한다. 채소와 과일을 거부하는 아이 몸을 생각해서 주스를 갈아 만들고, 딱 먹기 좋은 한 접시 메뉴를 차리고, 호텔 레스토랑처럼 시원한 물도 한 잔 서비스! 아이가 씻고 나와 식탁에 앉으면 냅다 개 방으로 달려가 똥 덩어리처럼 돌돌 말린 이불을 착착 개고, 책상 위를 정리해주고, 옷장을 열어 오늘 입을 의상을 코디해 침대 위에 펼쳐놓는다.

아이가 그 어마어마한 서비스를 받으며 집을 나서면 그때서야 비로소 한숨 놓는다. 물론 이후로도 한 시간 이상은 집안일에 쏟아야 한다. 세탁기를 돌리면서 설거지를 하고, 로봇 청소기에게 먼지를 부탁하고, 시어머니와 남편의 차별화(?)된 아침 식사를 준비한다.

한식을 죽어라 싫어하는 아들과 달리, 두 어른은 죽어라 한식밖에 모르는 터라, 식탁 위의 음식 때깔이 다른 건 당연지사다. 다르다 못해 허접할 때가 한두 번이 아니다. 물론 나도 사람인지라 수시로 시어머니에게 죄송스럽고, 남편에게도 미안하다. 하지만 달리 방법이 없다. 두 어른의 식사까지 아들 것 챙기듯 했다가는 뼈가 부서져서 먼지가 될 거다.

"아이고! 내가 다 이해한다. 지 자식 입에 뭐든 들어가면 내 배가 부른 게 어미 마음이니 어쩌겠냐."

기분이 괜찮은 날, 어머니는 이렇게 나를 위로하시지만 왠지 삐딱하게 통을 주시는 때도 있다.

"기왕에 만드는 거, 니 신랑 것까지 좀 만들어라. 누구 입만 입이냐?"

"아니, 그게 아니라… 그 사람은 밥 좋아하잖아요."

"그럼 밥이랑 같이 주면 되겠네!!!!"

"아, 예~."

이해한다. 내가 시어머니라도 한 대 쥐어박고 싶을 테니까. 그런데 어쩌나. 남편에 대한 마음과 아들에 대한 마음이 전혀 다른데. 남편은 오랜 친구 같고, 아들은 애인처럼 느껴지는데 도리가 있나 말이다. 어쨌든 정성의 정도가 조금 다르기는 해도 그렇게 분주한 아침 하녀 노릇이 끝나야 비로소 대문을 나설 수 있다.

이런 하녀 근성은 내 엄마에게서 전염되었다. 딸 넷이 전부 다 동일한 하녀들이다. 엄마는 쓸고, 닦고, 해먹이고, 집 단장하고… 그러느라 몸 쉬는 법이 없었다. 어디 당신 몸만 그랬을까? 딸들 몸도 가만두지 않았었다. 시켜먹기 바쁠 때는 이름도 채 다 부르지 않고 이랬다.

"저기야, 저기 가서 저거 좀 가져와라!"

엄마가 부르는 그 '저기'에 가장 많이 해당되는 것이 큰딸인 나였으니 하녀 노릇이 몸에 착 붙어 이러는 거다. 저기 가서 저거를 가져오라고 할 때, 한 번도 틀린 적 없이 맞춤으로 집어서 달려갔던 그 하녀 근성!

한데 이상한 건 그때 우리 엄마는 아이들보다 아빠를 더 떠받들었다는 거다. 아빠 입만 입이고, 우리들 입은 주둥이였으니까. 어떻게 그럴 수 있었지? 나는 아이밖에 안 보이던데 엄마는 어떻게 아빠만 죽자 하고 챙길 수 있었을까?

어느 날 바로 밑의 여동생이 그랬다. 그 말이 맞는 것 같다.

"언니, 몰라? 딸들이니까 그런 거지. 아들이었으면 엄마가 그랬겠어?"

아! 그렇구나. 그러면 엄마는 딸들 틈에 끼여 기도 못 펴는 남동생을 몰래몰래 사랑해주셨겠구나. 내가 그러는 것처럼, 내가 남편 몰래 아들을 귀빈 대접하는 것처럼.

결혼 생활을 유지하는 일은 참 힘들다.
아내는 강아지의 입술에 키스를 하면서도
내가 마시던 컵에는 입도 대지 않는다.
– 로드니 데인저필드

: 빨래를 널 때 가장 햇빛 좋은 자리에 아들의 옷을 넌다. 남편 옷은 그저 적당한
곳에! 아들이 입을 옷은 매일 챙기면서도 남편이 아무거나 입고 나와서 "이렇게
입으면 될까?" 그러면 "응, 응" 하면서 대충 보고 대답한다. 아들이 남긴 밥은 먹으
면서도 남편이 먹다 남긴 건 못 먹겠더라. 미안하네. 미안하지, 뭐. 하지만 남편이
랑 아들이 똑같을 순 없는 거 아냐? 그런데 생각해보니 남편한테도 어머니가 있
잖아. 어머니가 꼭 나처럼 아들한테 그러시던데? 그럼 됐네. 우린 다 쌤쌤이네.

선생님, 저 그런 엄마예요

밥상 이야기가 길어진 것은 그동안 내가 했던 엄마 노릇이라는 게 고작, 그것밖에 없어서였다. 그것도 고등학생이 된 이후로 몇 년, 그 이전에는 정말이지 아무것도 한 게 없었다. 나는 그냥 봤다, 아이가 자라는 것을. 옆집 엄마가 보듯 그렇게 홀렁홀렁 설렁설렁 쳐다보기만 하면서 키웠다. 그럴 수밖에 없이 살아서였다. 눈 뜨면 회사로 달려 나가고, 새벽이 다 되어서야 돌아와 쪽잠을 자고는 다시 회사로.

기자 엄마를 둔 아들의 운명이려니, 생각했다. "누가 너더러 나 같은 엄마 밑에서 태어나래?" 하고 혼잣말도 곧잘 했었다. 미안한 마음을 지울 길이 없으니 그렇게라도 스스로를 위안할 수밖에.

아이가 초등학교 다닐 때였나. 신학기를 맞고 학부모 상담이 있다기에 찾아갔더니 여교사가 조심스럽게 물었다.

"혹시… 아버님이랑 어머님이 같이 안 사세요?"

"아, 아뇨! 그게 무슨 말씀이세요?"

"아니… 아이가 일기장에 그 비슷한 이야기를 썼더라고요."

"어머머! 걔가 왜 그랬데요? 절대 아니에요. 제가 잡지사 기자라서 야근도 많고, 철야도 하고 그러지만 이혼을 하거나 그런 건 아니거든요."

"네. 그렇군요. 혹시나 해서 마음이 쓰였답니다."

집으로 돌아와 아이의 일기장을 훔쳐봤다. 선생님이 그런 생각을 할 수밖에 없는 일기가 거기에 있었다.

'오늘은 엄마가 집에 오셨다. 엄마가 오시면 좋다. 나는 엄마가 매일매일 집에 오셨으면 좋겠다.'

고등학교에 입학하고는 이런 일도 있었다. 첫 시험을 본 뒤 담임에게 전화가 걸려왔다.

"어머니께 말씀드릴 게 있어서 전화드렸습니다."

"아, 네. 혹시 저희 집 아이가 무슨 잘못이라도 했나요?"

"아뇨. 그런 게 아니라 이번 시험에서 20등을 했거든요. 방과 후에 별도 수업을 좀 받게 하려는데 녀석이 통 말을 듣지 않아서요."

"네? 20등을 했다고요? 요즘은 20등이면 보충수업을 받아야 할 정도인가 보죠?"

"아니, 저… 어머니, 그게 아니라 전교 20등을 했는데… 모르셨습니까?"

"전교 20등이라고요? 정말요? 이상하네요. 그럴 리가 없는데….'

말이 안 된다. 내 생애 가장 좋았던 성적이란 건 고작 반에서 10등 안팎? 극심하게 처질 때는 반에서 30등을 한 적도 있었다. 그 성적표는 엄마 몰래 도장 찍어다 검사 받고는 단숨에 찢어 없앴었지. 물론 남편은 지능지수가 매우 높은 걸로 알고 있고, 나보다 공부도 나았던 것 같지만, 면학

분위기가 전혀 조성되지 않는 우리 집 상황으로 미뤄볼 때 내 아들에게서 그런 성적은 절대로 나올 수 없다.

"너 전교 20등 했어?"

"뭐… 그렇다네."

"근데 왜 말 안 해?"

"그런 걸 뭘 말해."

"어머, 얘! 말해야지."

"엄마는 어차피 내가 시험 본 것도 모르잖아."

"야! 그래도 말해야지."

"각자 바쁜데 뭘, 각자 알아서 살면 되지."

"켁!"

그날 이후로 나는 우리 애를 천재 취급하기 시작했다. 시험을 언제 보는지는 여전히 몰랐지만, 당연히 잘해내고 있을 거라 굳건히 믿었다. 하버드 보내야 하나? 그럼 돈 준비해야 할 텐데. 요즘 유학비가 어마어마하다던데. 온갖 상상의 나래를 펼치며 신이 나서 날아다녔다. 그렇게 한 학기쯤 지났을 때 핸드폰에 아이의 담임 번호가 찍혔다. 낭창거리는 목소리로 받았다.

"네~ 선생님, 안녕하세요?"

"어머님, 저, 드릴 말씀이 있어서요."

"네. 저희 애가 잘하고 있는지 모르겠네요. 이번 성적은 어떻게… 잘 나왔나요?"

"그게… 아, 이놈이 진짜 왜 그러는지 통 공부를 안 합니다. 수업 시간에도 자꾸 동태 눈알로 졸기나 하고 말입니다. 성적이 자꾸 떨어지는데… 집에 혹시 무슨 안 좋은 일이 있나 해서요."

"네? 아… 네…."

얼마나 창피했는지, 그때의 마음을 글로 녹일 재주가 없다. 구멍 팔까? 땅속으로 들어갈까? 사실, 아이가 시험을 보는지 마는지도 챙기지 못하는 엄마 주제에 성적이 떨어진 걸 슬퍼할 자격이 있기는 한 걸까. 아니, 그런데 걔는 집에서도 꼭 여덟 시간을 자면서 수업 시간에는 왜 또 자는 거야? 지가 무슨 임신부야? 아이, 참!

엄마로 사는 동안 일희일비의 순간은 수시로 다가온다. 그럴 때마다 마음은 산으로 갔다가 바다로 갔다가 하면서 종잡을 수 없이 휘몰아쳤다. 아이 문제 앞에서 의연해진다는 것은 보통의 엄마가 할 수 있는 일이 아니다. 그건 위인의 어머니들이나 할 수 있는 일이다. 작은 기쁨도 태산처럼 느껴지고, 작은 문제 앞에서도 주먹 물고 울게 되는 게 엄마들의 습성이니까.

그날, 수업 태도가 나쁘다는 전화를 받은 이후 내가 아이에게 무슨 말을 했었는지는 기억나지 않는다. 아무 말도 하지 않았을 확률이 높다. 대신 뒤통수를 째려보거나 말할 때 짜증 톤을 살짝 높여서 아주 교활하게 아이를 질책했을 수도! 나는 그런 엄마니까. 소심하면서도 치밀하게 아이를 쥐락펴락하는 엄마. 그러고 보면 우리 집 애는 그동안 나 때문에 참 교묘하게 피곤했겠다.

그 후로도 아이 성적표는 보지 않았다. 아니지. 걔가 나에게 보여주지 않았고, 그러는 사이 어영부영 시간이 흘렀다. 그런데 고3 수험생이 된 아이에게 왜 한 번도 성적표를 보여주지 않느냐고 물었을 때 아들이 나에게 이렇게 말했다.

"엄마가 보자고 하지 않았잖아."

후회해봤자 늦은 일은 이미 늦은 거다. 후회할 가치도 없다. 그냥 지나가는 거다. 아니, 근데 나는 왜 성적표 보자는 말을 안 한 거야? 하긴! 그래봤자 야단밖에 더 쳤겠나. 성적표를 안 본 대신 우리 사이가 크게 금 가지 않고 여기까지 왔으니 그럼 된 거지!

여태 나는 이런 마음으로 아들과 나의 세월을 무탈하게 건너왔다.

엄마는 나에게 이렇게 말했다.
"네가 군인이라면 넌 장군이 될 거야."
"네가 수도승이라면 넌 교황이 될 거야."
나는 화가였고, 피카소가 되었다.
- 파블로 피카소

: 야단을 치기보다 격려하고 용기를 주는 엄마로 살자, 그랬었다. 조건 없이 믿어
주고, 잘할 수 있다고 희망을 주는 엄마가 될 수 있을 거라고 자신도 했다. 그런데
돌이켜보니 야단은 많이 치지 않고 키웠지만, 격려와 용기도 별로 주지 못했던 것
같다. 아주 어릴 때야 뭐든 잘한다고 박수쳐주었겠지만 그 시절의 기억은 나도 잊
고, 걔도 잊었으니 도루묵 아닌가. 정작 소년에서 청년으로 커가는 그 시기에 힘
을 실어주었어야 마땅한데 왜 그걸 못했을까?

아직 늦지 않은 엄마들이라면 나처럼 뒤늦게 후회하지 말고 최고의 응원자가 되
어주기를! 세월은 1초도 기다려주지 않고 후딱 간다. 눈 맞추고 말해줄 수 있을
때, 그 시기를 놓치지 말아야 훗날, 후회가 없을 거다.

할머니, 신났다

시어머니가 꽃분홍색 립스틱을 바르고 내 아들놈에게 물었다.
"준호야, 할머니 어떤 거 같아?"
"할머니 쥐 잡아먹었어?"
"그래."
"큰 거 먹었네."
"깔깔깔깔깔!"

사춘기가 오기 전의 일이었다.

할머니, 삐졌다

시어머니가 꽃분홍색 립스틱을 바르고 내 아들놈에게 물었다.

"준호야, 할머니 어떤 거 같아?"

"…."

"안 이뻐?"

"…."

"…."

사춘기 때의 일이었다.

너! 왜 나 무시해?

우리 집 애한테는 고모가 둘 있다. 큰 고모는 그림을 그리고, 작은 고모는 치과 의사로 산다. 두 어른 모두 멋쟁이다. 그림쟁이 고모는 화려하고, 의사 고모는 우아하다. 두 어른 모두 170센티미터가량의 큰 키와 50킬로그램을 겨우 넘는 정도의 날씬한 몸매를 자랑한다.

그럼 나는? 나는 화려하지도 우아하지도 않다. 나는 155센티미터의 작달막한 키와 40킬로그램 후반대의 둥글넓적하고도 볼품없는 몸매를 뻗치고 다닌다. 시댁 식구들이 모이면 모두들 위 세상에서 이야기하는데 나혼자 바락바락, 바닥을 기어 다닌다. 나와 눈을 맞추고 이야기할 수 있었던 유일한 조카 '엄지'도 어느새 훌쩍 커서 어른 대열에 합류했다.

울 엄마는 기왕에 낳을 거면 좀 있어 보이게 낳아주지. 일부러 기죽이자 그런 건 아니고, 다 웃자고 하는 말이겠지만 때때로 식구들이 내게 던지는 말에 은근히 부아가 날 때가 있다. 싱크대 맨 윗장에 있는 접시를 꺼낼 때, 해보다 해보다가 안 되어 결국 의자를 놓고 올라서면 옆에서 가만히 구경하던 어머니가 그러신다.

"남 클 때 뭐했나?"

184센티미터의 장신인 남편이 베란다의 빨래 건조대를 천장 꼭대기까지 착 올려붙여놓아 그걸 내 손으로 내릴 수 없어 쩔쩔매는 걸 보면서도 그가 그랬다.

"니가 고생이 많다."

여기까지는 그렇다 치자. 어느 날, 일에 치여 살이 쭉쭉 내렸을 즈음. 아들이 집 안을 왔다 갔다 하는 나를 보면서 그랬다.

"엄마, 츄파춥스 같은데? 초코송이 같기도 하고."

걔가 그러는데 정말 눈시울이 갑자기 확 뜨거워졌다. 지가 나한테 이럴 수 있어? 하는 서운함이 파도처럼 밀려와서 하던 일을 멈추고는 방으로 들어가 홈쇼핑을 시청했다. 밍크코트 안 파나? 열 받는데 확 질러버릴까? 이러면서.

나중에 그 말을 곱씹으며 거울을 보니 정말 츄파춥스 같아서 킬킬 웃기는 했지만, 마치 믿었던 애인이 나의 치부를 들춘 것처럼 모멸감이 느껴지던 걸 어쩌랴.

여하튼 나와는 다른 종자로 우아하게 세상 빛을 본 작은 고모와 아들까지, 우리는 셋이서 백화점 쇼핑을 갔다. 하루가 다르게 사이즈가 커지는 아들의 겨울 점퍼와 운동화 득템이 그날의 외출 제목이었다. 옷도 사주고, 신발도 사주고, 맛있는 것도 잔뜩 사줄 참이었다.

그런데 거기서 나, 아들을 때릴 뻔했다. 이 자식이 사람을 차별해도 유분수지…. 도저히 불쾌한 마음을 숨길 수가 없었다.

운동화 매장에서 유난히 눈에 띄는 게 있어 아들을 잡아끌었다.

"아들, 이거 어때? 괜찮지 않아?"

"아니, 이상해. 내가 딱 싫어하는 스타일인데."

"아… 그래? 엄마는 마음에 딱 드는데."

"그럼 엄마가 사."

"아들, 그럼 이건? 이것도 예쁜데?"

"어머니, 됐습니다. 제가 신을 거니까 제가 골라보겠습니다."

"그래라, 그럼."

무안하고 서운해져서 팩하고 돌아서는데 저만치서 아이 고모가 운동화 하나를 들고 오더니 말했다.

"준호야, 이거 좋은데? 이거 사라."

"어! 괜찮은데? 그러지 뭐."

내가 이상한 건가 묻고 싶었다. 화를 낼 일도 아닌데 괜히 유난스럽게 그랬던 건지를 독자들에게 물어보고, 내가 이상한 게 아니라면 지금이라도 다시 그 자식을 응징하고 싶을 정도다. 울며불며 뼈를 다 깎아가며 키워놨더니 이게 지 엄마를 무지렁이 촌 할머니 취급해? 그런데 더 화가 나는 건 내가 잔뜩 열 받아 있다는 사실을 그들은 눈치조차 채지 못하더라는 게지. 나 따위에게는 관심 없었다는 거다.

"야! 너, 왜 나 무시해?"

집으로 돌아와 양손을 허리에 얹고 대뜸 물었다. 너무 화가 나서 목소리가 바들바들 떨렸다.

"무슨 말이야, 엄마?"

"엄마라고 부르지도 마!!!"

"왜 그러는데?"

"그냥 아줌마라고 부르라고! 이 자식아!"

"아니, 왜 그러는 거냐고. 이유를 알아야지."

"됐어! 넌 이제 끝이야!"

더 이상 긴 얘기는 하지 않았다. 하면, 내가 너무 촌스러워질 것 같아서 참았다. 그런데 마지막 멘트는 뭐지? 뭐가 끝이라는 거였지?

내 아이가 자존감 있는 사람으로 살았으면 한다. 세상 어디에 나가서도 기죽지 않고 당당했으면 한다. 그런데 정작 나는? 엄마인 나는? 나의 자존 감은 어느 집에 가서 살고 있는 걸까.

아이가 기침 몇 번만 해도 내가 못 챙겨 먹여 그렇구나 하는 거. 아이가 살이 쪄도 엄마 사랑이 부족해서 저렇게 됐구나 싶은 거. 다정하게 팔짱 끼는 나를 쓱 밀어내는 아이를 보면서 얘가 나를 부끄러워하는구나 생각 하는 거. 왜 부끄럽지? 키가 작고 볼품이 없어서? 고모들처럼 멋있지 않아 서?… 갖은 이유를 다 붙여가며 괜한 억지를 쓰는 거. 그럴 필요 없는 일 에까지 기어이 내 잘못이라는 탓을 하고야 마는 거. 이런 나는 과연 자존 감 있는 엄마인 걸까?

아이를 사랑하기 전에 나부터 사랑해야지, 생각한다. 마흔 중반을 넘기 고, 아이도 10대 중후반을 치닫기 시작할 무렵이 되니 비로소 그런 마음을 챙겨먹을 수도 있게 되었다.

물론 그 마음은 아직도 그저 마음에 불과할 뿐, 실천은 아직 요원하다. 그렇지만 '나도 싫은 나'를 아이가 사랑해줄 리는 없으니까. 그러니까 나를 너무 하대하지는 말자 그런다.

그때 아이에게 던졌던 그 물음을 오늘은 나에게 던져봐야겠다. 그 물음에 나는 어떤 대답을 할 수 있을까?

"야! 너, 왜 나 무시해? 내가 우스워?"

나에 대한 사람들의 평가는 내가 스스로를
어떻게 평가하느냐에 달려 있다.
- 어니스트 헤밍웨이

: 아이를 잘 키운 엄마들을 보면 괜스레 주눅이 든다. 출판 기획자로 살면서 훌륭한 엄마들을 많이 만났고, 우리 아이에게는 없는 장점을 가진 아이를 보면 그 엄마가 위대해 보였다. 그러면 그럴수록 자꾸만 엄마로서의 나를 깎아내렸다.

'너 지금 뭐하고 있는 거야?'

'그렇게 손 놓고 앉아서 어떻게 좋은 엄마가 되겠다는 거야?'

스스로 마음을 볶느라 우울할 때가 많았다. 아마도 나는 스스로가 절대로! 좋은 엄마는 못 된다고 장담하면서 풀이 죽은 채로 아이를 키웠던 것 같다.

그럴 것까지는 없었는데, 생각해보면 나는 언제나 최선을 다하고 있었을 텐데, 왜 나 자신에게 그토록 모질었던 걸까? 행복한 엄마가 아이를 행복하게 키울 수 있다는 건 진리다. 지금부터라도 그 진리를 놓치지 말아야지. 잘하고 있는 거다. 나도, 당신도, 그리고 우리 모두! 그러니 기죽지도, 남의 엄마랑 비교하지도 말자.

"이보다 어떻게 더 잘 키워요? 우리 애들이 어디가 어때서! 이만하면 된 거지. 안 그래요?"

잊지 말아야 한다. 엄마인 내가 나를 무시하고 비하하는 만큼, 세상으로 나간 아이도 똑같은 대접을 받는다는 것을!

아들이 남자가 되고 있다

핸드폰을 처음 사주던 날, 늘 구부정하게 걷던 아이가 허리를 꼿꼿하게 펴고 날듯이 걸었다. 진짜 좋은가 보다, 그랬다. 쓸데없이 전화하고 그러면 안 된다, 공부 안 하고 핸드폰만 가지고 놀면 안 된다… 잔소리를 장맛비처럼 쏟아놓았었다. 그럴 거면 사주지 말든가. 요금제로 딱 묶어놔서 얼마 이상은 쓸 수도 없는데 뭘 그렇게까지!

몇 달 후, 아이가 슬그머니 다가오더니 그랬다. 요금제를 좀 높여줄 수 없겠냐고. 이건 뭐, 거는 전화가 아니라 받기만 하는 짝퉁이란다. 나는 대뜸 그랬다.

"니가 전화할 데가 어딨다고 그래? 사업해?"

"내가 전화할 데가 왜 없어?"

"괜히 쓸데없는 애들한테 걸고 그러니까 그렇지."

"엄마한테 젤 많이 하는데? 엄마가 무슨 일 있으면 바로 전화하랬잖아."

"뭐? …그래? 니가 뭘… 엄마한테 얼마나 전화를 했다고….."

슬쩍 민망해져서 딱히 대답도 없이 자리를 피해버렸었다. 그날 밤, 아이가 자는 틈을 타 핸드폰을 열어봤다. 통화 목록 조사. '엄마, 엄마, 엄마, 진호 영감, 엄마, 엄마, 엄마, 엄마, 개은주, 엄마, 엄마….' 갑자기 목뒤가 뜨듯해졌다. 이상하다. 얘가 나한테 이렇게 전화를 많이 하나? 근데 진호 영감은 친군가? 진호네 할아버진가? 개은주는 또 뭐라니? 개를 닮았나? 꿍얼꿍얼.

그런데 엄마, 엄마, 하는 목록을 보는데 이상하게 콧구멍이 벌렁벌렁거렸다. 사람 마음이 그렇지 않던가. 좋은 사람, 믿는 사람, 아끼는 사람을 찾는 법이다. 우리 아들, 엄마를 진짜 많이 찾는구나! 흥이 났다. 게다가 전화번호 저장 목록을 열었는데 거기 딱 1번에 당당하게 내가 있었다. 엄마. 우리 엄마. 1순위 엄마.

콧잔등이 시큰했다. 자는 아이의 이마를 쓰다듬고, 또 쓰다듬고 하면서 방을 나섰고, 누워서도 괜히 좋아서 콧노래가 나왔다. 내일 당장 아이의 요금제를 높여줘야지, 다짐도 했다. 다음 날, 아이에게 물었다.

"너, 핸드폰 목록에 엄마가 1순위더라."

"응."

"왜? 엄마가 좋으니까?"

"아니, 그냥."

"에이, 좋으면 좋다 그래."

"아직까지는! 그런데 여자 친구 생기면 바꿀 거야."

꿈 깼다. 그럼 그렇지. 내가 뭘 기대한 걸까? 그래도 뭐, 나쁘지는 않았다. 아직까지는 1순위니까. 이후로 생각날 때마다 물었다.

"아직 엄마가 1순위야?"

"아직까지는."

1년쯤 지나서 또 물었다.

"지금도 엄마가 1순위야?"

"응. 그런데 왜 자꾸 물어?"

1년쯤 지나서 또다시 물었다.

"얘, 엄마 아직도 맨 위에 있니?"

"아이 참! 엄마 그러지 말고 핸드폰 하나 새로 사주면 안 돼?"

헉! 대답이 달라졌다. 순서가 바뀌었나? 그사이 여자 친구가 생겼나? 하도 궁금해서 아들 몰래 핸드폰을 열어보았다. 비밀번호가 걸려 있었다. 나, 순위 떨어졌구나…. 바로 알았다. 열 받았다. 그다음부터는 절대로 내 돈 들여 아들의 핸드폰을 바꿔주지 않았다. 대신 걔 아빠가 해주었다. 나는 속으로 비웃었다.

'당신, 아무리 그렇게 잘해줘도 절대로 1번은 안 될걸!'

우유는 아가들을 위한 것이다.
어른이 되었을 땐 맥주를 마셔야 한다.
— 아널드 슈워제네거

: 여자 두셋만 모이면 중2병에 걸린 남편 흉을 보느라 침을 튀긴다. 나라고 다르
지 않다. 그런데 가만 생각해보면 정작 남편을 우쭈쭈, 떠받들고 있는 것은 우리
들이다. 못 미더워하고, 못 참고, 못 기다리고…. 급한 성미에 그만 모든 책임을 스
스로 떠안고 가는 것이다. 아이라고 다를까. 남편에게 그러는 내가 아이라고 어른
대접을 할 리가! 입으로는 늘 너도 이제 어른이니까 스스로 결정하라고 말하지만,
그 결정에 내 의사를 반영하지 않으면 불같이 화를 낸다.

일본의 교육 전문가 다카하마 마사노부가 쓴 책 『10세부터 다시 키워라』에는 이
런 이야기가 나온다. 아이가 초등학교 3학년이 되면 '홀로서기 선언'을 하란다. 온
가족이 지켜보는 가운데 너는 이제 어른이 되었다고 선언해주라는 거다. 그게 뭐
야? 시시하게! 어른들은 그렇게 생각할지 몰라도 아이에게는 그런 계기가 성숙의
단계로 도약하는 길이 된다는 거다.

우리 아들, 이제 진짜 어른인데… 우유 좀 그만 먹여야겠다. 핸드폰 목록이나 따
지고 그러는 건 철없는 계집애들이나 하는 짓이다. 밤마다 맥주 마신다고 뭐라 하
지도 말아야겠다. 어른인데, 맥주도 마시고 그래야지. 아무럼!

저 촌스러운 까마귀는 뉘 집 애야?

아들이 막 고등학교에 입학한 후였다. 모처럼 평일에 쉴 기회가 왔다. 집에서 뒹굴거리고 있는데 녀석이 학교에서 돌아왔다. 그런데 오자마자 급하다고 설레발이다. 또 나가야 한단다. 어디 가는데? 물었더니 중학교 3학년 담임선생님이랑 동창 애들이 모인단다. 그런가 보다 했다.

한데 준비가 범상치 않았다. 아침에 감은 머리를 또 감고, 드라이어로 말리고, 왁스를 발라서 앞머리를 까치집처럼 만든다. 그러더니 교복 상의를 갓 빨아놓은 새걸로 갈아입는다. "선보러 가니?" 하면서 은근히 삐딱한 어조로 물었더니 중3 담임을 실망시킬 수 없단다. 하기는… 대학 졸업하고 갓 부임한 여선생님이 우리 아이를 나름 귀여워했었다. 유머 있다고 재밌어 했었다.

방 안을 쑥대밭으로 만들어놓고 아이가 집을 나섰다. 나도 일이 생겨서 10여 분 뒤 집을 나섰다. 마을버스를 탔다. 차창에 머리를 대고 졸까 말까 그러고 있는데 창밖으로 상당히 촌스러운 그림 하나가 펼쳐졌다. 생머리를 길게 늘어뜨린 여자애랑 앞머리를 바짝 세운 까마귀 같은 남자애가 나란히 걸어가고 있었다.

깍깍, 남자애는 걸음걸이가 둥실둥실하는 게 기분이 무척 좋아 보였다. 아이구! 저 촌스러운 까마귀는 뉘 집 애라니?하며 고개를 돌리려는데… 어라? 어디서 많이 본 얼굴이다. 우리 집 애다. 하! 버스 안에서 그 광경을 보고 있자니 누구 아는 사람이 보기라도 할까 봐 내 얼굴이 화끈했다.

'너, 죽었어! 이따 보자!'

이빨을 갈았었다.

어떻게 했는지 궁금하다고? 모르는 척 그냥 넘어갔다. 나도 걔만 할 때 아빠 청바지 훔쳐 입고 교회 오빠랑 피카디리 극장에 영화 보러 갔던 거 생각나서 참았다. 전봇대보다 두꺼운 허벅지를 아빠 바지로 감싸고, 앞머리를 철사 모양 세우고는 남학생 옆에서 조신 떠는 내 모습을 울 엄마가 봤으면 어땠을까? 뭘 어땠겠나. 초상 치렀겠지!

혹시 울 엄마도 그때 촌스러운 참새 구경을 몇 차례 했으면서 모른 척 해준 게 아닐까? 어쩜 그럴지도 모르겠다.

사랑은 아름다운 여자를 만나서부터
그녀가 꼴뚜기처럼 생겼음을 발견하기까지의 즐거운 시간이다.
- 존 배리모어

: 중학교 때 살짝 좋아했던 '교회 오빠'와는 고등학생이 되면서 헤어졌다. 나에게
다른 짝사랑의 상대가 생겼기 때문이었다. 그런데 결혼을 하고, 아이도 낳고, 과
거 지인들의 모임에 나갔다가 그 교회 오빠를 다시 만났다. 내 눈을 의심했다. 머
리카락이 거의 다 집을 나갔다. 배불뚝이에다 센스도 꽝이다. 그런데 그 오빠가
밥을 먹다가 갑자기 나에게 물었다.
"근데 그때 너, 왜 나를 떠났니?"
나는 입에 물고 있던 음식을 뿜었고, 주변에 있던 사람들은 그 오빠를 향해 나무
젓가락이랑 물수건을 집어 던지며 배를 잡고 웃었다. 경중경중 걸으면서 입가에
아빠 미소를 짓고 있던, 버스 창밖의 아들을 보는데 그 생각이 잠시 났다.
그래, 좋을 때다. 즐겨라, 아들! 다 한때란다. 사랑했던 여자가 오징어나 꼴뚜기로
변하는 거, 정말 시간문제라니까.

그때 나는 무엇이 두려웠을까?

"할머니, 나 이제 스물여덟이야. 그냥 연습 삼아 한번 해보자고 하기에는 이 상황은 진검이에요. 목검이 아니고."

"서른여덟이면 쉬웠을까? 마흔여덟이라면 두려움이 없었을까?"

별 하나가 머리에 반짝, 그럴 때가 있다. 뾰족한 무언가에 순간적으로 부딪쳤을 때처럼 그렇게. 하나도 아프지는 않은데, 가슴이 먹먹해지면서 별이 반짝이는 것 같은 그런 느낌을 받았던 날이었다. 드라마를 볼 때였다. 〈골든타임〉이라는 드라마를 보다가.

아직 덜 여문 손녀딸에게 무언가 중한 일을 맡기려는 할머니를 보면서 스물여덟의 그 손녀가 말했다. 겨우 스물여덟이라고. 철없는 나이라고. 아무것도, 아무 경험도 없는 문외한의 시절이라고. 그런 손녀의 눈을 말갛게 쳐다보며 할머니가 되물었다. 서른여덟이면 쉬웠겠느냐고, 마흔여덟이면 정말 두려움이 없었겠느냐고.

"좋은 타이밍이라는 게 따로 있을까? 모든 운이 따라주고 인생의 신호등이 동시에 파란불이 되는 때는 없어. 모든 것이 완전하게 맞아떨어지는 상황은 없는 거야. 만약 그게 중요하고, 꼭 해야 할 일이라면 그냥 해."

이어지는 대사에 괜히 왈칵 눈물이 났다. 만약 그게 정말 중요해서 꼭 해야 할 일이라고 생각된다면 그냥 하는 거야. 두려워도… 가는 거야. 혼자 나직나직, 다시 한 번 되뇌어보았더랬다. 왜냐하면 수시로 두려우니까. 삶이란 게 온통 두려움, 그것에 쫓겨 다니는 일들이니까. 나는 어제도, 오늘도, 지금 이 순간에도, 먼지처럼 풀풀 날아다니는 숱한 두려움과 싸우면서 견디고 있으니까.

멀쩡하게 공부 잘하는가 싶더니 한번 어긋난 리듬이 돌아오지 않아 페이스를 잃은 아들이 재수를 결정했다. 괜찮다고 말해줬다. 아무 일도 아니라고. 학원 다니면서 1년만 죽어라 고생하면 될 거라고 했더니 녀석이 그랬다. 학원은 싫다고. 혼자 해보겠단다. 말리는 척하다가 말았다. 걔가 원래 말린다고 듣는 애는 아니니까.

시험을 봤다. 성적이 좀 올랐다. 얼마나 고맙고 대견하던지 눈물이 났고, 그 밤에 우리는 맥주랑 통닭을 시켜 먹으며 자축했다. 그런데 막상 정시 원서를 쓸 무렵이 되자 아이가 삼수를 하겠다고 했다. 왜? 원서도 안 넣고? 도대체 왜? 자기가 원하는 대학에 가기에는 성적이 부족하다는 거다. 정말 미치는 줄 알았다. 아니, 대학이 인생의 전부가 아니라는데 왜 말귀를 못 알아듣지?

결국 말리지 못했다. 삼수를 시작했다. 학원은 역시 안 다녔다. 고집이 장난이 아니어서 말릴 방법이 없는 녀석이니까. 그런데 아무래도 좋은 싹이 날 기미를 보이지 않아 불안했다. 날이 슬슬 더워지는데 여전히 하루

여덟 시간의 수면과 방콕 라이프가 계속되는 중이었다. 저러다 오타쿠로 전락하는 거 아냐? 불안했다.

그때까지만 해도 아이는 도도한 자태를 꺾을 줄 몰랐다. 아니, 꺾을 수가 없었을 거다. 식구들에게, 엄마에게, 그토록 당당하게 굴었는데 갑자기 약한 모습을 보일 수는 없었겠지. 그런데 시험 날이 다가오자 개도, 나도, 식구들 모두 초조 불안 증세를 보이기 시작했다.

"엄마, 자?"

입시를 며칠 앞둔 어느 날 새벽, 아이가 방문을 두드리며 물었다.

"아니, 안 자. 왜?"

"엄마, 나랑 얘기 좀 해도 돼?"

"그럼, 그럼. 되고말고. 잠깐만!"

그날, 그 새벽의 아이 얼굴을 아마도 나는 평생 잊을 수 없을 것 같다. 흔들리던 그 눈빛과 실망으로 뒤덮인 표정이며 깊은 한숨 같은 게 아직도 나의 세포 속에 고스란히 간직되어 있는 듯하다.

"엄마, 나 말이야. 너무 많이 늦은 걸까?"

불안하구나, 내 새끼. 저 도도한 자존심에 엄마 앞에서 그런 말을 털어놓으리라곤 저조차도 몰랐을 테지. '사는 게 그런 거야. 마음대로 안 되는 거야.' 그렇게 말해주고 싶었지만 참았다. 그런 말이 무슨 소용이겠나.

"아니야! 걱정하지 마. 아무 걱정 하지 말고 너 하고 싶은 대로 해. 남들보다 늦으면 어때? 그게 무슨 상관이야? 엄마는 네가 10수를 해서 일류 대학을 가도 좋고, 대학을 안 가도 괜찮고, 적당한 학교에 들어가서 적당히 사는 것도 좋고… 진짜야. 엄마는 진짜 그래."

아이를 낳고 스물 몇 살이 될 때까지 키우는 동안 정말이지 처음으로, 그 아이 앞에서 가장 진지한 목소리로 내 마음을 전했다. 아이는 고개를 숙였다가, 하! 한숨을 쉬었다가, 천장을 보았다가 하더니 "잘래, 엄마. 졸려" 하고는 제 방으로 돌아갔다. 그 뒷모습이 내 마음에 푸른 멍처럼 남아 아렸다.

그 밤, 곰곰 생각해보았다. 스물 몇 살, 그 해묵은 시절에 나는 무엇을 두려워하고 있었는지를. 기억나지는 않았다. 분명 두려움이 있었을 테고, 그래서 더러 내 아들처럼 사시나무 떨듯 그러기도 했을 텐데 그 시절의 두려움들은 모두 어디로 사라진 것일까.

그런 생각 끝에 작은 열매처럼 좋은 생각이 톡톡, 열렸다. 두려움도 잊히는 거구나. 아프게 하고, 울게 하고, 다 버리고 싶게 만들던 일들. 그래서 납작하게 엎드린 채 숨어 있고만 싶게 했던 끔찍한 두려움도 세월 따라 천천히 지워지는 거였구나. 아이를 낳는 그 지독한 고통을 이내 잊고 말 듯, 두려움도 그렇게 잊어진다는 깨달음에 작은 위안을 얻었다. 내일 아침이면 아이의 그 지독한 두려움도 한 겹 벗겨져 가벼워져 있을 것 같았다.

'지치면 지는 겁니다. 미쳐야 이기는 겁니다.'
가까운 지인이 사무실 칠판 위에 적어놓고 간 글귀다. 그에게 물었다.
"미쳐 있기는 한데 지치면 어떡해?"
그가 그랬다.

"미치면 지치지 않거든요."

지금, 쉰 살을 넘긴 나에게도 여전한 두려움이 있다. 시간도, 공간도, 사람도, 인생도, 그리고 여기 나 자신마저도… 때로 두렵다. 세상 끝 날까지 어떤 엄마로 있어주어야 할 것인지에 대한 두려움도 수시로 찾아온다. 하지만 다 이기고 앞을 향해 걸어갈 것이라는 사실도 안다. 왜냐하면 내가 꼭 넘겨야 할 시간이고, 내가 꼭 있어야 할 공간이며, 내가 늘 곁에 두고 보듬어야 할 사람들이니까. 그리고 미쳐서, 정말 미친 듯이 달려야 할 내 인생이니까.

한잠 푹 자고 깨어난 아침, 아이는 한결 맑아져서 밥 한 그릇을 뚝딱 해치우고 책상에 앉았다. 이제 됐다 싶었다. 아들의 방문을 열고 엄마 출근한다, 했더니 그 아이가 내게 말했다.

"엄마, 나 결정했는데 17수 정도 해서 하버드 가야겠어."

까짓거! 그러라고 했다.

세상에서 가장 안전한 피난처는 어머니의 품속이다.
– 풀로리앙

: 사는 일이 목구멍에 딱 얹혀서 내려가지 않고 나를 짓누를 때, 그래서 그냥 껀껀
울어버리고 싶을 때 나는 엄마 생각을 한다. 울 엄마도 나처럼 힘들었겠지, 한다.
먼 데로 떠나신 아빠 얼굴도 떠오른다. 아빠 보고 싶다, 그런다. 부모란 그런 존재
같다. 맘 편히 쉴 수 있는 곳. 가면 언제든 그곳에서 나를 안아줄 사람. 내 아들에
게 나도 그런 엄마였으면 싶다. 그 이상은 바라는 거 없다. 그보다 더 좋은 엄마가
어디 있으려고. 세상에서 가장 좋은 엄마는 '우리 엄마'라고 하지 않나.

그 집 엄마는 몇 등급이죠?

대학 가기가 이렇게 어려운 건 줄 몰랐다. 우리 때는 그냥, 어찌 되었든 가기는 갔었으니까. 나보다 공부 잘한 애들은 당연히 가고, 나보다 공부 못했던 애들도 꾸역꾸역 가고, 물론 '나'도… 갔으니까.

"솔직하게 말하면, 일하는 엄마들은 경쟁력이 떨어질 수밖에 없어요. 요즘 엄마들, 정말 장난 아니거든요. 아이 대학 보내려면 엄마가 입시에 대해 줄줄이 꿰고 있어야 해요."

언젠가 만났던 입시 전문가의 말이 가시처럼 마음에 박혔었다. 어머! 우리 애 어떡하지? 가슴이 덜컥 내려앉았던 거다. 학원도 싫다 하고, 과외도 됐다 하고, 공부는 무조건 자기가 다 알아서 한다고 해서 내버려둔 세월이 초등학교 때부터 고등학교 3학년까지 도합 12년. 그러니 뭘 어떡한다는 말인가. 갑자기 참견하면서 이래라저래라 그러는 건 반칙 아닌가 말이다. 미안한 마음에 괜히 끌탕만 하면서 안절부절, 한동안 나는 멘붕 상태로 살아야 했다.

그런데 정말 너무한다. 대학을 엄마가 가는 것도 아닌데 엄마가 가이드를 해주지 못하면 아이 대학 보낼 생각은 하지도 말라는 게 절대다수의

의견이니… 도대체 이런 법이 어디 있나. 억울해서 가슴을 쳤더랬다.

수능 보는 날, 전쟁터에 내보내듯 아이를 시험장으로 밀어 넣고 출근해서는 하루 종일 서성거렸었다. 기도도 안 나오더라. 염치가 있어야 기도를 하지. 갑자기 기도한다고 들어주실 턱이 있나, 했다.

"요즘은 엄마들한테도 등급이 있대요. 아이를 1등급으로 만들면 1등급 엄마, 아이 5등급 만든 엄마는 5등급 엄마, 그렇다는데요. 그거 모르셨죠?"

한 엄마가 내게 그랬다. 나는 몇 등급 엄마지? 혼자 열심히 생각해보니 나는 아예 등급 밖으로 밀려난 열외 엄마 같았다. 해주기보다는 알아서 하라고 지켜만 보고 살았으니 등급 같은 건 기대도 할 수 없었다. 아니, 기대해서는 안 될 거였다.

'엄마'가 뭐하는 사람일까? 요즘도 나는 때로 생각한다. 낳으실 때 괴로움 다 잊으시고, 기르실 때 밤낮으로 애쓰는 사람? 그런데 요즘은 엄마 노릇에도 자격증이 필요한 것 같다. 다 잘해야 한단다, 전부 다. 전천후 파워 레인저가 되어야 아이가 번듯한 어른이 된다니 말이다. 더구나 입시에 관해서는 전문가 수준의 학습력과 예지력이 필요하다니…. 이러다간 엄마 자격증 제도가 도입되게 생겼지 않나. 나는 마치 '사회 불만자'처럼 괜히 퉁퉁거리면서 아들에게 헛소리를 했다.

"엄마는 네가 차라리 대학 안 갔으면 좋겠어. 요즘은 다들 대학에 가니까 안 가는 사람이 왠지 더 있어 보이던데?"

내가 그런 말을 하면 아이는 '뭐래?' 하는 눈으로 빤히 쳐다보았다. 아마도 그 눈 속엔 '엄마, 장난해?' 같은 말들이 들어 있었을 거다. 그러거나 말거나. 나는 공부하는 아이 옆을 지나칠 때마다 "적당히 하지, 적당히!" 하고 껄렁대면서 훼방이나 놓고 그랬다. 애쓰고 있는 아이의 부담을 덜어주기 위한 나름대로의 방법이었다.

나만 그랬을까? 걔 아빠는 한술 더 떠서 재수하는 아들을 위해 짬짬이, 틈틈이 시원한 맥주 캔을 사다 날랐다. "쉬엄쉬엄 해라" 하면서! 정말 한심스러운 부모였지 뭔가.

"무슨 공부가 아직도 할 게 남았다니? 이제 그만하지."

수능 끝내고, 이제는 논술 준비에 또 밤을 지새우는 아이에게 한마디 건넸었다. 아이는 그저 웃었다. 웃으면서 한마디 했다.

"엄마, 자~. 어른들은 다 잘 시간이야."

어른들은 다 자는 그 시간에 훤하게 불 밝히고 책상 앞에 앉아 있는 아이들. 가엾다. 이 집 아이, 저 집 아이 할 것 없이 모두 다. 우리 집 아이야 어찌어찌해서 대학이라는 곳에 입성하기는 했으니 한숨 놓았지만, 아직 갈 길이 먼 아이들은 어떡하면 좋은가. 그렇게 안 해도 살 수 있는 세상이면 참 좋겠는데…. 말해봤자 본전도 못 찾을 말이니 집어치우자.

이런 엄마가 되어야지, 그랬었다. 아이랑 한편 먹어주는 엄마. 공부 좀 해라, 이다음에 뭐가 되려고 그러느냐, 너는 대체 꿈이 뭐냐 하면서 묻거나 따지지 않는 엄마가 되는 걸로! 가뜩이나 살기도 어려운 세상, 엄마까지 그러면 아이는 누굴 믿고 사나. 그래서 나는 그냥 아이가 편히 기댈 수 있는 소파 등받이 해주고, 아이랑 한편 먹고 놀아주는 친구처럼 해주자,

결심했었지.

게다가 나는 다른 엄마처럼 열심을 다해 뒷바라지하지 못한 벌로 이다음에 늙어 늙어서 기운이 다 빠져도 아이에게 뭐 해달라고 요구하지는 않을 참이다. 그래야 이치가 딱 들어맞지 않겠나.

"엄마, 가서 자~. 괜히 이상한 걱정 할 시간 있으면 자야 돼. 푹 자야 건강한 어른이 되지."

그래, 그때 내 아이가 했던 말처럼 잘 먹고, 잘 자고, 그렇게 건강한 어른이 되어야 할 거다.

요즘은 새로운 꿈 하나를 더 만들었다. 건강한 엄마로 늙는 거. 뭐든 아이 스스로 하게 내버려둔 채 키운 엄마가 늙어서 갑자기 아이 신세 지겠다고 하는 건 배신이니까. '내가 너를 어떻게 키웠는데' 같은 말은 절대 하지 않을 작정이다.

대신 한 가지만 해달라고 할 거다. 내가 너에게 그랬듯 너도 나랑 마음으로 한편 먹고, 가끔씩만 놀아달라고. 그렇게 씩씩한 할머니로 늙으려면 우리 아이 말마따나 빨리 가서 자야겠다.

아들의 친구들이 남자로 보인다

"엄마, 금요일에 친구들이 집에 와서 잔다는데?"

"그래? 그러라고 해. 그런데 엄마는 새벽에 들어올 텐데, 괜찮아?"

"우리야 간섭 안 받고 좋지, 뭐."

"그럼 그것만 말해줘. 엄마, 술집 여자 아니고, 책 만드는 여자라고."

"켁! 그게 뭐야~아?"

어릴 때부터 아들의 친구들이 자주 와서 자고 갔다. 익숙한 일이었다. 어떤 녀석은 제 집인 양 냉장고를 뒤져 김치도 꺼내 먹고, 나물도 꺼내서 밥이랑 먹고 그랬었다. 할머니도, 아빠도 아들의 친구가 오면 귀빈 대접하느라 방에 콕 박힌 채 그림자도 안 비치고 살금살금 그랬다. 그러니 애들이 우리 집을 좋아할 수밖에.

그날 밤, 남편이 전화를 했다. 몇 시에 들어오느냐고 묻더니 아들 친구 얘기를 한바탕 늘어놓는다.

"애들이 다 훤칠하다. 성격도 좋고, 시원시원하네. 친구를 보면 그 사람을 아는 거라는데 역시 우리 아들은 괜찮은 놈이란 말이야."

아이고! 팔불출! 고 잠깐 사이에 또 아들 친구들한테 홀랑 넘어갔구먼.

그런데 조금 있자니 이번에는 시어머니 전화다.

"안 들어오냐? 니 아들 친구들 왔는데."

"네, 곧 가요. 가야죠."

"근데 애들이 때깔이 다르다. 아주 번듯한 게 우리 손주만 잘난 줄 알았더니 요즘 애들이 다 잘났네. 니 큰 시누이가 다니러 와서는 칭찬을 열 바가지 늘어놓더라."

하! 그 어머니에 그 아들! 상황이 그쯤 되니 슬쩍 궁금해졌다. 하지만 아들이 당부한 말도 있고 해서 조용히 방으로 들어가 잤다. 애들은 간섭하고, 막 아는 척하고 그러는 거 싫어한다면서 매너 있게 모른 척해달라 그랬었다.

새벽까지 뭘 하고 놀았는지 아침 지나, 점심 지나 3시가 가까운데도 녀석들은 기척이 없었다. 아들 밥상 차려주듯 음식 준비를 마친 뒤 앞치마 차림으로 애들을 깨웠다.

"얘들아, 일어나. 밥 먹어야지. 니들은 배도 안 고프니?"

비죽 방문을 열고 나오는데… 어라? 이거 봐라! 애들이 아니다. 상남자들이 나온다. 남편이랑 어머니가 괜한 말을 하신 게 아니었구나. 하나는 이진욱? 또 하나는 조금 작은 김수현? 어쨌거나 그렇게 번듯한 청년들이 식탁에 앉는데 갑자기 가슴이 두근두근 그러는 거다. 김치 국물 묻은 앞치마를 휙 벗어 던지면서 옷을 내려다보았더니 가관이다. 몸뻬 바지다. 에이, 갈아입을 걸 그랬지 뭐야.

"와! 어머니, 맛있어요."

어머나! 매너도 있다. 더 먹고 싶으면 밥통째 들어다가 다 먹어라 하고 는 애들에게 잘생겼다는 칭찬 한마디씩 날려주었다. 그런데 그 애들을 보니 내 아들이 세상에서 제일 잘난 줄 알았던 마음에 살짝 금이 가려고 한다. 남의 집 아들은 다 남자로 보이는데 우리 집 아들은 왜 여전히 아이 같을까? 우리 집 애도 남의 집에 가면 남자 대접을 받을 수 있을까? 이런 생각, 저런 생각.

애들 밥 차려주고 방에 들어와 앉아 있는데 문득 언제 이렇게 세월이 흘렀나 싶었다. 그놈들이 나한테 '어머니'라지 않나. 그 말이 맞는데 나는 왜 아직도 그 말을 받아들이기가 어려울까. 저놈이 저게, 엊그제까지만 해도 기저귀에 쫄바지 입고 천지 분간도 못한 채 깨춤을 추었던 것 같은 데… 나, 언제 이렇게 늙었지?

거울을 보니 계곡처럼 흐르는 팔자 주름에 켜켜이 흰머리가 영락없는 늙은이다. 이 얼굴로 아들 친구들 멋지다고 했으니 애들은 주책바가지 노인네라고 했을 거다. 속상하다. 그런데 녀석들이 가고 나자 시어머니가 넌지시 다가와 내게 물으셨다.

"애, 너는 누가 더 마음에 드냐? 키 크고 하얀 옷 입은 애? 아님 키 작고 안경 쓴 애?"

"어머니는요?"

"나는 키 큰 애."

"그럼 저는 키 작은 애 할게요."

"히히히히히."

"낄낄낄낄낄."

주책이라고 생각하던 마음을 접었다. 여든이 넘은 시어머니도 나와 똑같은 마음을 먹는데야 내 나이가 대수일까. 좋다. 아들의 친구들이 훤칠한 남자로 보이니! 내 아들이 그런 나이가 되었다는 것, 그것도 좋다.

몇 해 전, 한 오디션 프로그램에서 '로이킴'이라는 남자가 하얀 셔츠의 소매를 착착 걷어 올린 채 등장해 노래를 부르는 모습에 홀딱 반한 적이 있었다. 〈먼지가 되어〉라는 노래를 부르는데 가슴이 뛰었다. 내가 한때 특히 좋아했던 노래이기도 했고, 그 아담한 사이즈에 하얀 셔츠의 남자가 딱 내 취향이기도 해서였다. 몇 날 며칠 돌려 보고, 돌려 듣고 하다가 아들에게 물었다.

"이 남자, 너무 멋지지 않니? 장난 아니지? 완전 엄마 스타일!"

"잘하네. 근데 엄마… 쟤 나랑 동갑이거든."

자~알 하는 짓이다. 그날 이후로 더 이상 로이킴이 멋져 보이지는 않았다.

늙는다는 건 항상 지금으로부터
15년 후의 일이다.
- 빌 코스비

: 어느 날, 시어머니와 마주 앉아 이런 얘기를 나눈 적 있었다.

"어머니, 저는 아직도 뭔가가 될 것 같아요. 제 인생이 여기서 끝날 것 같지 않고, 굉장히 훌륭한 사람이 될 것 같거든요."

어머니가 웃으셨다. 그냥 애나 잘 키울까요? 하고 되물었더니 그러신다.

"얘! 내 나이 팔십에 아직도 나는 뭐가 될 것 같은데 너야 오죽하겠냐? 아들은 아들이고, 너는 너지. 안 그러냐?"

가끔 이렇게, 어머니가 툭툭 던지는 한마디에서 인생을 본다. 육아가 뭐 별건가. 책 속에 들어 있는 것만 육아법은 아닌 거다. 80년 인생을 살아오신 그 어른의 한마디는 또 얼마나 비싼 건가 말이다.

어머니 말대로 아들은 아들이고, 나는 나다. 그래서 나는 아직도 장래 희망을 갖고 산다. 언젠가는 반드시 내가 꿈꾸는 사람이 될 것 같다. 작가가 되든, 대한민국 최고의 출판 기획자가 되든, 그것도 아니면 내 아들이 가장 사랑하는 좋은 엄마로 늙어가든!

이 모두가 다 나의 장래 희망이다.

비가 온다고 떠날 수 없는 건 아니에요

"엄마, 그거 알아? 다음 주 내내 푸껫에 뇌우래. 천둥 번개 치면서 비가 온다는데?"

"정말이야? 휴! 그럼 그렇지. 엄마 가는 길에 해 뜰 일이 있겠니?"

아이가 고등학교를 졸업한 뒤 태어나 처음으로 업무가 아닌 '그냥 여행'을 다녀왔다. 사실은 별로 좋아하지도 않는 '휴양지'였다. 소셜커머스를 통해 완전히 싼값에 나온 아이템을 발견한 덕분이었다. 아니, 그건 그저 핑계에 불과하다. 사실은 아들과 둘이 떠나는 여행이라는 것을 해보고 싶었다. 스무 살, 그래도 아직은 엄마에게 곁을 줄 나이. 이제 곧 내 품에서 떠날 아이와 평생 간직할 만한 추억 하나 만들고 싶었다.

그런데 떠나기 사흘 전부터 녀석이 전전긍긍이었다. 하필이면 우리가 머무는 나흘 내내 뇌우가 쏟아진다는 거다. 그럼 그렇지. 쉬운 일이 어디 있겠나. 우리는 떠나기 전부터 한숨이 참 깊었더랬다.

뇌우라는 말에 덜컥 겁을 집어먹고 떠났던 짧은 여행길, 그리고 그 길에서 만난 사람들. 아이와 나는 그 짧은 여행을 통해 생각지도 않았던 인생 공부 몇 가지, 제대로 하고 돌아왔다.

그곳에서 만난 러시아 할머니는 한쪽 다리가 없었다. 의족을 끼고 운동화를 신은 채였다. 그런데도 보폭이 얼마나 크고 우람한지 두 다리 멀쩡한 나도 따라잡기 어려울 정도였다. 그 할머니는 하나뿐인 다리로 씩씩하게 걸어서 전 세계를 여행 중이라고 했다. 할아버지 손을 잡고 여행 온 그 할머니가 한쪽 다리로 스노클링까지 하는 모습을 보면서 그만 울 뻔했다. 할머니가 아름다워서였다. 아니, 미안해서였던 것도 같다. 멀쩡한데도 늘 묶어두고 있는 나의 두 다리에게 미안해서.

그곳에서 만난 또 어떤 한국인 아버지는 뇌성마비 딸을 휠체어에 태우고 여행 중이었다. 수영장 한옆, 덩치 큰 딸을 휠체어에 태운 채 얼굴에서부터 온몸 구석구석까지 선크림을 발라주는 모습이 눈에 들어왔었다. 주위를 두리번거리던 그 아이가 해바라기처럼 활짝 웃으면서, 어눌한 말투로 아들과 나에게 인사를 날려주었다.

"안냐~세요!"

또 울 뻔했다. 그 아이의 인사가 한없이 맑아서. 그 아버지의 땀투성이 얼굴이 정말 행복해 보여서. 선크림 발라 수영장에 데리고 들어간 딸을 족히 두어 시간은 운동을 시키던 아버지 모습에서 지상에는 없을 것 같은 행복을 보았으니까.

식당에서 그 아버지는 음식보다 더 맛있는 이야기를 쉬지 않고, 정말 쉼 없이 딸에게 들려주고 있었다.

"이건 똠양꿍이라는 음식이야. 태국 전통 음식인데 맛이 어때?"

"여기 분위기 좋지? 우리 사진 찍어서 여행 앨범 만들자."

아버지가 말을 건넬 때마다 아이는 함박웃음을 지으며 고개를 끄덕끄덕하고 있었다. 그 고갯짓이 그 아이를 살게 할 것이었다. 몸은 아파도, 아버지가 선물한 신나는 인생이 있어서 그 공주님은 위풍당당하게 살아갈 수 있을 것 같았다.

그곳에서 만난 프랑스 부부는 고만고만한 아이가 셋이나 되었다. 6개월 남짓 된 갓 낳은 딸, 두 살 또 세 살배기 연년생 아들 둘. 하나도 아니고, 둘도 아니고, 셋이나 되는 어린 아이들을 데리고 해외여행이라니…. 잠시 기가 찼던 것 같다. 나 같으면 귀찮아서도 저런 짓은 안 하겠다고 생각했으니까.

외아들 하나 키우는 동안, 남들 다 즐기는 바캉스 한 번 제대로 떠나본 적 없는 내가 아닌가. 딱 한 번, 제주 여행을 한 적이 있었지만 그때 이후로는 모두 사절이었다. 그 뙤약볕에, 그 어린것을 돌봐야 하는 엄마 노릇이 얼마나 무섭고 두렵던지!

그런데 그들 부부는 참 잘도 즐기며 행복했다. 두 아들은 마냥 풀어놓은 채 뛰어놀게 하고, 밥도 먹고 칵테일도 마시고, 산책에 수영도 하고, 그것도 모자라 밤에는 댄스파티에 나와 춤도 추었다. 유모차에 어린 딸을 태우고 엉덩이를 살랑살랑 흔들면서 춤을 추는 엄마, 그런 아내를 흐뭇하게 지켜보는 아빠…. 그런 모든 풍경들이 그림 같았다.

그래서 하마터면 또 울 뻔했다. 이미 다 가고 없는 나의 지난 시간들이 아까워서. 충분히 할 수 있었는데도 도망 다녔던 나의 미련함이 원망스러워서.

길은 떠나는 자를 위해 열리는 법이라는 것, 행복은 받을 준비가 되어 있는 이들에게만 찾아온다는 것, 길 위에서 만난 사람들에게 배운 인생이다. 비가 온다고 해서 멈춰야 할 이유는 없다는 것. 그 비를 뚫고 나아가야 한다는 것.

돌아오는 비행기에서 나는 내내 그런 생각에 빠져 있었다. 지나간 시간들을 돌이키고 싶다고도 생각했던 것 같다. 그러다 또 웃었지. 되지도 않을 일에 마음을 두느니 지금부터라도 잘 살자 하면서.

"아들, 무슨 생각 하고 있어?"

"나? 아무 생각 안 하는데."

"이번 여행 괜찮았어?"

"뭐… 그런대로… 좋았어."

"느낀 점은 없나?"

"느낀 점? 영어 회화 공부를 열심히 해야겠다, 이런 거?"

스무 살에게는 스무 살의 인생이 있고, 쉰 살의 여자에게는 또 그대로의 인생이라는 게 있는 법이다. 지금 할 수 있는 만큼 아낌없이 해보고, 지금 느낄 수 있을 만큼 충분히 행복할 것. 그렇게 사는 것보다 더 좋은 인생이 또 있을까. 내 아들도 그랬으면 싶다. 더도 말고, 덜도 말고 딱 그렇게만. 그 나이만큼의 크기로 인생을 즐겼으면! 그런 게 후회 없는 인생일 테니까.

잊지 마라.
오늘이라는 시간은 두 번 다시 오지 않는다.
– 알리기에리 단테

: 아이가 어릴 때 조금 더 크면 같이 해야지 하고 생각했던 일들이 참 많았다. 무언가를 같이하기에는 내가 턱없이 겁 많은 초보 엄마였고, 먹고사느라 하루하루가 초침처럼 흘렀고, 아이를 키우면서도 얼마든지 할 수 있는 일은 없을까를 찾느라 두리번거릴 때였다. 그렇게 '내일'을 걱정하느라, 나는 아이와의 숱한 '오늘'을 다 놓쳤다.

좋은 기억은 살면서 두고두고 큰 힘이 된다는데… 내가 남겨준 좋은 기억이 과연 몇 점이나 될지 모르겠다. 이제는 생각도 나지 않는다. 이다음에 내가 아이와 함께하고 싶었던 일들이 무엇이었는지. 아이는 너무 자라 어른이 되었고, 나는 관절이 아프거나 눈이 침침해진 중년의 여자가 되었다. 이대로 더 세월을 흘려보내면 그 어느 날, 나는 또 지금처럼 말하겠지. 사는 게 좀 더 편해지면 그때 내 아들과 함께해보고 싶은 일들이 있었다고.

이 책을 막 쓰기 시작하면서 생각했다. 아직 어린 아이를 둔 엄마들은 참 좋겠다고. 아직 무언가를 하기에 충분한 시간이 있으니 얼마나 좋겠느냐고. 그 엄마들의 젊음이 부러웠고, 나도 다시 돌아가 후회 없이 행복한 시간을 만들고 싶다고도 생각했다.

지금 나는 그 생각을 고쳐먹는다. 지금 하면 된다. 그때 못했던 일들을 끄집어내거나 마음 아파할 것은 없다. 지나간 시간은 돌아오지 않고, 아까운 오늘을 괜한 후회로 채울 수도 없다. 그러기에는 내가 너무 빠르게 늙어갈 거고, 내 아들은 곧 나의 곁을 떠나 자기 세상으로 갈 테니까.

아들과의 연애는 이제 끝내는 게 좋겠다. 그 생각은 여전하다. 대신 나는 아들을 다르게 사랑하는 방법을 찾아보기로 했다. 그것이 무엇인지는 이 책이 끝나갈 무렵이면 이야기할 수 있게 되겠지. 글에다 마음을 담아 이야기하다 보면 나도 모르는 내 마음을 발견하게 될 테니까.

자고 나면 또 새로운 오늘이 시작될 거다. 아침이 고단해도 웃으면서 시작하기를, 반짝 웃는 엄마의 얼굴을 아이에게 보여주면서 행복하게 하루를 맞이하기를. 내 생각엔, 행복이란 그렇게 아주 작은 첫걸음에서부터 시작되는 것 같다. 여태 그걸 몰랐던 게 안타까울 뿐.

2

너는 어렸고, 나는 젊었고

: 엄마를 지켜준다고 약속했던, 그 아들이 사라졌다!

결혼은 시트콤이다

스물다섯 살, 이제 막 창창하게 피어나던 그 무렵에 결혼을 했다. 스물여섯 살이 되는 날 독립을 하겠다고 아빠와 엄마에게 당당히 선포했던 나였다. 그래서 차곡차곡 목돈을 만들어가던 중이었다. 그런데 그만 스물다섯을 마쳐가는 12월의 눈 오는 날, 나의 독립 계획이 수포로 돌아갔던 거다.

엄마 때문이었다. 딸 넷에 아들 하나. 그리 넉넉하지도 않은 형편에 다섯이나 되는 아이들을 주렁주렁 달고 키워야 했던 엄마는 혼삿줄이 밀리는 것을 가장 두려워하셨으니까.

"우리 집은 스물다섯 살이 정년이야. 엄마 아빠도 힘들어서 그 이상은 못 키워. 그러니까 무조건 결혼해서 나가. 나도 좀 살자."

장녀였던 나는 엄마가 정한 첫 프로젝트의 주인공이었다. 결혼에 큰 뜻이 없었으므로 가풍에 따라 스물여섯 살의 독립을 준비하고 있는 중이었다. 그런데 엄마의 방해 공작이 아주 만만치가 않았다. 그도 그럴 것이 기자랍시고 괜히 난 체하면서 사는 내가 엄마는 아주 불안했을 거다. 왜? 평생 노처녀로 늙어 죽을까 싶어서.

"우리 보험 회사 소장 중에 서른아홉 먹은 노총각이 있는데 너 달래. 나

이가 좀 많기는 해도 능력 있고, 집도 한 채 있고…. 어쩔 거야? 만날 거야,
아니면 누구 데려올 거야?"

그럴 수는 없었다. 보험 회사 소장? 서른아홉? 띠 동갑으로 한 바퀴 돌
고도 한참 웃도는 할부지? 게다가 얼굴도 모르는 작자한테 팔려가는 거?
그럼 나 심청이 되는 거 아냐? 정말이지 그럴 순 없는 노릇이었다. 평소
나에게 슬쩍 관심을 보이는, 나도 은근한 관심으로 기웃거리고 있던 이웃
잡지사의 포토그래퍼에게 도움을 청했다.

"우리 집에 한번 가주면 안 돼요? 얼굴만 좀 보이고 오면 돼요. 그럼 내
가 맛있는 밥 살게요."

과일 한 박스 차에 싣고 그가 우리 집으로 왔고, 엄마 얼굴에 꽃이 피었
다. 아빠는 어쩐지 석연치 않은 딸의 드라마를 눈치채셨는지 썩 내켜 하
지 않았지만, 엄마는 닭 잡을 기세였고 철부지 동생들은 그가 현관에서
신발을 채 벗기도 전에 '형부'라고 불러댔다.

"그래, 그 집에는 언제 인사를 드리러 가나?"

입꼬리를 귀에 걸고 엄마가 물었다.

"아… 네? 네… 다… 다음 주에 가겠습니다."

눈빛이 흔들리고, 당황해서 보라색 얼굴이 된 그 사람이 숨을 고르며
대답했다.

다음 주, 나는 그 집으로 갔다. 이번에는 그 집 어머니가 말씀하셨다.

"니가 지금까지 데려온 애들 중에 젤 낫다. 그래, 양가 인사는 언제 하는
게 좋겠냐?"

이상하다. 이게 아닌데… 이건 정말 아니지 않아? 왜 이렇게 된 거지?

그런데 별생각 없던 결혼이 착착 진행되기 시작하자, 그때서야 그 사람이 눈에 들어왔다. 성격이 좋다. 서글서글하다. 청어 가시처럼 뾰족한 게 많은 우리 아빠랑은 딴판이다. 집도 한 채 있단다. 직장도 번듯하고, 풍뎅이처럼 생긴 작은 차도 한 대 몰고 다닌다. 젊어 혼자되신 어머니가 조금 까다롭게 느껴지기는 하지만 솔직한 성품이고, 게다가 형제자매들 모두 결혼해 출가한 집의 막내다. 맏형과 두 누나는 엘리트에 인품이 좋다. 무엇보다 그 남자가 나를 썩 아껴주는 눈치다.

"니가 어려서 동생들 거두느라 그렇게 고생하더니 늦복이 터졌나 보다. 엄마는 얼마나 좋은지 몰라. 이렇게 좋은 집으로 시집가게 될 줄 상상이나 했겠어? 고맙다, 우리 딸."

그 모든 절차가 1년 사이에 이루어졌다. 상견례를 하고, 약혼식을 올리고, 결혼을 하고…. 무슨 일인가 일어나고 있다는 걸 절실히 깨닫게 된 건 결혼식을 마치고 신혼여행을 떠나기 직전의 일이었다. 엄마, 나 다녀올게… 하다가 눈물을 쏟기 시작했고, 엄마에 이모에 동생들까지 엉겨 붙어 우리는 모두 울었다. 그때만큼은 확실히 팔려가는 딸, 팔려가는 언니를 대하듯 가족들이 모두 그랬다. 어안이 벙벙한 표정으로 그런 황당 시추에이션을 바라보던 남편의 얼굴이 지금도 기억날 정도니까. 첫날부터 그렇게들 반색이더니… 그 사람 참 황당했겠다.

심장이 다 타들어갈 듯, 그런 사랑이어야만 한다고 생각했었다. 스물다섯, 나는 세상 물정 모르는 헛똑똑이에다 아직은 사랑을 믿는 철부지였다. 내게 사랑이란 연애소설에 등장하는 질풍노도 같은 것. 수시로 그런 사랑을 꿈꾸었다. 결혼은 로맨스 영화처럼 이루어지는 것이라고 믿었던 내가 그토록 시트콤 같은 버전으로 누군가의 아내가 될 줄은 진짜 몰랐다.

미쳐야 한다고 했다. 모두들 그렇게 말했다. 사랑에 미치든, 돈에 미치든, 아니면 뭔가에 홀려서 정신 줄이 살짝 나가든… 결혼은 그렇게 하는 거라고. 세상에 완벽한 결혼이라는 게 존재할 리 없으니 무엇에든 홀리지 않고서야 결혼이라는 모진 땅으로 성큼성큼 걸어 들어갈 이유가 없지 않은가. 대신 기다리겠지. 언젠가는 꿈속의 그 사람이 모습을 드러낼 것이라는 기대를 품고. 그러나 단언컨대 그런 사람, 그런 사랑은 오지 않는다. 그러니 결론은 두 가지다. 미쳐서 결혼하거나 아니면 혼자 살거나!

결혼하고 1년. 냄비 여러 개 태워먹었다. 깨를 볶느라 그랬다. 깨를 다 태우는 줄도 모르고 볶아대느라! 아침이면 둘이 함께 출근을 했고, 밤이면 나란히 퇴근을 했다. 비디오 가게에 들러 영화 한 편 고르고, 맥주 서너 캔 사고, 밥을 먹고 나면 그 사람 무릎을 베고 누워 영화를 보았다. 함께 페인트칠을 하고, 빵을 굽고, 빨래를 같이 널었다. 결혼을 하고 나서야 새록새록 연애질이 시작된 것 같은, 이 결혼 참 잘했구나 싶게 하는, 그런 날들이 굴비처럼 엮어졌다.

'결혼이 이런 거라면… 나, 정말 잘한 거 아냐? 그런데 결혼한 선배들은 왜들 그렇게 시니컬했던 거야? 정말 알다가도 모를 일이네!'

나는 한 치 앞도 내다보지 못한 채 하루하루 점점 더 거만해졌다.

"남편 앞에서 절대로
무거운 거 들지 말아요"

"결혼 생활 어때요? 좋죠? 그럼 좋지. 첨엔 다 그래.

그런데 그거 오래 안 가요. 금방 상한다니까. 시들시들해져요.

잘 손질해서 오래가도록 냉장 보관해야 하는데,

여자들이 원래 좀 맹추 같잖아요. 남자들은 어리숙하고.

그런 둘이 살다 보니 냉장 보관하는 법을 못 찾아요.

내가 뭐 하나 알려줄까요? 내 말 믿어봐요. 아주 쉬워요.

남편 앞에서 절대로 무거운 거는 들지 마요.

번쩍번쩍 들 수 있어도 참아요. 해달라고 해요.

아이 무거워, 그러면서 못하는 척해야 해요.

안 그럼 평생 무거운 짐 다 지고 살아야 하는 거야.

못도 박지 마요. 가구 같은 것도 혼자 막 옮기고 그러면 안 돼요.

수시로 해달라고 해요. 그래야 남편 으쓱하고, 내 몸도 편해요.

별거 아닌 거 같죠? 근데 이거 진짜 중요하다니까.

뭐든 혼자서도 잘하는 여자들, 끝까지 참 고단하게 살거든.

시시한 것부터 같이 해 버릇하면서 사는 거, 뭐든 같이하는 거…

그래야 끝까지 평탄한 결혼이 되는 거예요.
그런데 여자들, 그걸 못하더라. 나도 할 말 없지만!"

오래오래 전, 요리 연구가 임 모 선생이 내게 말했다.
에이, 시시하게! 그런 게 어딨어? 생각했다.
이제 와 생각해보니 그 말, 맞는 것 같다.

SAYS & THINK
생선과 손님은 3일만 지나도 냄새를 풍긴다. - 벤저민 프랭클린

: 생물들의 유통 기한은 짧다. 착착 소분해서 센스 있게 냉동하지 않으면 신선도
는 곧 떨어지고, 악취를 풍기는 것도 시간문제다. 사랑도, 결혼도 다르지 않은 것
같다. 결혼의 맛은 신선할 때부터 잘 관리되어야 하는 거다. 사랑한다는 이유로
너무 쉽게 바닥을 보이는 것도 신선도를 떨어뜨리는 이유가 되겠지.
남편 앞에서 여자로 보이기를 포기하지 말아야 한다. 버틸 수 있을 때까지 충분히
버티면서 여자의 특혜를 누릴 필요가 있다. 남자들이 은근히 잘 속는다.
그런데 나는 어쩌자고 결혼한 지 사흘도 안 되어 나의 실체를 다 보여준 걸까? 혼
자서도 잘하는 씩씩한 모습을 너무 일찍 들켰나 보다. 아이, 참!

기러기가 되었다

"결혼? 그거 아주 지옥이야, 지옥! 뜨거운 불구덩이라니까 그러네. 그래도 좋을 하던가!"

아직 결혼 안 한 여자들을 보면 부러운(?) 마음에 가끔 이렇게 초를 친다. 결혼 못해서 안달이 났는데, 그 아픈 상처에다 빙초산을 뿌리는 거다. 지는 결혼해서 애도 낳고 두런두런 살면서 남은 못하게 뜯어말리다니… 대체 그건 무슨 심보인지. 그 얘기를 들으면 여자들은 마치 약속이나 한 듯 똑같이 말한다.

"남자는 별론데 애는 하나 낳고 싶어서요."

요즘 여자들, 똑똑해졌다. 남자를 인생의 구세주로 생각하지는 않는 눈치다. 그게 어딘가. 남자 하나 믿고 뚝딱 결혼했다가 수시로 치를 떠는 여자들이 어디 한둘인가 말이다.

스물다섯, 어리버리한 나이에 결혼해서 한 1년 남짓 신혼의 '단물'에 절여졌던 나는 그리 오래지 않아 '쓴물'로 갈아탔다. 남편이 일본으로 유학을 가겠다고 했다. 사진을 전공해서 잡지사 사진 기자로 멀쩡하게 일하던 사람이 회사도 때려치우고 공부를 더 하겠다는 거였다. 일본에 가서 컴퓨터 사진을 전공하고 싶다고 했다. 그때만 해도 국내에는 그런 게 없었다. 말리지 않았다. 왜? 당연히 나도 같이 가는 줄 알았으니까.

"내가 먼저 가서 자리 잡고, 자기는 한 6개월쯤 있다가 오면 될 거야."

아파트 팔아 그 돈으로 떠나는 유학이었다. 갈 데가 없는 나는 시어머니와 시누이 가족이 함께 사는 집으로 들어가기로 결정했다. 친정집으로 가도 되는데 내 입으로 먼저 시댁에 있겠다고 했다. 왜? 6개월이니까, 6개월만 지나면 날 데려갈 거니까!

3개월이 지났다. 나도 준비가 필요할 텐데 별말이 없었다. 기다렸다. 5개월이 지났다. 역시 고요하다. 그럴 수도 있지, 했다. 6개월이 지났다. 내가 무서운지 전화도 잘 안 한다. 참았다. 1년이 지났다. 결국 폭발했다.

"왜 그래? 나한테 왜 이러는 건데?"

"어… 그게…."

"그게… 뭐? 여자 생겼어?"

"너는 무슨 그렇게 끔찍한 말을 하냐?"

"그럼 이유가 뭐야? 어디 말 좀 들어보자."

"여기 와보니까 장난 아니야. 집은 너무 더럽고, 물가는 비싸고. 나 혼자 지내는데도 이렇게 돈이 드는데 둘이 살면 어마어마할 거야. 그렇다고 자기까지 여기 와서 공부할 수는 없을 거고, 아르바이트를 하면서 살아야 할 텐데…."

"아르바이트, 하면 되지. 나 그런 거 잘해."

"그래도 거기서는 명색이 기자 노릇 하면서 사는데… 그 좋은 일 놔두고 여기 와서 접시닦이를 하는 게 말이 돼? 아무리 생각해도 당신을 그렇게 만들 순 없을 것 같아."

그 사람, 진심이었을 거다. 그래도 가겠다며 펄쩍 뛰던 나도 곰곰이 생각해보니 그 말이 맞다 싶었으니까. 그랬으니 그 사람도 그때는, 그 마음이 진짜였을 거라 믿는다. 하지만 사는 일이 어디 진심 하나로 되나?

그때부터 나는 '명색이 기자'로 살면서 죽자 하고 일해, 돈 벌어 일본으로 송금도 하고, 시댁에서 혼자 막내딸 겸 며느리처럼 아주 어정쩡한 자태로 살게 되었다. 드문드문 일본을 오가면서 임신을 하고, 혼자 입덧에 혼자 출산에, 혼자 육아까지…. 그렇게 남편도 없는 나날을 혼자 지냈다. 울기도 자주, 약 올라 버둥거리기도 숱하게 하면서.

만약 그때 내가 기러기 노릇을 하지 않고 일본 식당에서 접시닦이로 살았더라면 지금 나는 무엇이 되어 있을까? 지금도 가끔 그 생각을 한다. 그때 내가 만약 남편의 뜻을 꺾고 기어이 맨발로 쫓아갔더라면 우리 부부는 지금 어떤 모습으로 살고 있었을까? 지금보다 좋았을까? 아니, 지금보다 훨씬 나빴을까?

모르겠다. 사는 건 정답이 없다. 그저 그 순간의 선택이 있을 뿐이다. 5년을 기러기 아내로 살면서 힘들었고, 쓸쓸했고, 고단했지만 그러는 동안 또 좋았던 일도 있었을 거다. 흘러간 날들을 곱씹어볼 필요 같은 것도 없다. 그냥 사는 거다. 열심히, 열심을 다해서.

그러다 그러다가 또 어느 날, 나에게 묻겠지. 만약 그때 내가 그런 선택을 하지 않았더라면… 그랬다면 지금은 훨씬 좋았을까? 하고.

SAYS & THINK
사람은 아무도 다른 사람을 정말로 이해할 수 없고,
아무도 다른 사람의 행복을 만들어줄 수 없다.
- 그레이엄 그린

: 그 남자가 나를 다 알아줄 거라고, 그 남자가 나를 행복하게 만들어줄 거라고…
아직도 그런 믿음을 가질 만큼 어리석지는 않다. 그러기엔 결혼 생활이라는 게 절
대로 순탄할 수 없는 법이고, 상처 나고 아물기를 수없이 반복하는 동안 마음은
점점 더 약아지니까. 약아빠진 마음으로 살면서 적당히 행복해지는 방법을 찾아
가게 되니까.
나를 책임지는 건 남편이 아니라 나여야 한다. 나를 기쁘게 하는 것, 나를 키우는
것, 내 마음을 진심으로 다독여줄 수 있는 사람도 오직 나뿐이다. 그걸 못해준다
고 남편을 닦달해봤자, 아무 소용이 없다. 남편들은 죽을 때까지 자기 아내에 대
해 잘 모르는 채로 산다. 그러니 뭐든 적당하게! 헌신도 적당히, 배려도 적당히,
상대에 대한 사랑도 적당히! 나머지 기운은 나를 사랑하는 일에 쓰자. 그래야 우
리 여자들도 좀 살지.

펭귄이 되었다

12, 13.5, 16, 17.9⋯. 큰일 났다. 임신 8개월을 꽉 채울 무렵이 되자 몸무게가 기하급수적으로 늘기 시작했다. 이게 뭐야? 다른 여자들은 임신 말기가 되어도 12킬로그램 남짓 늘어나는 게 고작이라는데 나는 왜 이래? 애가 배 속에서 다 커서 나오는 거 아냐? 이러다 키와 몸무게가 비슷해지게 생겼잖아!

처음엔 코미디 버전으로 투덜거렸는데 매우 지속적으로 몸무게가 늘어나자 살짝 불안해졌다. 그런 위기가 닥쳤는데도 하루에 딸기 한 근은 기본에다 아이스바 두세 개는 먹어 치워야 하는 식탐은 여전했다.

"아이고! 제수씨! 하하하하! 나는 제수씨 닮은 펭귄인 줄 알았네요."

그날도 한 손에는 딸기 한 봉지, 다른 한 손에는 아이스바 하나를 들고 쭉쭉 빨아 먹으며 어기적어기적 집으로 향하고 있는 중이었다. 흡사 링 위로 막 등장하는 스모 선수 같았을 게다. 그 모습을 골목에서 딱 들킨 거다. 그것도 오랜만에 다니러 오신 아주버님에게 말이다. 스타일 다 구긴다, 진짜. 펭귄이 뭐야, 펭귄이!

하지만 거기서 끝이 아니었다. 9개월 중반쯤 되자 체중은 20킬로그램을 가뿐히 뛰어넘었다. 양말을 한 번 신으면 고무줄 자국이 문신처럼 찍힌 채 사나흘 동안 지워지지 않았고, 손가락은 잘 굽혀지지도 않을 만큼 부었고, 얼굴 중앙에 얌전히 있어야 할 코가 퉁퉁 불어서 뺨을 덮을 지경에 이르렀다. 사람에서 펭귄으로 완벽하게 거듭나고 있는 형국이었다.

덜컥 겁을 집어먹고는 임신중독증 검사를 받았는데 다행히 아무 이상이 없다고 했다. 어쨌든 최후에는 체중이 24킬로그램까지 증가해 급기야는 70킬로그램대의 몸무게를 찍고 말았었다. 엄마 되기, 참 힘들었다.

남편 유학 보내고 사니 기러기에, 아이 가져 태산 같은 몸매가 되었으니 펭귄에… 어쩌면 내게 있어 결혼이란 조류의 나날이었을까. 하긴 '닭대가리'라는 말도 곧잘 듣곤 했던 편이니 태생이 조류였을지도.

그런데 정말 닭대가리가 맞는지 그 시절의 기억 같은 것들은 죄 잊었다. 진짜 많이 울었고, 이를 부득부득 갈았고, 복수의 칼날도 갈았으며, 짐도 여러 차례 꾸렸었는데…. 힘들었던 그 일들이 기억나지 않는 걸 보면 나는 꽤 무딘 편인가 보다.

"엄마, 엄마는 애 다섯을 어떻게 다 낳았수?"

뒤뚱거리며 사는 하루하루가 하도 숨이 차고, 힘이 들어 친정엄마에게 물었었다. 하나도 이렇게 힘든데 울 엄마는 다섯을 어찌 다 낳았을까 싶으면서 문득 가여운 생각이 들어서였다.

"병원에서 낳았지."

엄마가 대답했다. 명답이다.

전쟁 공포증

출산일이 코앞으로 바짝바짝 다가오고 있을 무렵, 시국이 아주 흉흉했다. 자세히는 기억나지 않지만 북한과의 관계 악화로 곧 전쟁이 터질 것만 같은, 일촉즉발의 위기가 매일 계속되고 있는 상황이었다.

무서웠다. 눈만 뜨면 떠들어대는 전쟁 운운하는 뉴스에 다리가 벌벌 떨려서 제대로 걷지도 못했다. 사태는 점점 더 악화되어 급기야 사람들이 라면과 쌀과 양초 같은 걸 사재기 시작하는 형국이 되었다. 슈퍼마켓 판매대가 완전히 텅텅 비어가는 상황이었다. 나라고 질 수야. 장롱 가득 먹을 거, 불 지필 거, 마실 거… 쟁였다. 시어머니는 그런 나를 보면서 자꾸 코웃음을 치셨고.

그런데 가만 생각해보니 먹을 게 문제가 아니었다. 피란 가는 길에 덜컥 출산을 하게 되면 그땐 어쩌나. 아아아~! 생각하고 싶지도 않은 그 공포감이라니. 새파랗게 질린 얼굴로 어머니에게 물었다.

"어머니, 저기요, 혹시 말이죠, 아기 받아보셨어요?"

옛날 어른들은 집에서 아이를 낳는 일도 많고 했다니 혹시나 싶은 마음에 물었던 거다. 어머니가 대답했다.

"아니, 사람은 못 받아보고 소는 받아봤는데."

"헉! 그럼 어째요?"

"왜? 뭐를 어째?"

"피란 가다 애 낳게 되면 어머니가 받아주셔야죠."

"하하하하하하! 내가 너 때문에 정말…. 너, 병원 가봐라."

어머니가 웃으셨다. 나는 웃지 않고 계속, 벌벌 떨었다.

출산 공포증

배는 너무 크고, 예정일이 다 되도록 자궁문은 하나도 열리지 않았다기에 하는 수 없이 제왕절개 수술로 결정했다. 드디어 출산을 하루 앞둔 날 밤. 나는 몹시 두려웠다. 아기를 낳는 게 무서운 게 아니라, 딸을 낳을까 무서웠다. 줄줄이 딸을 낳은 친정엄마 출산 유전자를 쏙 뺄까 싶어서. 그도 그럴 것이 시댁은 아들이 귀한 집안이었다.

"얘, 수경아! 병원에서 아들인지 딸인지 안 가르쳐주던?"

"파란 이불 살까요, 분홍 이불 살까요? 물어봤거든요."

"옳거니! 그랬더니?"

"그냥 하얀 이불 사라던데요?"

"아이쿠! 딸이네, 딸이야. 속상해서 정말!"

출산에 맞춰 잠시 귀국한 남편이 옆에서 펄쩍 뛰었다.

"엄마! 딸이 더 좋아요. 딸이! 요즘이 어떤 세상인데!"

"누가 몰라? 그래도 아들 하나는 있어야지!"

"엄마도 참… 이번에 아니면 담에 또 낳으면 되잖아요."

두 사람의 대화를 듣고 있자니 슬쩍 열이 올랐다. 은근히 섭섭해서 부아가 난 목소리로 내가 말했다.

"걱정 마세요. 제 배에서 나오면 아들 같은 딸일 거예요."

말은 쿨하게 했지만, 내심 마음에 두고 있었나 보다. 수술대 위에 누워서 하나, 둘, 세다가 까무룩 잠이 들었는데 어렴풋이 들리는 의사의 목소리가 그저 꿈인가 싶었다.

"일어나세요. 눈 떠보세요. 아들 낳았어요, 아들."

아들⋯ 됐다, 그랬었다. 그때는 그렇게 안도했었다. 하지만 살면서 자꾸만 딸이 하나 있었으면 싶었다. 많이 망설였다. 하나 더 낳을까? 딸 하나만 더 낳을까? 하지만 포기했다. 아들을 키우다 보니 저절로 포기가 되었다. 딸이 아니면 낭패다 싶어서!

B형 남자만 아니면 되지

"고생했다. 정말 고생했어. 우리 동생이 엄마가 되다니! 정말 믿기지가 않는다, 얘."

한집에 함께 살면서 언니 동생 하는 작은 시누이가 꽃다발을 안고 버선 발로 달려와 축하해주었다.

"그런데 얘, 니 아들 혈액형이 뭐라니?"

"그러게. 아직 그걸 못 물어봤네."

"너 닮았을 거야. 그럼 A형일 확률이 높아."

"A형 남자는 좀 쫀쫀하지 않나?"

"아니야, 얘. 그래도 제일 따뜻하고, 감성적이고, 사람 배려할 줄 알고… A형 남자가 그렇더라. 사회에서 만난 사람들 중에 괜찮다 싶은 남자들은 전부 다 A형이더라고."

"그런가? 나는 사실 O형 남자가 좋던데. 서글서글하고, 매너 좋고요."

"그래. O형 좋지. 그런데 너는 어쩌자고 AB형을 골랐니? AB형 남자는 철이 좀 없는 편인데! 니 신랑 AB형이지? 맞지?"

"맞아요, 언니! AB형 별로야. A형 흉내를 내면서 다정하게 굴다가 갑자기 홱 돌변해서 B형 남자가 되고 그런다니까."

"맞다, 맞아! 그런데 사실… 걔가 B형이 아닌 게 얼마나 다행이니? 요즘은 여자들이 온통 B형 남자들 뒷담화를 하느라 바쁘던데?"

"그러게요. 뭐 어쨌든 우리 아가가 B형만 아니면 되지, 뭐."

"아휴, 애! 그런 소리 입에 달지도 마라. B형 아들을 어떻게 키우니?"

언니랑 둘이 헛소리 같은 진심을 주고받고 있을 때, 하얀 가운을 입은 작달막한 원장 선생님이 문을 열고 들어와 말했다.

"김수경 씨, 아들이 B형입니다."

아들 둔 엄마라는 죄

일본 유학을 떠났던 남편은 아이가 두 돌이 지날 무렵, 그러니까 혼자 떠났다가 5년 만에 돌아왔다. 그사이, 우리는 사자처럼 으르렁거렸었다. 찰떡처럼 붙어서 눈꼴시게 굴었던 신혼의 애정 행각 같은 것은 물 건너간 지 오래였다.

그랬다. 몸이 멀어지면 마음도 멀어진다는 건 진리였다. 보고 싶다 그러다가도 막상 함께 있으면 서로가 서로에게 불편한 사람이 되었다. 길들여지다는 건, 그렇게 무서운 일이었다.

사실, 돌아왔다고는 하지만 나에게 끌려온 참이었다. 일본 대학에 남고 싶다는 그에게 '이혼 도장 찍고 가라'며 으름장을 놓았으니까. 몸이 5년을 떠나 있었고, 다시 돌아와서도 마음이 5년을 떠나 있었다. 그렇게 10년, 우리 부부는 외줄타기를 하듯 아슬아슬한 30대를 건너왔고, 그 줄 위에서 아이가 자랐다.

"저 아자찌 누구야~아!!!!??? 당장 이 집에서 나가라 그래~애!!"

잊을 만하면 나타나서 엄마 옆자리를 차지하는 아빠 때문에 우리 애, 스트레스도 엄청 받았었다.

방학을 맞아 잠시 집에 다니러 온 남편에게 나는 큰맘 먹고 여행을 제 안했다. 돌쟁이 아들도 데려 가자고 했다. 제주도 특급 호텔에서의 2박 3일. 거기에 가서 못다 받은 여자 대접도 좀 받고, 아이에게도 멋진 아빠를 보여줄 참이었다.

그런데 꿈이 너무 컸나 보다. 제주도 호텔에 짐을 풀기 무섭게 남편은 단잠에 빠져들었다. 잠잘 때 말고는 1초도 가만히 있는 법이 없는 돌쟁이 아들은 호텔 문을 가리키며 "아! 아!" 하면서 나가자고 졸라댔다.

아이를 데리고 바닷가를 거닌다? 불가능하다. 바다로 뛰어드는 녀석을 지키기 위해 고군분투하고, 모래사장에서 함께 뒹굴고, 햇볕 샤워로 얼굴이 벌게진 채 호텔 방에 들어왔을 때 남편은 여전히 곤한 잠에 빠져 있었다. 시원도 하겠지. 가슬가슬 풀 먹인 침구에 에어컨 빵빵 나오는 쾌적한 침대가 얼마나 황홀하겠나.

다리 좀 뻗어볼까 싶은 순간이 오자 아들놈은 방 한구석에 앉아 힘을 주더니만 똥 방귀를 날렸다. 한숨 돌릴까 싶으면 테이블 위의 스탠드를 내동댕이쳤고, 욕실 변기에 머리를 넣었고, 그것도 지겨운지 다시 문 쪽으로 손을 뻗었다. 밥때가 되었지만 남편의 숙면은 여전하고 아이는 칭얼대고, 결국 다시 밖으로 나와 아이와 둘이 얼음과자 하나씩 입에 물고는 처연하게 먼 바다를 바라보았더랬다. 이게 뭐니? 나 지금 뭐하는 거니? 얼마나 비통하던지.

그 밤, 아이를 재운 뒤 못 먹는 맥주 한 캔을 홀랑 비운 내가 혀 꼬인 소리를 내면서 울고 짜고 진상질을 시작했다. 가만히 덮고 넘어가기에는 내

처지가 너무 한심해 보여서 그랬다. 그러자 남편은 도대체 뭐가 문제인지 전혀 모르는 얼굴로 나에게 물었다.

"그런데 너… 혹시 나 잘 때 밖에서 무슨 일 있었니?"

관뒀다. 내가 이 남자와 무슨 얘기를 하나. 밤새 이불 속에서 흐느꼈더니 다음 날 아침, 얼굴이 붕어로 변해 있었다. 내가 봐도 못났다. 그 얼굴을 보면서 남편이 또 물었다.

"너 또 나 몰래 라면 먹고 잤구나. 으이그! 얼굴이 그게 뭐냐?"

누군가의 아내가 된다는 건 아이에게 말을 가르치는 것과 같다. 하나, 둘, 사과, 배, 하면서 일일이 가르쳐주지 않으면 세상 돌아가는 이치를 눈치채지 못하는 게 남자다. 속이 터지다 못해 배알이 뒤틀릴 지경이 와도 속내를 읽어줄 어른이 되지는 못한다. 그게 남자고, 그게 남편이다. 거기에다 아들까지 덤으로 얹히면? 말이 필요 없다. 그냥 쭉 견디는 수밖에는 방법이 없다. 사분거리는 딸 없이 오로지 아들만 끼고 사는 엄마들이 가여운 건 그래서다.

사랑하는 사람이 필요로 하고 있는 것이
무엇인지를 안다는 것은 매우 어려운 일이다.
- 우고 베티

: "후회되는 게 있어요. 섭섭할 때, 속상할 때 남편한테 일일이 털어놓지 않았던
거요. 아이에게 이런 아빠가 되어주었으면 하고 하나씩 알려주지 못했던 것도 잘
못이었어요. 남자들은 몰라서 그런다는데 그땐 저도 몰랐죠. 아직 젊었고, 자존심
을 어디에 쓰는 건지도 분간할 줄 모르는 철없는 여자였으니까요. 말하면 지는 거
라고 생각했던가 싶어요. 말 걸면 싸우게 되니까 그냥 내 손으로 다했을 수도 있
죠. 아직 늦지 않은 당신은 그렇게 하지 말아요. '그것도 몰라?' 그러면서 사자처
럼 덤비지 말고, 유치원 선생처럼 하나씩 알려주고 부탁해봐요. 남편들이 '부탁'
에는 약하다고 하거든요. 너무 멀리 가버리면 시시한 불만에 불과했던 것들이 돌
이킬 수 없는 과오로 남는 법이거든요."

남편들이 제일 듣기 싫어하는 말,
"우리 얘기 좀 해"

이상하지 않아요? 그 말이 뭐가 어떻다는 거죠?

둘이 한창 티격태격하던 30대,

그 무렵에 우리는 매일 그러고 싸웠어요.

"우리 얘기 좀 해" 하면서 다가가면

"또 무슨 얘기?" 하면서 성질을 내잖아요.

그 말이 나쁜 말인가요?

'얘기' 좀 하자는 게 무슨 '애기'를 낳자는 것도 아니고,

그렇게 예민하게까지 굴 건 없지 않나요?

이야기로 마음을 풀어보려고 다가갔다가

결국 더 큰 싸움만 만들고는

등을 돌리는 일이 한두 번이 아니었죠.

혹시 그 집 남편도 그래요?

그래서 속이 까맣게 숯이 되고 있나요?

이상하게 남자들은 다 그렇더군요.

성질쟁이였던 제 남편, 요즘은 이렇게 말합니다.

"우리 얘기 좀 할까? 시간 있어?"

그럼 저는 아주 뚝뚝하게 대답합니다.

"바빠. 나중에 해."

복수의 칼날을 갈고 그런 건 아닌데도

자연스럽게 이런 날이 오네요.

그 집 남편도 그럴걸요.

그때 복수하면 돼요.

왜냐하면 남자는 나이 들수록 여성화되고,

여자는 나이를 먹으면서 남자가 된다잖아요.

잘 모아두세요. 복수거리들!

그런데 참 이상하죠. 같은 남자인데도

아들의 미운 짓은 왜 그렇게 쉬 잊히는지 모르겠어요.

엄마란 여자, 하여튼 병이 깊은가 봐요.

ADHD : 주의력결핍 과잉행동장애에 대하여

우리 집 아이는 좀 유난스러운 축이었다. 단 한시도 가만히 있는 법이 없었다. 일단 몸을 뒤튼다. 펄쩍펄쩍 뛴다. 배배 꼬다가 다시 풀기를 지속적으로 반복한다. 구르고 뒤집는다. 제재하면? 운다. 지구가 떠나갈 듯이 대성통곡을 한다.

하! 그건 진짜 안 당해본 엄마들은 절대 알 수 없다. 그토록 움직임이 많은 아이를 키워보지 않은 엄마하고는 도대체 말이 통할 수 없다는 얘기다. 10만 원도 넘는 장난감을 사달라고 백화점 바닥에 누워 악을 쓰며 울어대는 아이 때문에 진땀을 흘렸던 적도 있었지, 아마.

하기는 막 태어나서부터 조짐이 있기는 했다. 우리 집 애보다 먼저 태어난 다른 아가들도 우유를 겨우 30~40밀리리터 정도 꼴깍꼴깍 먹고 그러던데… 갓 태어난 우리 아이는 달랐다. 오죽했으면 아이를 돌보던 간호사가 병실로 뛰어올라와 말했을까.

"어머머! 산모님 아기가 우유를 100밀리리터나 먹었어요!"

믿기지 않았던 그 사실은 내가 직접 먹여보고 나서야 눈으로 확인할 수 있었다. 꿀떡꿀떡, 벌컥벌컥 삼키는 폼이 어디서 우유깨나 삼켜본 폼이었다. 그러니 그 힘을 어디에다 쓰겠나. 몸 움직이는 데 쓰겠지.

아니나 다를까. 자라면서 아이는 점점 더 혈기왕성해졌다. 좀 더 구체적으로 예를 들어볼까? 할머니가 아이를 무릎에 앉히고 자동차 뒷좌석에 타면 약 5초 정도 얌전히 앉아서 눈을 깜빡이다가는 이내 야수로 돌변했다. 자동차 유리창이 떨어져나갈 때까지 온몸으로 밀어대거나, 뒷좌석에 있다가 조수석으로 굴러서 넘어오거나, 운전대를 잡고 싶어 생난리 블루스를 추거나, 또다시 뒷좌석으로 비보이 소년처럼 넘어가거나… 마치 공포 영화나 액션 영화 같은 걸 찍고 있는 기분이었다. 그럴 때 아이를 제재할 수 있는 방법은 단 하나였다.

"경찰 온다!!!"

세 살 때였나, 네 살 때였나. 회사의 '엄마 기자'들과 아이를 동반하고 비행기를 탄 적이 있었다. 이륙 준비가 한창이던 그때, 아이가 감쪽같이 사라졌다. 머릿속이 하얘지고, 심장이 멎는 것만 같았던 그 공포라니! 분명히 의자 위에 앉아 있던 애가 사라지는 일은 영화에서나 나올 법한 장면이 아닌가 말이다. 마치 산신령 할아버지처럼 피융~ 하고 사라지기 전에는 불가능한 일이었다.

그때 사라진 내 아이는 좌석 밑에서 찾았다. 이 좌석에서 저 좌석으로, 낮은 포복 자세로 기어갔다 돌아오신(?) 그 아이를 우리 팀 전체가 박수로 열렬히 환영해주었었지. 아, 창피할 때가 많았었다. 내 아이가 창피한 게 아니라, 아이를 그렇게밖에 키우지 못한 내가 말이다.

그 일뿐만이 아니었다. 다른 집 애들은 유모차에 태워서 데리고 다니면 얌전히 잘도 앉아 있던데 우리 집 애는 달랐다. 유모차에 태우고 나갔다가 애랑 유모차를 모두 업고 돌아온 적이 한두 번이 아니었으니까. ADHD, 그러니까 주의력결핍 과잉행동장애가 아닌지 의심하면서 소아정신과 문턱까지 갔다가 그냥 돌아오기를 수없이 반복했으니까.

아이를 유모차에 태우고 겁 없이 나섰던 어느 날은 집에서 채 100미터도 지나지 않아 사고가 터졌다. 말릴 사이도 없이 유모차에서 벌떡 일어나는가 싶더니 슝 날아서 아스팔트 위로 곤두박질! 순식간에 일어난 그 사건은 마치 느닷없이 천둥 번개가 치는 것과 같은 경험이었다. 유모차고 뭐고 다 내팽개치고는 아이를 안고 소아과로 뛰었다. 울면서, 울고불고 제발 살아만 있어 다오 그러면서.

"가벼운 찰과상 정도가 보여서 소독을 했습니다. 너무 걱정 마세요."

"혹시 뇌진탕이거나 뭐 그럴 수도 있지 않을까요? 머리 사진을 찍어보는 게 좋지 않을까요?"

"오늘 하루는 아이가 토하지 않는지 잘 지켜보셔야 합니다. 만약 토하면 그때는 무조건 큰 병원으로 가셔야 해요."

가족들에게는 사건 사고를 은폐했다. 모두가 아는 날엔 나는 아마도 형장의 이슬로 사라지게 될 테니까. 그러그러한 죄로 그날, 나는 매의 눈으로 아이를 지켜보느라 아무것도 못했다. 몰래카메라처럼 아이의 움직임만 쫓느라 옴짝달싹할 수가 없었다. 하루 종일 눈물이 흘렀었나. 쌕쌕 잠이 든 아이의 이마를 어루만지고, 뺨을 비비고 그러면서 꼴딱 밤을 새웠

다. 혹시라도 아이가 토하면, 혹시라도 아이가 잘못되면 죽어버리고 말아
야겠다고 굳게 다짐하면서 얼마나 마음을 졸였는지 모른다.

결국 토한 건 아이가 아니라, 나였다. 끌탕에, 죄책감에, 긴장감으로 밤
을 새우는 동안 내 못된 성질머리가 작동해서는 기어이 구토가 나왔다.
그러다 깜빡 잠이 들었는데….

"아이고! 아이고! 새벽 댓바람부터 또 시작이야? 또?"

어머니의 호통에 눈을 떴을 때 내 곁에 누워 잠들었던 아이는 어느새
뽀르르 현관으로 기어가서 난동을 부리고 있었다. 현관에 철퍼덕 앉아 신
발이란 신발을 모두 입으로 핥아 깨끗이 세탁하면서 말이다.

옥도 닦지 않으면 그릇이 될 수 없다.
-『예기』

: 전문가들은 말한다. 아이가 떼를 쓰거나 격하게 산만할 때는 야단을 치지 말고 집중할 수 있는 대안을 마련하라고. 한마디로 아이의 시선을 '즐거운 무엇'엔가로 돌리게 하라는 충고다. 말은 참 쉽다. 한번 해보라지. 그게 그렇게 쉬운 일인지. 아이는 엄마가 만드는 대로 크는 법이라고 말하는 사람들을 보면 때려주고 싶다. 그러니까 한번 해보라고! 하느님도 만들다가 실패하는 사람이 부지기수인데 엄마가 어떻게 완벽한 사람을 만들겠나.

아이를 키우는 엄마들은 아이를 키우는 그 순간에 대체로 반푼이가 되어 있기 십상이다. 뇌가 집을 나간 상태로 허둥지둥하면서 살기 마련이다. 그런 엄마가 순간순간 현명한 판단이 가능하겠는가 말이다. 그것도 청소를 하고, 빨래를 하고, 요리를 하고, 집안의 대소사를 다 맡아 하면서 아이도 지혜롭게 키운다? 정말이지 가혹한 주문이 아닌가. 그러므로 아이가 잘못하면 무조건 엄마에게 책임을 돌리는 잘못된 관행들은 반드시 뿌리를 뽑아야만 한다.

어쨌든! 그럼에도 불구하고! 산만하기 짝이 없는 아이의 과잉행동을 바로잡기 위해 여러 가지 방법들을 시도했었다. 그중에서 노력 대비 가장 효과적이었던 방법은 '실'을 사용하는 것이었다. 특별한 건 없다. 아이가 일어나면 그저 아이 몸 어딘가에 길게 자른 실 한 줄을 붙여놓는 것이다. 그러면 적어도 30분 이상, 아이는 그

실과 논다. 머리에 붙였던 실을 얼굴에 붙였다가, 그걸 떼어 다시 다리에 붙였다 하면서 집중하는 것이다.

못 믿겠다고? 한번 믿어볼 것! 우리 가족은 어딜 가든 아이와 함께 가는 자리에는 반드시 실을 데리고 다녔다. 내가 아이를 업고 나서기라도 하면 어머니가 득달같이 달려 나오시면서 말씀하셨다.

"얘, 준호 어미야. 실은 챙겼냐? 든든하게 챙겼어? 괜히 낭패 보지 말고 넉넉하게 가지고 나가거라."

물론 이 방법은 돌이 되기 전까지만 유효하다. 그 이후가 되면 실 따위는 거들떠 보지도 않는다. 돌 지나서부터는 실을 주면 바느질을 할 거다, 아마도. 확실히 애들은 엄마의 머리 위에 앉아 있는 게 맞다.

옥도 닦지 않으면 그릇이 될 수 없다는데. 아이를 키우다 보니 아이를 갈고닦아 그릇을 만들기 전에 엄마인 나부터 갈고닦아야 하더라. 내 마음을 단련하지 않고서는 엄마 노릇을 꿋꿋하게 해내기가 어렵다. 사람을 키운다는 게… 그렇게 무거운 일인 거다.

처음 어린이집에 가던 날

아이를 키우는 동안 참 많이도 울었다. 남편은 멀리 타국으로 떠나 유학 중이고, 나는 시댁에 얹혀서 어린아이를 키우며 직장에 다녀야 했으니 눈물이 나는 게 당연했다. 돈을 벌어야 했고, 아이도 키워야 했고, 살림도 해야 했는데 그 모든 것 중에 어느 하나 제대로 해내는 게 없이 철수세미처럼 뒤엉켜 있는 게 나의 나날들이었다.

아이를 봐주시는 어머니는 어머니대로 '창살 없는 감옥살이'라는 말을 입에 달고 사셨는데 그 말을 들을 때마다 뒤꼭지가 뜨거웠다. 힘드신 게 당연하고, 그래서 늘 미안하면서도 이상하게 자꾸 부아가 났다. '니 아들 니가 키워라'도 매일 듣는 말 중 하나였다. 분해서 가자미눈에, 스트레스에 살이 쪄서 동태 같은 몸에, 관리 못해서 말린 굴비 같은 피부에…. 그 시절의 나를 기억하는 이가 있을까 싶어 두려울 정도다. 어물전에 가면 저게 나지, 저것도 나구나 하면서 늘 한숨을 쉬었던 기억이 난다.

그 무렵 공지영의 소설 『무소의 뿔처럼 혼자서 가라』를 읽다가 목이 다 쉬도록 운 적도 있었다. 혼자 아이를 키우며 생계를 걱정하던 책 속의 여자가 묻고 있었다. '아이를 키우면서 얼마든지 할 수 있는 일이 없을까?'

하고. 이 세상 어디에도 그런 일은 없다는 답이 책 속에 들어 있었다. 그때 나도 항공사 승무원으로 전 세계를 누비며 살던 셋째 여동생한테 똑같은 질문을 한 적이 있었다.

"아이를 키우면서도 얼마든지 할 수 있는 일이 없을까?"

"왜 없겠어. 있지."

"그래? 정말? 그게 뭐야?"

"인형 눈 붙이는 거. 그럼 집에 인형이 많으니까 아이도 좋아하고, 돈도 벌고! 그렇지 않겠어?"

"고맙다, 진짜! 큰 도움 됐다."

결국 선택한 방법은 아이를 어린이집에 보내는 것이었다. 아직 말도 제 대로 못하는데, 이제 막 아장거리면서 걷기 시작했는데, 기저귀도 못 뗐는 데…. 마음에 걸리는 게 한두 가지가 아니었지만 달리 방법이 없었다.

잊을 수가 없다. 아니, 평생 잊지 못할 풍경이겠다. 어렵게 선택한 구립 어린이집에 처음 아이를 맡기고 오던 날의 그 풍경을.

적응기가 필요하다고, 딱 한 시간만 있다가 아이를 데리러 오라고 했었 다. 그런데 손을 잡고 아장아장 걸어 들어갈 때부터 아이가 벌써 알고 눈 동자가 흔들리기 시작했다. 내 다리에 착 붙어서 떨어지지 않았다. 달래고 달래다가 기어이 벌레 떼어내듯 하고는 울면서 뒤돌아 나왔었다.

그 한 시간. 나는 어린이집 대문 옆 기둥에 앉아 숨죽여 울었고, 아이는 안으로 들어가지도 않은 채 처음 자세 그대로 운동장 바닥을 뒹굴면서 울었다. 엄마, 엄마, 목청껏 부르며 우는 소리가 온 동네를 그득 채울 기세였고, 어르고 달래던 교사도 지쳤는지 울게 내버려두고 있었다. 아이 떼놓고 멀리 도망가는 엄마처럼 벽에 기대어 몰래 울던 그때 내 모습은 모르기는 해도 영화 한 편 족히 찍어도 좋을 만한 연기력이었을 거다.

딱 한 시간 만에 그 문 안으로 다시 들어섰을 때, 온몸이 땀으로 범벅이 된 채 울고 있던 아이가 나를 향해 달려오며 '엄마!'를 불렀다. 생이별을 마감하는 뜨거운 재회. 딱 그 형국이었다.

"음…마, 미어!"

그래, 아들. 나도 내가 밉다. 내 목을 끌어안고 '엄마 미워!'를 연발하는 아이에게 해줄 말이 없었다. '젠장, 사는 거 참 더럽네!' 혼자 속엣말을 하며 질질 우느라 아이를 달래줄 형편도 못 되었었지.

울지 않고 착하게 어린이집으로 가기까지는 3개월은 족히 넘는 시간이 필요했다. 걔도 울고, 나도 울고! 아침마다 드라마를 찍느라 진이 빠지고 혼이 나갔으니까. 겨우 적응해서도 떼를 쓰기 일쑤였고, 노란 옷에 노란 가방을 등에 메고도 매일매일 똑같이 말했다.

"안 가! 안 가꼬야!"

지금 돌아보면 그저, 다 지나가는 하나의 과정에 불과했다 싶지만 그때 나는 절망하고 자책했었다. 어쩌면 지금 또 어떤 아이의 엄마 역시 내가 겪었던 그 시간을 겪고 있을 테고, 그래서 나처럼 벽에 매달린 채 주먹을 물고 울 거다. 하지만 괜찮다. 괜찮다는 말을 해주고 싶었다. 다 지나간다고, 그 쓰라린 시간은 곧 지나갈 거라고.

현재를 넘어서서 미래까지 걱정하게 된다면
인생은 살 가치가 없을 것이다.
– 서머싯 몸

: 어떻게 키워야 할까? 무엇이 정답일까? 아이를 키우는 내내 걱정이 끊이질 않았었다. 만약에 내가 다시 아이를 낳는다면 절대로 일을 하지 않을 거고, 만약 내가 계속해서 일을 해야 한다면 절대로 아이를 낳지 않겠다는 다짐도 수없이 했었다. 그 다짐은 끝내 지켰다. 나는 일을 하고 있고, 두 번째 아이는 낳지 않았으니까. 미래가 불안한 아이로 키우고 싶지 않은 마음 때문이었다. 나는 지금 '엄마 노릇'을 잘하고 있는 것인지, 내 아이는 잘 자라고 있는 것인지에 대한 불안감 때문에 늘 스스로를 볶아대곤 했었으니까.

아이가 다 자란 어른이 되고 보니 지나친 걱정은 하지 않아도 좋았었지 싶다. 세상이 하도 어수선하여 도무지 마음 놓을 길이 없지만 그렇다고 매일 전전긍긍, 안절부절, 그럴 수는 없지 않나. 아이는 생각보다 잘 자란다. 다 잘 될 것이라고 믿어주면 더 잘 자란다. 그렇게 영웅들 엄마 흉내 좀 내면서 키우는 거지, 뭐!

엄마, 이 반지는
우리 둘만의 비밀이야

"애, 준호 어미야! 니 아들이 오늘 할머니를 위해서 뭘 사온 줄 아니?"

"걔가 뭘 사왔어요? 뭔데요, 뭔데요?"

"오이를 사왔단다. 오! 이!"

"오이를요~오? 어머머! 걔 웃기네요, 어머니."

"미안하지만 엄마 건 없다는데? 너, 섭섭하겠다!"

"켁! 너무하는 거 아니에요?"

어느 날, 취재와 촬영이 한창이던 어느 지쳐 있던 순간에 시어머니로 부터 전화가 걸려왔다. 어머니의 목소리가 유리알 굴러다니듯 딱 그랬다. '뭐 좋은 일 있으신가?' 싶었는데 아니나 다를까! 손주 놈에게 어마어마한 선물을 받으신 거였다. 그것도 오이다. 여름이 시작되면서 오이지에, 오이 소박이에… 날이면 날마다 오이를 끼고 사는 할머니를 눈여겨보았던가. 아들이 오이 두 점을 양손에 하나씩 들고 백두 장군처럼 돌아왔더란다.

그러니까 사연인즉슨, 그날 어린이집에서 무슨 시장 놀이 같은 게 있었던 거다. 바자회 비슷한 시장 놀이를 한다고 집에서 뭘 좀 챙겨 보내라기에 책 몇 권 들려 보냈는데 아마 거기서 건진 물건인가 싶었다.

그런데 내심 섭섭했다. 처음에는 오이를 암행어사 마패인 양 들고 온 그 아이가 하도 깜찍해서 깔깔 웃었는데 차츰 시간이 흐르면서 내내 패씸해지는 거였다. 아니, 고놈 참 너무하네. 엄마 거는 없다고? 지가 나한테 어떻게 이럴 수 있어? 엄마가 할머니만도 못하다는 거야? 게다가 샘통이 다 하는 투로 바짝바짝 약을 올리는 시어머니도 눈엣가시처럼 딱 그랬다. 이대로는 안 돼! 특단의 조치를 취해야겠어. 퇴근 후, 나는 잔뜩 풀 죽은 듯한 얼굴을 하고는 집으로 들어섰다.

"엄마!" 하면서 현관으로 달려 나오는 아이를 일단 가볍게 떼어냈다. 인사도 받는 둥 마는 둥 하고는 방으로 들어가니 아이가 '뭐지?' 하는 눈으로 나를 쫓아 들어왔지만 모른 척했다. 책도 읽어주지 않았고, 서로 눈 맞추며 하루를 보낸 이야기를 나누는 시간도 만들지 않았다. 엄마를 섭섭하게 하면 어떤 형벌이 내리는지 처절하게 알려주고 싶었던 거다. 말을 걸어도 응대해주지 않자 아이는 잠들기 직전까지 내내 나의 주변만 똥 마려운 강아지처럼 왔다 갔다 했고, 그 모습이 우습기도 혹은 안쓰럽기도 해서 웃어넘기려다가 기왕에 시작한 연기를 접을 수가 없어서 참고 있었다.

그런데 그 밤, 세수하고 치카치카도 하고, 잠옷도 갈아입고 방으로 들어온 아이가 내게 무언가를 내밀었다.

"엄마, 있잖아."

"…."

"내가 엄마 주려고 선물 샀어."

"선물? 정말이야?"

두 눈이 반짝! 반지였다. 보석 반지. 플라스틱 링에 빨간 구슬이 박힌 멋쟁이 반지! 눈물이 날 뻔했다. 미안하고 또 고마워서. 그런데 요 녀석! 왜 말을 안 해? 엄마가 괜히 오해하게.

"그런데 있잖아, 할머니한테는 비밀이야. 엄마 선물은 없다고 했거든."

"왜? 왜 없다고 했어?"

"할머니는 오이 사주고, 엄마만 반지 사주면 할머니 화날까 봐."

"오! 마이 갓! 아들! 고마워! 쪽쪽쪽~!"

"그러니까 이 반지는 엄마랑 나랑 둘만의 비밀이야. 알았지?"

손가락 걸어 맹세했었다. 비밀이라고. 이 반지는 너와 나만의 언약이라고. 엄마 손에 반지를 끼워주고 쌔근쌔근 잠든 아들을 얼마나 오래 바라보았던지. 행복이 베이비파우더 같은 향으로 솔솔 밀려오는 걸 얼마나 오래 즐겼는지 모른다. 하지만 그때 그 반지를 손에 끼고 누운 그 밤에, 나는 이런 생각도 했다. 이 반지 때문에 나는 평생을 너에게 묶여서 하녀처럼 헌신하며 살아가겠구나 하고. 물론 그 직감은 틀리지 않았다.

진정한 사랑의 길은 험한 가시밭이다.
- 셰익스피어

: 연애에 있어서의 '밀당'은 사실 은근한 체력 소모전이다. 몸만 지치는 게 아니라, 마음도 아주 진이 빠진다. 느끼는 대로 움직이고, 생각하는 대로 표현하고, 떠오르는 대로 말하면서 사랑해야 서로가 편한 거다. 하지만 단언컨대 자식 낳아 사랑하는 일은 그따위의 '밀당'과는 비교할 수 없는 고난의 길이다. 만약 남편을 사랑하는 데 바치는 열정이 15퍼센트쯤이라고 친다면 아들이든, 딸이든, 자식을 사랑하는 데 쏟는 힘은 1,500퍼센트? 아마 그 이상일 거다.

그런데도 엄마들은 그걸 한다. 가시밭인 줄 알면서도 기쁘게 가고, 발바닥에서 피가 흐르는 것도 모르고 기꺼이 헌신한다. 아이 때문에 때로 아프지만, 내 살점을 다 떼어줘도 아깝지 않은 뜨거운 사랑이 철철 흘러나오는 데야 도무지 막을 길이 없는 것이다.

엄마란 그런 사람.

엄마가 되어야 비로소 진짜 어른이 된다는 것은 맞는 말이다.

매운 김치찌개, 심심한 콩나물국

"엄마, 있잖아. 엄마가 없는 날은 똥에서도 김치가 나와.
할머니가 날마다 김치찌개만 끓여주시거든. 김치찌개가
지겹다 그러면 콩나물국 해주시더라. 나는 그거 싫은데.
안 먹고 싶은데⋯. 그런데 엄마 있으니까 진짜 좋다. 짱 좋아.
날마다 맛있는 거 만들어주니까 진짜 좋잖아. 그치?
엄마, 있잖아. 그냥 집에만 살면 안 돼? 회사 끊으면 안 돼?"

모처럼 휴가 내고 쉬는 엄마의 보살핌을 담뿍 받은 내 아들이
달덩이처럼 뽀얗고 토실해진 얼굴을 하고는 내게 물어왔다.
나는 대답 대신 고기반찬 한껏 만들어 먹이고, 품에 안아 재웠다.
그 일주일, 내 어린 아들은 세상에서 가장 행복한 아이였다.

아들이 집을 나갔다

"애!!!! 준호 어미야!!! 큰일 났다, 큰일 났어! 니 아들이 사라졌어. 눈 깜짝할 새 나갔는데 세 시간째 온 동네를 다 뒤져도 보이질 않는다. 이게 도대체 무슨 일이냐?"

날벼락 같은 전화를 받고 회사에서 나와 한걸음에 집으로 달려갔다. 할머니가 화장실에 다녀와보니 아이가 보이지 않는다는 거였다. 어머니는 바닥을 치며 울고 계셨고 나는 놀이터랑 어린이집이랑, 친구네 집 몇 군데를 다 돌아보다가 동네 파출소로 달려가 통사정을 했다. 찾아달라고, 우리 아이 좀 찾아달라고.

백차 탄 순경 아저씨들이 집으로 와서 몇 마디 물어보고 가더니 동네 순찰을 좀 해보겠단다. 내가 할 수 있는 일이 아무것도 없었다. 나는 눈물 범벅이 된 얼굴로 집 앞을 서성거리면서 아이 이름만 불러대고 있었다. 만약 아이가 정말로 사라진 거라면 나도 지구에서 사라져버릴 거라고…. 아무 보탬도 되지 않는 생각들만 머릿속에서 바글바글 들끓었다.

그런데 얼마 후 어머니가 맨발로 달려 나오시며 나를 부르셨다. 비디오 가게라고 전화가 왔다면서 빨리 그 전화를 좀 받아보라는 거였다.

"저기요. 아무래도 그 집 아이 같아서요. 준호가 맞죠? 세 시간도 넘게 여기 와서 이러고 있네요."

아차! 비디오 가게! 왜 그 생각을 못했을까? 왜 거기 가볼 마음을 못 먹었을까? 뒤늦게 달려가보니 정말 우리 아이가 거기에 있었다. 천둥 벼락 같은 소리를 지르면서 냅다 아이를 끌어안고 한참을 울었다. 아이는 어안이 벙벙한 얼굴로 안절부절, 주인은 주인대로 안절부절.

뒤늦게 정신을 차리고 아이를 쳐다보니 가관이었다. 티셔츠는 뒤집어 입고, 제 덩치만 한 아빠 슬리퍼를 질질 끌고는 비디오테이프 진열대 앞에 서 있는 거였다. 나, 참! 기가 막혀서! 피식, 웃음이 나왔다. 만화 영화를 지나치게 좋아해서 비디오 가게만 가면 정신 줄을 놓는 아이였다. 한글도 못 읽으면서 고집은 또 왜 그렇게 센지, 엄마가 골라주는 건 용납하지 않았다. 제 눈으로 하나씩 꺼내 보고 골라야 직성이 풀렸다. 하나 고르는 데 무조건 한 시간은 기본. 도대체 제목도 읽을 줄 모르면서 뭘 보고 고르는지 그 기준이 궁금할 때가 한두 번이 아니었다.

어지간하면 강제로 데리고 나올 수도 있었지만 그렇게 하지 않았다. 아직 어리기는 해도 스스로의 판단으로 결정하고 싶은 욕구를 꺾어서는 안 될 것 같았다. 그저 막연히 그런 생각이 들어서 한 시간 넘게 기다려주는 날이 허다했었다.

"너, 왜 그랬어? 왜 할머니한테 말도 안 하고 나왔어?"

"할머니가 덥다고 꼼짝 말고 있으라 그랬어."

"그래서 도망쳤어?"

"어."

"옷도 뒤집어 입고? 어지간히 급했구나."

"옷은 들고 나와서 입었어, 엄마."

"잘했다, 잘했어. 차~암 잘도 했구나. 근데 신발은? 이걸 신고 여기까지 오느라 얼마나 힘드셨어?"

"히히히! 이거 아빠 신발이더라."

"만화 영화 보고 싶었어?"

"어. 집에 있는 건 백번도 넘게 봤잖아."

아이 손 꼭 잡고 돌아오니 집 앞에 삐뽀삐뽀 경찰차가 와 있었다. 아이를 찾았다고, 죄송하다고, 몇 번이나 고개를 조아렸다. 옆에 있던 아이가 울음을 터뜨렸다. 잘못했다고, 잡아가지 말라고 하면서. 아직 어리지만, 자기가 한 짓이 잘못이었다는 건 아는 눈치였다. 센스 있는 순경 아저씨! 아이에게 으름장을 놓고 떠나셨다.

"너 이놈! 한 번만 더 말 안 하고 사라지면 그땐 진짜 잡아갈 거다!"

그 이후 아이는 두 번 다시 몰래 집을 나가지 않았다.

인간은 기회만 있으면 나쁜 짓을 한다.

- 아리스토텔레스

: 나 어릴 때, 딱 집 나갔던 내 아들만 했을 때, 나도 그놈처럼 엄마 몰래 도망친 적이 있었다. 지금도 생생하게 기억난다. 큰집에 다니러 갔을 때였고, 어른들이 인사 주고받으며 정신없는 틈을 타 큰엄마네 집에서 탈출했다. 그렇게 집을 나와 그저 길을 따라 어디론가 끝없이 올라가서는 어느 집 대문을 열고 들어갔었다.

들어가니 웬 아저씨가 마당에서 빨래를 널고 있었다. 너, 뉘 집 애냐? 물었던 게 기억난다. 저는 김수경이에요, 대답했었지. 그러고는 대뜸 배고프다고 했었다. 그러자 아저씨는 밥 먹고 가라 했고, 생판 모르는 그 아저씨랑 둘이서 꽁치 구워 밥 한 그릇을 다 먹었다. 아저씨가 나를 목말 태워 파출소로 갔는데, 거기에 우리 엄마랑 큰엄마가 있었다. 엄마가 울고 있었다는 기억. 울면서 내 엉덩이를 때렸던 기억. 때리다 때리다가 나를 끌어안고 엉엉 울었다는 기억들.

이 글을 쓰고 있자니 문득 그때 생각이 난다. 요즘 같은 세상에서는 꿈도 못 꿀 일이다. 요즘 같았으면 그 아저씨가 소위 '나쁜 아저씨'일 확률이 50퍼센트 이상이고, 그랬으면 나를 무슨 앵벌이로 썼거나 자식 없는 집에 팔아넘겼거나 했을 수도! 그보다 더 끔찍한 상상 같은 건 하지 않기로 한다. 어쨌든 그렇게 당돌했던 엄마의 유전자를 가지고 태어난 내 아들이 당돌하지 않을 확률도 매우 적은 편이라는 건 분명하지 않은가.

인간은 기회만 있으면 나쁜 짓을 한다는데… 우리 애는 나 몰래 또 얼마나 많은 나쁜 짓을 하면서 스무 살을 넘겼을까? 나는 또 울 엄마 아빠 몰래 얼마나 야금야금 못된 짓들을 했었지? 내 자식이 속 썩여 마음 끓는 날은 그저 우리 엄마 생각을 하면 된다. 나 때문에 속 썩였을 우리 엄마 생각.

다 그러면서 사는 거다. 그러면서 어른이 되고, 부모가 되는 게 맞다. 그러니 너무 속 끓이지 않아도 괜찮다. 만일 그 집 아이가 자꾸 속을 썩이거든 나처럼 센스 있는 순경 아저씨의 도움을 좀 받아보는 것도 방법이 아닐까?

부부 싸움 그 후,
"내가 엄마를 지켜줄 거야"

고백하자면 나는 매를 버는 스타일이다. 나만 그런 게 아니라, 우리 집 딸 넷이 다 그렇다. 나를 응징하려는 사람들의 한결같은 표현을 빌리자면 '쥐똥만 한 게 겁도 없이 까분다'이거나 '한 주먹거리도 안 되는 게 죽으려고 덤빈다' 식이다. 모르긴 해도 울 엄마의 성향을 고스란히 내림받았지 싶다. 그러니 한배에서 나온 계집애들 넷이 하나같이 다 그러지.

운전대를 잡은 지 겨우 6개월쯤이나 되었을까 싶을 때, 감히 버스 기사 아저씨와 경주 모드에 진입한 적이 있었다. 물론 잘못은 그에게 있었다. 도저히 참을 수가 없어 그 버스가 가는 길목을 계속 막았다. 약이 바짝 오른 기사 아저씨, 빨간 신호에서 쏜살같이 뛰어내리더니 내 차의 열린 창문으로 진입해 나의 멱살을 잡았다. 무서웠다. 하지만 안 그런 척했다. 턱을 하늘 높이 치켜세우고 맞짱을 떴다. 결국 버스 승객 몇몇이 내려 아저씨를 진압해 무사히 위기를 넘겼다. 그런데 그때, 나를 구해준 웬 중년 남자가 기사 아저씨를 말리면서 나에게 그랬었다.

"아줌마, 한 주먹거리도 안 되게 생긴 양반이 왜 까불어요, 까불길?"

그때 알았다. 내가 한 주먹거리도 안 된다는 걸.

출근길에 동네 어귀부터 계속 끼어들면서 약 올리는 젊은 놈의 차를 만났던 날은 대책도 없이 그 차의 뒤를 밟았었다. 그놈이 붕, 밟으면 나는 붕붕, 밟았다. 그놈이 S자로 흔들면서 달리면 나는 W자도 불사하고 내달리며 추격했다. 가다 보니 문산 어디쯤이었고, 그 망할 차는 놓쳤고, 거의 점심때가 다 되었을 만큼 시간이 지나 있었다. 추격전은 '말짱 꽝!'에다 회사에 늦어 욕만 된통 먹었다. 그때, 나의 무용담을 뒤늦게 들은 편집국장님이 그러셨다.

"하여튼 쥐똥만 한 여자가 겁도 없어!"

어쨌든 그렇게 매를 버는 성격이니 같이 사는 남자에게야 두말할 것도 없을 터다. 아홉 번을 잘하다가 열 번째에 꼭 성미를 건드려서 한판 붙을 사태를 만드는 거다. 더구나 당시는 나 때문에 '일본에 남아 학자가 될 수도 있는 기회를 놓쳤다'고 생각하는 남편과 사이가 썩 원만하지 않았었다. 그러니 발뒤꿈치에 묻은 때만 봐도 서로를 헐뜯으며 시비가 붙곤 했던 거다.

그날의 싸움이 무엇에서 비롯되었는지는 기억나지 않지만 우리는 별것도 아닌 일에 시비가 붙었고, 나는 또 매를 벌었다. 그냥 됐소, 하고 입을 닫았으면 될 것을 발뒤꿈치 들고 턱을 치켜세우면서 장대 같은 남편에게 대들었다.

"아이고, 그러다 한 대 치겠네. 치겠어!"

"그만하자. 어?"

"왜? 그냥 때려. 때려봐. 맞고 끝내자, 아주!"

손찌검 같은 건 통 모르는 사람이라는 것을 아니까 팔랑팔랑 대들었는데 순식간에 와장창! 남편이 뭔가를 깼다.

던졌나? 내리쳤나? 자세한 건 기억나지 않지만 유리가 깨졌고, 집 안이 완전 전쟁터로 돌변했다. 다행히 시어머니는 출타 중이셨는데 문제는 아이였다. 갑자기 아이의 "으앙~" 통곡하는 소리에 철없던 우리는 잃었던 정신 줄을 다시 찾아 꿰었다.

"괜찮아, 괜찮아. 아무 일도 아니야. 울지 마, 아들!"

냅다 거실로 달려 나갔더니 아이가 소파 밑에 납작 엎드려 두 발을 버둥대면서 울고 있었다.

"아빠가… 엄마를… 때렸을 거야. 으~앙!"

아니라고, 절대 아니라고, 엄마를 보면 모르겠느냐고, 다친 데가 없지 않느냐고, 아빠가 실수해서 유리병을 떨어뜨렸다고…. 휴! 온갖 거짓과 감언이설로 아이를 간신히 설득해 울음을 그치게 했었다. 그때 내 품에 풍뎅이처럼 바짝 달라붙어서는 내 목을 쓰다듬고, 꼬옥 안아주고, 얼굴을 쳐다보고 하던 아이가 울음이 채 가시지 않아 진저리를 치기도 하면서 작은 소리로 내게 말해주었다.

"엄마, 걱정 마. 내가 엄마를 지켜줄게."

그 어린것의 한마디에 우쭐하게 기가 살았었다. 천군만마가 나를 지키러 온들 그보다 더 든든했을까. 그러고는 두고두고 생각했다.

'아들! 너, 나중에 그 약속 안 지키고 모른 척 하면 정말 혼난다!'

엄마를 닮아 '한 주먹거리도 안 되고', 엄마를 닮아 '쥐똥만 한' 아들은 그 이후로 약 한 달쯤, 정말 나를 지켜주었다. 남편 목소리가 살짝만 높아져도 생쥐처럼 달려와서는 양손을 허리에 얹고 목청을 높였으니까.

"아빠! 정말 혼나볼래? 자꾸 엄마 괴롭히면 경찰 아저씨 부른다. 어?!!!"

아이가 집을 따뜻한 곳으로 알지 못한다면
그것은 부모의 잘못이며,
부모로서 부족하다는 증거이다.
－워싱턴 어빙

: 때때로 나는 나 자신에게 묻곤 했다. 내 아들에게 집은 따뜻한 곳이었을까 하고. 나는 아이에게 그런 집을 만들어주었던가 하고. 나 어릴 때, 우리 집은 결코 따뜻하지 않았으니까. 따뜻하려나 싶으면 쌀이 떨어졌고, 이제 좀 덥혀지려나 하면 빚쟁이가 들이닥쳤고, 아빠와 엄마는 그 가난 사이에서 언성을 높일 때가 많았고, 간혹 엄마가 집을 나가 사나흘 만에 돌아오기도 했다.

그 시절을 떠올리면서 불안에 떠는 날이 많았음을 고백한다. 아이에게만은 내가 느꼈던 그런 공포를, 그런 불안감을 주지 않으려고 나는 언제나 쩔고 까부는 명랑한 엄마 역할을 도맡아 했다. 아니, 뭐… 명랑한 척하다가도 속상할 땐 울고, 화날 땐 성질도 내고 그랬지만.

어쨌든 고맙게도 아이는 '충분히 사랑받고 있다'는 사실을 뼛속까지 느끼고 있었는가 보다. 초등학교 때 인성 검사인가 하는 걸 받고 그 분석표를 보여주는데 가족에 대한 스트레스가 하나도 없다는 결과였다. 안도했다. 아이들은 생각보다 어리지 않아서 부부 싸움을 좀 하기는 해도 아빠 엄마가 진짜 원수인지, 아니면 원수인 척하는 건지를 아는 것 같다.

그날, "아빠가 엄마를 때렸을 거야!" 하면서 울어대던 그 이후, '엄마 지킴이' 역할을 수시로 하는 아들 때문에 남편은 엄청 섭섭해했고, 나는 무지 고소했다. 그런 아이 덕분에 우리 부부는 가능하면 아이 앞에서 싸우다 들키는 일이 생기지 않도록 수없이 노력했다.

아! 물론 싸우지 않았다는 건 아니다. 부부가 어떻게 안 싸우나. 애들도 툭하면 싸우는데 어른이 안 싸우고 사는 게 이상하지. 우리는 되도록 아이가 잘 때 숨죽여 싸우거나 아예 밖에 나가서 몰래 싸웠다. 그럼에도 불구하고 아이 앞에서 시비가 붙을 때도 있었는데 언젠가부터 아들은 엄마를 지켜주겠다고 하는 대신 끌끌 혀를 차기 시작했다.

"엄마 아빠, 그만 좀 하세요. 할머니한테 확 일러버릴 테니까!"

엄마를 지켜주겠다고 말한 지 채 1년도 안 되어 아이는 그 약속을 까맣게 잊어버린 모양이었다. 아, 고 자식! 너무하네.

아들 키우는 엄마들을 위한 성교육 X파일

기저귀 갈아 채우며 키운 아들 녀석이 어느 날부턴가 화장실에 들어갈 때 문을 잠그기 시작했다. TV를 보다가 홀러덩 벗은 여자들이 등장하기라도 하면 "아이고! 내가 못 산다~아!" 하면서 데굴데굴 구르고, 생쇼를 했다. 그뿐일까. 속옷 갈아입자 하면 당장 나가란다.

"엄마는 이상하게 내 고추에 관심이 많은 것 같더라."

"이건 또 무슨 소리야?"

"바지 갈아입을 때 자꾸 엄마 손이 닿는단 말이야. 내가 해도 되는데 자꾸 엄마가 입혀주는 게 이상하잖아."

"하하하하! 야! 너 엄마한테 너무하는 거 아냐? 니 고추, 그거 엄마가 만든 거거든!"

"그래도 지금은 내 거라고!"

하기는 고 어린것도 사내라고…. 조짐은 아주 오래전부터 있었다. 두 돌이 채 되지도 않았을 때부터 아침이면 살짝 빳빳하게, 삐쭉 서는 모양새가 은근히 대견(?)했으니 말이다. 고 모양을 은밀하게 공유했던 건 어머니와 나였다. 하여튼 두 여자가 은근히 음흉스러운 데가 있었다.

부산스러운 아이가 하도 조용해서 슬그머니 다가가보면 자기 고추를 내려다보면서 만지작만지작하고 있기도 했다. 그러면 또 그 물건이 성을 내는 거다. 아들 키우는 엄마들은 다 알겠지만, 그 모습이 은근히 귀엽다. 물론 얘가 너무 밝히는 애가 되는 게 아닐까 하는 두려움도 슬쩍 곁들여지기는 하지만 말이다.

자분자분 말을 하기 시작하면서는 아예 대놓고 물어보는 날도 있었다.

"엄마, 텔레비전에 수영복 입은 이모가 나오니까 고추가 쑥 커졌는데?"

"엄마, 얘는 왜 만지면 딱딱해지지? 고추가 움직이나?"

뭐… 세월이 하도 많이 흘러서 정확히 기억나지는 않지만, 그때마다 나는 비교적 솔직한 대답을 해주었던 것 같다.

"그게 왜 그러냐 하면 좋아서 그러는 거야. 고추는 아주 솔직해서 기분이 좋으면 커지거든. 지금 나는 기분이 엄청 좋다고, 고추가 말하는 거야. 이상한 게 아니야. 아주 당연한 거지."

"그래? 엄마도 그래?"

"그럼. 사람은 다 그런 거야. 누구나 그래."

"그런데 엄마는 고추가 없잖아. 그럼 어디가 커져?"

"어? 어… 고추… 엄마는 고추가… 없지. 그러니까 엄마는…."

"아! 알겠다. 엄마는 찌찌가 커지는구나. 남자는 고추가 커지고, 여자는 찌찌가 커지고! 내 말이 맞지?"

킥! #$&%^^@*##!! 뭐라 할 말이 없게 눈치 빠른 아들! 어쨌든 어릴 때부터 가급적이면 오픈 마인드로 성교육을 시작한 덕분에 아이는 제법 조숙했던 것 같기도 하다. 원만하게 자랐다. 몸도 마음도 그리고 고추도!

그런데 야리야리하던 아들이 초등학교 3학년 무렵이 되면서부터 두덕두덕 살이 붙어서는 살짝 뚱보가 되기 시작했다. 그런 아이를 걱정하기라도 할라치면 어머니가 어느새 알고 달려와 나를 나무라셨다.

"얘! 그냥 좀 놔둬라. 하여튼 요즘 젊은 엄마들, 뭘 몰라도 너무 모른다. 애들은 자라면서 붙는 살이 다 키로 가는 거야. 쯧쯧!"

할머니의 응원에 힘입어 아들은 어느새 씨름왕 같은 자태가 될 참이었다. 걱정이 이만저만이 아니었다. 그러던 어느 날, 어머니가 아주 심각한 얼굴로 말을 건넸다.

"얘, 내가 할 말이 좀 있는데… 혹시 요사이, 니 아들 고추 본 적 있니?"

"예에? 고추요? 아뇨. 그걸 어떻게 봐요? 영 못 보게 하는데."

"아이고! 그럴 줄 알았다. 그럴 줄 알았어. 속상해서, 정말!"

그러니까 어머니의 말씀인즉, 아들의 고추가 턱도 없이 작아졌다는 거였다. 날 때부터 하도 튼실해서 자랑거리로 삼고 지냈는데 우연히 샤워하

고 나오는 걸 보니 꽈리고추보다도 작아졌더란다. 킬킬킬, 웃어넘기려 했
는데 어머니 얼굴이 살짝 심각하셨다. 그러자 나도 은근히 걱정되기 시작
했다. 그날 밤, 우리 두 여자는 아들이 잠들기만을 기다렸다가 거사를 치
르기로 했다.

"어때? 내 말이 맞지?"

"흠… 그러네요. 왜 이렇게 됐지?"

"남자구실… 하겠냐?"

"글쎄요. 지금으로선 장담하기 어렵겠는데요."

"그렇지? 에고, 내가 봐도 그러니… 어떡하면 좋겠냐?"

사실, 이 얘기가 지금 이렇게 글로 쓰고 있으니 코미디 버전이지만, 그
때 어머니와 나는 아주 심각한 위기에 봉착한 상태였다. 아들 손주에게
거는 기대가 하늘을 찌르는 어머니로서는 더더욱 그랬을 터였다. 결국 나
는 기자 정신을 발휘해가며 병원을 알아보는 사태에 이르게 되었다. 그런
데 때마침 우리 아이와 동갑내기 아들을 키우는 후배 여기자와 마주 앉게
되었고, 나는 그녀에게 상황 설명을 하면서 아는 의사가 없는지를 물었다.

"하하하! 언니! 나랑 똑같네. 나도 우리 애가 그래서 벌써 병원에 다녀
왔거든."

"그~으래? 뭐래? 요즘 애들 유행병 같은 건가?"

"언니 아들 살쪘지? 갑자기 쪘지?"

"어! 맞아! 한두 해 사이에 완전 쪘지."

"배 나왔지?"

"당근 배 나왔지."

"그래서 그러는 거래. 배가 너무 많이 나와서 고추가 지방에 파묻혀 그렇다고. 걱정하지 말라던데? 하하하! 웃기다. 아들 키우는 집들은 다 똑같구나."

그날 이후, 어머니는 내 아들이 밥을 한 공기 이상 먹으려 하면 번개같이 달려와서 밥그릇을 빼앗기 시작하셨다.

"얘야, 그만 먹어라, 그만! 자랄 때 너무 많이 먹으면 머리가 나빠진단다. 알겠냐?"

천하의 모든 물건 중에는 내 몸보다 더 소중한 것이 없다.
그런데 이 몸은 부모가 주신 것이다.
– 이이

: 아이에게 되도 않을 성교육이란 걸 시키겠다고 주절주절 해주었던 내 이야기의
핵심은 '네 몸은 세상에서 가장 소중한 것'이라는 말이었다. 이다음에 사랑하는
여자가 생기면 그 여자의 몸도 정말 소중하게 지켜주어야 한다는 말도 했었다. 그
말은 어릴 적, 울 엄마가 나에게 수시로 해주던 말이었다.

네댓 살쯤 되었을 무렵, 나는 동갑내기였던 먼 친척 아이와 둘이 서로의 몸 보여
주기 놀이를 한 적이 있었다. 물론 그 아이는 남자였다. 둘이 몰래 방으로 들어가
서 옷을 홀랑 벗고는 다 보았다. 나는 걔의 몸을 보고, 걔는 나의 몸을 샅샅이 보
고. 닮은 듯 다르게 생긴 몸의 구조를 들여다보거나 슬쩍 만져보기도 하면서 놀다
가 그만 엄마한테 딱 걸렸었다. 엄마는 당황하거나 야단치지 않았고, 웃으면서 우
리 둘에게 물으셨다.

"어땠어? 다르게 생겼지? 남자랑 여자는 다르게 생긴 게 맞지?"

아들을 키우면서 그때 내 엄마는 참 '깨친 여자'였다는 생각을 자주 했다. 학식이
남다르지도 않았던 평범한 울 엄마는 어디서 그렇게 괜찮은 성교육 지침을 배워
오셨던 걸까? 엄마 흉내를 낸다고는 했어도 나는 수시로 당황되고, 얼굴이 벌게
지기도 하던데!

공부를 안 시킬 수도 있는 용기

"너, 쟤 어떻게 할 생각이니?"

"누구요, 어머니?"

"니 아들 말이다. 내달이면 학교 갈 텐데 어쩔 거야? 한글도 아직 못 떼고! 남의 집 애들은 한글을 읽다 못해 줄줄 쓰고, 영어까지 한다는데…. 쟤 봐라, 쟤. 책 한 권 펼치면 모르는 글자가 태반이잖니. 내가 아주 속이 터져서 목구멍으로 밥이 안 넘어간다."

"괜찮아요, 어머니. 학교 가서 배우는 게 한글인데요, 뭐. 한글 모른다고 공부 못하는 거 아니에요. 금방 배워요."

"금방 배우는데 왜 여태 못 배웠어? 쯧쯧쯧! 기자 엄마라는 사람이 할 말이냐, 그게? 옆집 엄마는 하루 종일 애만 끼고 공부를 가르친다는데 여적 너는 뭐했다니? 세상에… 내가 누군데… 내 고향 평양에서도 알아주는 엘리트였는데 그런 내 손자가 낫 놓고 ㄱ자도 모른다는 게 말이 되겠니? 남부끄러워서 정말!"

초등학생이 되는 아들을 위해 가방 사고, 옷 사고, 학용품 사고 하면서 조금은 들떠 있었다. 물론 나라고 어머니 같은 걱정을 하지 않았던 건 아니었다. 빨간펜, 구몬학습… 온갖 학습지를 구독해가며 박차를 가해도 아들은 꾀만 부리며 살살 피해 다녔다. 손도 대지 않은 학습지가 쌓여가는 걸 볼 때마다 "내일 다 할 거야"라고 하지만, '내일'이 오면 또 새로운 학습지가 도착해서 아이의 불타는 의지를 꺾어버렸다.

사실 스스로 공부할 수 있는 아이가 몇이나 될까. 엄마가 옆에 붙어 앉아 매를 들고 주리를 틀면서 하는 게 학습지 아닌가. 그러니 아들 탓만 할 수도 없는 노릇이었다. 그렇다고 아이 학습지 시키기 위해서 회사를 그만둘 수도 없었다. 잡지사의 특성상, 그날 출근하면 다음 날 들어가는 일이 다반사이니 홈스쿨링 같은 건 꿈도 못 꿀 일이고!

결국 작정하고 그 모든 공부를 싹 끊어버렸다. 휴지로도 쓰지 못할 그놈의 학습지는 말 그대로 무용지물이었으니까. 풀지도 않은 문제지를 북북 찢어서 배 만들고, 비행기 만들고, 딱지 접어서 딱딱 치고 노는 데야 더 이상 참을 재간이 없었던 거다.

그렇게 어영부영, 몇 해를 보냈더니 그런 지경이 되고야 말았다. 한글도 깨치지 못한 상태로 학교에 입학하는, 정말이지 동네에서 몇 안 되는 희귀한 아이로 등극하게 된 것이다. 불안감에 몸서리를 치다 내가 세운 대책이라곤 전문가를 찾아가는 일이었다. '조기 교육, 이대로 괜찮은가?'라는 기획을 만들고, 그 꼭지를 취재하기 위해 국내에서 이름만 대면 다 아는 대학교수들을 찾아갔다.

"제 생각은 그렇습니다. 아이들의 학습 의지를 꺾는 건 다름 아닌 엄마들이라고 생각해요. 공부란 게, 궁금해야 하는 겁니다. 배우고 싶은 의지가 생겨야 스스로 공부할 수 있어요. 한데 그런 의지가 생기기도 전에 한글이니, 영어니, 수학이니 하면서 성급하게 들이대니까 하고 싶은 마음이 생기기도 전에 사라지는 거죠. 좀 내버려두었으면 좋겠어요. 조금만 내버려두면 아이 스스로 공부하고 싶어지는 때가 반드시 오거든요. 조기 교육 열풍? 그거 아이들의 싹을 조기에 잘라버리는, 아주 위험한 일입니다."

오호! 희망적인 답변이 돌아왔다. 그 어른, 그 대단한 교육학자의 말에 따르면 나는 썩 나쁘지 않은 엄마 축에 속했다. 공부를 안 시키는 엄마! 내친김에 사심을 담아 물었다.

"3월호가 아이들 입학하는 시즌이어서요. 엄마들이 궁금해하는 게 있는데… 한글을 다 못 익히고 학교에 가도 문제가 없을까요?"

"당연하죠. 학교에 가서 배우는 게 한글이에요. 그런데 성미 급한 엄마들이 다 가르쳐서 보내니까 애들이 수업에 집중을 못해요. 다 아는 걸 또 배우고 싶겠어요? 제발 한글이다, 영어다 하면서 애들 놀 시간을 다 빼앗고 그러지 마셨으면 좋겠어요. 우리 엄마들!"

"그렇죠? 그렇겠죠? 한글을 모른다고 선생님이 혹시라도 아이를 무시하거나 그런 건 아니겠죠?"

"억지로라도 공부를 시키는 건 모든 엄마들이 다 하고 있는 일입니다. 진짜 용기 있는 엄마가 어떤 엄마인지 아세요? 아이가 배우고 싶어 하지 않을 때는 내버려둘 수도 있는 엄마, 그러니까 공부를 안 시킬 수도 있는 엄마가 진짜 용기 있는 엄마예요. 길게 보세요. 분명 제 말에 공감하는 엄마들이 있을 겁니다."

결국 나는 공부를 안 시킬 수도 있는 '용기 있는 엄마' 흉내를 내면서 당당하게 아이를 입학시켰다. 입학 후 두어 달, 결과는 참담했다. 받아쓰기는 대개 30점대에서 맴돌았고, 혹시라도 50점을 넘기면 아이는 시험지를 이마에다 붙이고, 벼슬이라도 한 듯 위풍당당하게 집으로 돌아왔다. 그러더니 급기야는 아이가 어마어마하게 무서운 진심을 쏟아내고야 말았다.

"엄마, 나는 택시 운전을 하거나 아니면 장사를 해야겠어."

"자~앙사~아? 아니 왜? 너, 과학자 되겠다고 하지 않았어?"

"한글을 모르잖아. 선생님이 그러는데 한글을 모르면 공부도 할 수 없고, 과학자도 될 수 없고, 똑똑한 사람도 될 수 없다는데?"

"정말이야? 선생님이 그런 말씀을 하셨단 말이야?"

"응. 그래서 생각해봤는데 나는 한글은 잘 몰라도 계산은 잘하니까 장사나 택시 운전을 할래. 거스름돈도 잘 주고 그러겠잖아. 그치?"

국내 최고의 교육 권위자였던 그 어른이 했던 말은 아주 뒤늦게야 뼈저리게 이해할 수 있게 되었다. '공부를 안 시키고 내버려둘 수도 있는 엄마'가 된다는 건 정말이지 용기가 필요한 일이었다. 결론을 말하자면 나는, 그렇게 용기 있는 엄마 쪽을 선택하게 되었는데… 완벽하게 그런 용기를 갖게 되기까지 딱 10년이 걸렸다. 물론 그것도 자발적인 용기가 아니라, 먹고사는 일이 바빠 어쩔 수 없이 택하게 된 비굴한 용기였다.

"오늘은 이러고 있지만,
내일은 어떻게 될지 누가 알아?"
- 셰익스피어

: 결혼을 하고, 아이를 낳고, 그 아이를 키우며 사는 동안 나는 내내 이런 물음으로 당당했다. "하! 웃기지들 마셔! 지금 이러고 산다고 내가 계속 이럴 것 같아?" 맞다. 부족한 자의 자존심 같은 거였다. 누가 뭐라고 하지도 않는데 괜히 배알이 뒤틀릴 때가 많았고, 약이 올라 입술을 깨물었고, 그러면서 다짐했었다. 반드시, 기어이, 좋은 날을 보고야 말겠다고.

아이가 자라면서 그 못난 자존심을 꺾었다. 엄마로 산다는 건 정말이지 뜨거운 맛을 보게 하는 인생 공부라서 저절로 그렇게 되었다. 어른들의 말마따나, 아이는 정말 내 뜻대로 자라주지 않았다. 지 뜻대로 자랐다. 우리 집 애만 그랬는지, 다른 집 애들도 그런지는 모르겠지만 자기가 하고 싶지 않은 일은 절대로 하지 않았다. 그래서 나는 조기 교육은커녕 적기 교육이니, 사교육이니 하는 것도 시키지 못했다. 펑펑 놀면서 컸다. 그런 아이를 참아내는 일이 도를 닦는 것보다 어려웠다고… 감히 고백할 수도 있을 것 같다.

그런데 아들이 청년으로 자랐을 즈음이 되어 돌아보니 조심스럽게 드는 생각이 있다. 자발적이었든, 아니면 사느라 바빠서 그랬든, 아이의 뜻을 존중한 것은 잘한 일 같다. 엄마가 내버려두고 있음을 자각한 아이는 남들보다 조금 늦기는 했어도 스스로 공부를 찾아 하면서 살기 시작했으니 말이다.

길게 보자, 길게. 지금은 50점, 60점을 맞아도 어느 날 올백의 영광을 맛보게 되는 날이 올지, 누가 아는가 말이다. 새털같이 많은 날들, 그저 조금만 내버려둘 수 있는 용기를 내면 아이도, 엄마도 조금쯤 행복하게 지낼 수 있을 테니.

7·17 여권 만행 사건

왠지 공부로 승부를 내기에는 조금 무리가 있을 것 같다고 판단되기 시작하면서 나는 교육의 방향을 선회했다. 남들 공부할 때 뛰어놀고, 남들 공부할 때 구경 다니고, 남들 공부할 때 만화 영화 많이 보고…. 내 아이는 그렇게 키웠다. 책상 앞에 딱 묶어놓아봤댔자, 시간만 죽일 거라는 판단이 들어서였다. 그러느니 뭘 하든 재미나게 살아보도록 만들어줄 참이었다.

우선, 집 앞 도서 대여점과 비디오 대여점(그때만 해도 이런 대여점이 성행이었다)에 미리 선불 결제를 해놓고 마음껏 빌려 볼 수 있게 했다. 초등학교 3학년쯤 되자, 그 대여점에 있는 목록들은 싹쓸이를 했을 만큼, 완벽한 VIP 고객으로 등극했다.

영어 학원에 밀어 넣었다가 하도 설렁거리기에 석 달 만에 데리고 나왔다. 안 할 거면 하지 말라는 뜻이었다. 피아노 학원에 보냈다가 바이엘 겨우 치더니 또 흥미 없어 하기에 역시 데리고 나왔다. 미술 학원은 구경도 못 시켰고, 학교 공부를 시키는 보습 학원 같은 데는 아예 입도 뻥긋하지 않았다. 상황이 이쯤 되고 보니 놀이터에 나가봤자 친구들도 없고, 혼자 노는 게 영 내키지 않았던지 내처 책만 읽어서 저 혼자 속독을 익힐 정도가 되었던 거다.

참! 여행도 곧잘 시켰다. 그중에서도 캐나다 여행이 잦았다. 내 아이의 큰아버지 가족이 캐나다로 이민을 가서 살고 계셨는데 그런 특수를 누리게 했던 셈이었다. 1~2년에 한 차례씩, 캐나다에 가서 지내다 오게 만들어준 것이다. 할머니와 함께 가기도 하고, 사촌 형과 함께 가기도 하고, 아주 운 좋은 해에는 가족이 다 함께 떠나기도 하고.

아! 물론, 캐나다에 보냈다고 해서 무슨 방학 중 단기 영어 교실 같은 데를 다니게 했다거나 그런 건 아니었다. 그저 큰아버지네 집에 놀러 간 정도? 누나들이랑 밖에 나가 놀면서 외국 사람들 구경을 하는 정도? 일찌감치 비행기 타본 아이로 만들어주는 정도? 처음엔 그것도 가기 싫다, 생난리 블루스를 추더니 한두 번 다녀오면서는 기꺼이 떠나기 시작했다.

캐나다 이야기를 하다 보니 잊히지 않는 사건이 있다. 초등학교 1학년 여름방학 때의 일이었다. 어른들은 동행하지 않고, 중학교 2학년짜리 사촌 형이랑 둘이 떠나는 참이었다. 어머니는 시누이와 나를 싸잡아서 '독하다'를 연발하며 퉁을 주셨다. 어떻게 그 어린것들을 겁도 없이 그렇게 떼어놓을 수 있느냐는 거였다. 하지만 나는 기죽지 않았다. 상남자를 만들려면 감수해야 할 일이었으니까. 남편도 나를 지지하며 여권은 자기가 만들어주겠노라 큰소리를 쳤다. 드디어 집 떠나는 날, 아이는 꼭두새벽부터 일어나 종종걸음이었다.

"엄마, 물 쌌어?"

"안 쌌는데?"

"엄마는 내가 그렇게 오래 비행기를 탈 건데 어떻게 물도 안 싸주나?"

"아들, 물은 비행기에도 많거든."

"그럼 도시락은? 나 배고픈 거 싫은데."

"킬킬킬킬."

"왜 웃어? 웃지 말고 도시락 꼭 싸줘야 해. 참! 엄마 큰 병도 있어야겠어. 오줌 마려우면 안 되니까."

잔뜩 들떠서 수다를 늘어놓는 아이에게 비행기 이용에 대한 방법을 가볍게 교육시키고 나서 이제 그만 나가볼까? 할 때였다. 허둥대지 말고 일찌감치 출발하자고 남편은 벌써 현관 앞에 나가 서 있는 참이었다.

"애, 준호 어미야. 여권은 잘 챙겼냐? 그건 작은 가방에 따로 챙겨라."

어머니의 한마디에 나는 갑자기 뒷머리가 쭈뼛 섰고, 남편은 사색이 되었다. "아차차! 여권 안 찾았다!" 천둥 벼락 같은 소리를 지르는 남편을 보고는 아이도 새파랗게 질린 채 데굴데굴 구르기 시작했다. 하필이면 그날은 7월 17일, 당시는 제헌절이 공휴일이었다. 비행기 시간은 세 시간 앞으로 다가와 있었고, 여권은 문을 꼭꼭 닫아건 구청 여권과에 잘 보관되어 있을 터였다.

태어나 처음이자 마지막으로 '권력'을 등에 업게 했던 사건이었다. 온갖 인맥을 다 동원해서 높은 사람, 권위 있는 사람을 찾았고 그 어른의 힘을 빌려 구사일생으로 갇혀 있던 여권을 구해낼 수 있었으니까. 울어서 땀범벅에 눈물범벅이 된 아이를 비행기로 겨우 밀어 넣고는 다리가 풀려서 그

대로 주저앉아버렸다. 그런 나를 일으켜 세운 남편! 공항이 떠나가라 껄껄 웃으면서 콧김을 뿜었다. 그러곤 말했다.

"어때? 봤지? 당신 남편, 이런 사람이야. 휴일에도 여권을 딱 찾아서 대령하는 그! 런! 사! 람! 그러니까 우습게 보지 마라, 이거야! 하하하하!"

사실은 공부 잘하는 아이였으면 하고 내심 바랐다. 그렇지만 욕심을 내지는 않았다. 나는 공부를 영 안 했던 아이였고, 공부보다는 책 읽는 게 좋았으며, 수업을 빼먹고 백일장에 나가면서 희희낙락했던 학생이었으니까. 나는 그토록 싫었던 공부를 아이에게 억지로 시킨다는 게 어쩐지 공평하지 않아 보여서 그랬다.

하지만 공부 말고 다른 것, 공부보다 더 중요하다고 생각되는 건 꼭 해주고 싶었다. 그게 바로 '경험'이었다. 많이 해보고, 느껴보고, 만져보면서 스스로 깨닫는 힘을 키워주고 싶었던 것 같다. 부족하나마 놀게 하고, 여행하게 하고, 만화 영화 실컷 보게 한 것도 다 내 교육의 일환이었지 싶다. 잘한 건지 아닌지는 아직도 모르겠다. 내 아이는 지금도 현재진행형이니까. 그 아이가 또 어느 길로 나아갈지는 나도, 걔도, 아직 모르니까.

여기서 에피소드 하나! 캐나다에 세 차례쯤 다녀오고 나서 온 가족이 다 함께 여행길에 오른 적이 있었다. 이제는 외국 사람이랑 가벼운 인사 정도는 나눌 수 있겠지, 내심 기대했었다. 그만한 담력쯤이야 생기지 않겠나, 기대했던 거다. 다 같이 캐나다 시내에 있는 햄버거 가게에 들러서는 아이에게 주문을 해보라 시켰다.

작은 손에 달러도 들려주고, 파이팅도 외쳐주면서 등 떠밀어 보냈는데 시간이 지나도 영 소식이 없어 카운터로 가봤더니… 어쩌랴! 카운터 근처에도 진입하지 못한 채, 매장 한구석에 얌전히 서서 아직도 웅얼웅얼 연습 중이었다.

"Hamburger please, Hamburger please…."

아버지는 형과 나를 데리고
마당에서 뒹굴며 놀아주곤 했다.
그럴 때 어머니는 이렇게 말하셨다.
"당신은 잔디를 훼손하고 있어요."
그럼 아빠는 이렇게 대답하셨다.
"우리는 잔디를 키우는 게 아니에요.
아들을 키우고 있는 거라고!"
- 하몬 킬부르

: 내 아이는 소심한 성격이다. 아주 어릴 때부터 그랬다. 뭐든 자기가 정말 잘할 수 있는 일이 아니면 내켜 하지 않았던 건데…. 나는 오해했다. 게을러서 그런 줄 알았다. 노는 게 좋아서, 공부하기 싫어서, 꾀부리느라 그렇게 도망 다니는 줄 알았으니까.

햄버거 하나 시키는 일에도 그렇게 진땀을 흘리면서 연습하는 어린 아들을 목격한 후 나는 조금 달라졌다. 안 하겠다는 것을 억지로 시키지 않는 엄마가 된 것이다. 그것은 나로서도 참 힘든 일이었지만, 그래도 엄마의 사심으로 인한 '억지로'가 아이에게 상처가 될 수도 있을 것 같아서였다.

아이를 그렇게 만든 게 바로 '나'라는 자책도 있었던 것 같다. 다치지 않을까, 울지 않을까, 겁먹지 않을까 두려워서 모험 같은 건 피해가게 만들었다는 걸 인정할 수밖에 없었으니 말이다.

아들에게는 특히 더 아빠가 필요하다고 했다. 그래. 엄마의 소심증이 아이를 움츠러들게 만들 수도 있다는 것, 인정한다. 그런데 나는 개 아빠가 아이에게 살짝 과격한 주문만 해도 냅다 달려가서 호들갑을 떨었다.

"왜 그러는 거야? 그러다가 우리 아들 다치기라도 하면 당신이 책임질래?"

아무리 '통 큰 엄마' 흉내를 내고 있어도 엄마의 본질은 여자인 탓에 용감한 아이로 키우는 일은 영 쉽지 않다. 거침없는 아이, 실수를 두려워하지 않는 패기 같은 것. 그걸 가르치기 위해서는 아무래도 아빠들이 좀 나서줘야 할 것 같다.

그리고 나를 포함해 엄마라는 여자들, 지나치게 겁먹을 필요 없다. 뛰어놀다 무릎이 깨진다 해도 그 상처는 곧 아물 테니 말이다. 무릎이 깨질까 두려워서 놀지 못하는 아이가 더 안타까울 뿐. 그러니 엄마의 두려움을 아이에게 전해주지 않았으면 싶다. 엄마가 겁내지 않으면 아이도 덩달아 용감해질 거다.

아들의 성장통

"어느 날 갑자기 아이가 걷지를 못해요. 거짓말처럼!
잘 일어서지도 못하고, 넘어지고, 절뚝절뚝 그래요.
아프다고 데굴데굴 구르고, 잠도 못 자고 그러잖아요.
숨이 멎는 줄 알았어요. 소아마비 온 줄 알았거든요.
남편이랑 아들 업고 울며불며 병원으로 달려갔어요.
그런데 아무 이상 없으니 걱정하지 말라고 하데요.
애는 계속 아프다는데 걱정 말라니, 크느라 그런 거라니….
성장통이라는 걸 그때 배웠어요. 남자애들한테 많은데
3세에서 12세 사이의 아이들에게 주로 온다고 하데요.
남자애들은 크는 것도 유난스럽구나 생각했어요.
여자애들은 참하고, 얌전하게, 소리 없이 크던데.
역시 애나 어른이나 아파야 어른이 되는 건가 봐요.
혹시 그 집 아들이 우리 애처럼 아프다 그래도 겁먹지 마요.
딱 한 달 지나고 거짓말처럼 나아서 날아다녔거든요.
성장통, 그거 그렇게 길게 오는 건 아닌가 봐요."

손찌검

나는 맞으면서 컸다. 엄청 맞았다. 부지깽이로도 맞고, 총채로도 맞고, 냄비로 머리를 얻어맞기도 했다. 마땅한 도구가 없으면, 엄마는 맨손으로 머리 어깨 엉덩이 팔… 가리지 않고 때렸다. 사실, 나 어릴 때의 애들은 대부분 그렇게 맞으면서 컸던 것 같기도 하다. 지금처럼 애들을 인격적으로 대우하던 시절은 아니었다는 뜻이다.

책에다 대놓고 이렇게 쓰면 우리 엄마가 또 나를 쥐어박을지도 모르지만, 어쨌든 이건 진실이다. 맞고 있을 때는 늘 억울했는데, 지금 와 생각해 보면 충분히 이해할 수 있는 일이다. 먹고살기는 빠듯하고, 남편은 자기 자식들 키우는 일을 남의 집 불구경하듯 하는데 안 때리고 배길 수야. 성질 뻗칠 때 화풀이하기로는 철부지 자식들보다 더 좋은 대상이 없지 않나. 그렇다고 울 엄마가 늘 그렇게 화풀이용 매질을 한 것만은 아니지만.

어쨌든 그때의 기억을 발판 삼아 나는, 아이를 때리지 않고 키우리라 굳게 마음먹었다. 그리고 비교적 잘 지켰다. 아이가 돌이 되기 전, 그러니까 아주 어린 아기였을 때, 두어 시간을 이유 없이 울어대며 난리법석을 하는 통에 침대 위에 획! 집어 던졌던 것 말고는.

그런데 꼭 한 번, 무자비한 손찌검을 했던 기억이 있다. 아이가 초등학교에 다닐 때였다. 사람 얼굴 크기만 한 돼지 저금통에 야금야금 동전을 모으게 했었다. 그놈이 꽉 차면 뭔가 의미 있는 일에 쓰자고, 둘이 약속을 했었다. 한데 어느 날 우연히, 그 저금통의 배가 쫙 갈라져 있는 걸 발견했던 거다. 그 안의 돈은 당연히 사라졌다. 나는 시치미를 뚝 떼고 아이를 유도신문했다.

"아들, 돼지 저금통은 잘 키우고 있어?"

"어? …어….'

"뚱뚱해졌겠네. 저번에 엄마가 보니까 돈 많이 모았던데."

"어… 뚱뚱해졌어. 걔는 원래 뚱뚱해, 엄마."

"우리 그 돈으로 뭐할까? 지금 뜯어볼까?"

"아!!!~니!!!! 나중에! 나중에 뜯을 거야!"

온몸을 고루 돌면서 흐르던 피가 한꺼번에 머리 위쪽으로 치솟아 올랐다. 얘, 왜 이러지? 코딱지만 한 것이 거짓말을 하다니. 다른 건 몰라도 거짓말만큼은 안 된다는 게 나의 지론이었다. 천지가 개벽할 중죄를 지어도 거짓말만 하지 않으면 용서할 수 있다고 굳게 다짐했던 내가 아닌가?

내 오른손이 나도 모르는 사이에 번쩍 올라가더니 아이의 왼쪽 뺨을 후려쳤다. 느닷없이, 정말이지 제어할 수도 없이 벌어진 일이었다. 갈겼다, 라는 표현이 맞을 거다. 젖 먹던 힘까지 다 꺼내어 그 한 대의 손찌검에 썼으니까.

아이의 얼굴이 백지장처럼 하얘졌다. 걔도 놀랐고, 나도 놀랐다. 내가 그럴 수 있는 엄마였다는 사실에 놀랐고, 아마 걔는 맞았다는 사실에 충격을 받았을 것이다. 아이는 울지도 못했다. 대신 냅다 화장실로 달려가서는 게우기 시작했다. 변기통을 붙잡고 앉아 토하는 소리가 들렸지만 모른 척했다. 아니, 아이의 얼굴을 바라볼 자신이 없었다. 내가 고작 그것밖에 안 되는 엄마라는 게 무서웠던 것도 같다.

처음이자 마지막 손찌검. 그 기억이 지금도 생생하다. 아이도 그럴까. 아이도 그때의 공포를 나처럼 올곧이, 전부 다 기억하고 있을까.

이제 와 돌이켜보니 손찌검 자체는 조금도 후회되지 않더라만 단 하나, 미안한 게 있다. 그때 내가 아이에게 느꼈던 말할 수 없는 실망감. 그게 후회가 된다. 그 부족한 어린것에게 그토록 일찍 실망감을 느꼈다는 사실이 말이다. 하늘이 무너지듯, 그때 나는 아이에게 걸었던 태산 같은 기대가 무너지는 소리를 들었으니까.

허구한 날 얻어맞으며 자랐어도 내 어린 날들의 기억이 나에게는 하나 아프지 않다. 우리 자매들은 오히려 웃으며 그 시절을 얘기한다. 아마도 엄마가 우리를 믿고 있다는 걸 알았기 때문일 것이다. 끊임없이 쥐어박고, 매를 들면서도 엄마는 "너에게 실망했어"라는 말 같은 건 하지 않았다.

사랑만 먹고 자라는 건 아니다. 사랑하고, 믿어주고, 적당히 기대하거나 단호한 가르침도 주면서 좋은 길을 향해 몰아가는 것이 엄마가 해야 할 몫인 것 같다. 그러니 너무 쉽게 서운해하거나 실망해서도 안 된다. 아이는 아직도 자라고 있고, 모자란 부분을 채워가고 있고, 그렇게 천천히 어른이 될 테니까.

　매를 드는 엄마가 무조건 아동 학대 부모 취급을 받거나 따가운 눈총을 받는 것도 속상한 일이다. 내 새끼를 향한 엄마들의 마음은 다 똑같지 않겠나. 내 새끼가 아프면 내 마음은 더 찢어지는, 그 순리 말이다. 엄마가 되고 보니 때렸던 울 엄마의 마음이 다 이해되던걸. 맞을 짓, 참 많이도 했었지 싶은걸.

　그때, 차마 용기가 나지 않아서 아이에게 하지 못했던 말을 오늘 해볼까. 아들! 미안했어, 라고 말해볼까. 때린 건 별로 미안하지 않지만, 그 순간 너를 부끄러워했던 게 미안했다고. 하지만 너에게 느꼈던 실망감은 이미 오래전에 사라지고 없다고, 너는 참 고맙고 대견한 아이로 자라주었다고… 입에 침 좀 발라가며 말해볼까.

내가 성공을 했다면,
오직 천사와 같은 어머니 덕이다.
- 에이브러햄 링컨

: 어른들 몰래 저금통의 배 좀 가른 일로 아이를 호되게 나무랐지만, 나라고 뭐 그
렇게 당당한 것은 아니다. 고백하자면 엄마 몰래, 엄마 지갑에 손을 댄 것이 여러
차례였으니까. 10원만 있으면 학교 갔다 돌아오는 길이 행복할 텐데, 하드 하나
입에 물고 올 수 있어 천국 같을 텐데, 엄마는 냉정하게 모른 척해서 그랬다.

그런데 한번 시작한 나쁜 짓은 회를 거듭할수록 대담해져서 처음에는 10원이었
다가, 50원이었다가, 100원이었다가… 종내에는 1,000원짜리 지폐에 손을 대고서
야 끝났다. 다 알면서도 모른 척 눈감아주던 엄마의 인내심이 기어이 터지고야 만
것이다.

어떻게 끝이 났느냐고? 불나게 맞고서야 끝이 났다. 장딴지에 줄이 갈 정도로 때
리고 나서 엄마는 바셀린 같은 끈적끈적한 무엇을 내 다리에 발라주며 다시 한
번 으름장을 놓았다. 한 번만 더 그런 짓을 해보라고, 그때는 다리몽둥이를 딱 분

질러버리겠다고! 그 말은 무섭지 않았지만 그 밤, 자는 척하는 내 곁으로 와서 자꾸 다리를 만지며 속상해하던 엄마의 목소리가 내내 마음에 걸렸다. 그래서 미안했고, 또 그렇게 될까 무서웠다.

"으이그, 불쌍한 우리 딸. 동생들한테 치여서 사랑도 제대로 못 받고, 고생만 하고… 이렇게 어린데. 엄마가 미안해. 정말 미안해."

자식이 부모의 마음을 저 혼자 알아챌 길은 없다. 그러니 때로는 공공연하게 그 마음을 들켜주는 액션도 필요한 것 같다. 우리 엄마가 나에게 들켰던 것처럼 말이다. 그렇게 해서라도 너를 얼마나 사랑하는지 느끼게 해줄 수 있다면 못할 것도 없다. 천사 엄마로 기억되기 위해서는 적절한 연기력도 필요하다.

참! 그때 우리 아이가 돼지 저금통을 갈라서 그 돈을 어디에 썼는지 말했던가? 여자 친구 인형 사줬단다, 인형! 못 산다, 진짜.

미안해서 그러지, 미안해서…

아이가 학교에 들어가 첫 소풍을 가는 날이 하필이면 마감이 한창일 때였다. 잡지사의 마감이란 하늘이 두 쪽 나도 피해갈 수 없는, 천재지변이 아니면 반드시 지켜야 하는 철칙이다. 새벽까지 사무실에서 허둥대다가 푸른 안개 자욱한 아침이 되어서야 겨우, 전날 저녁에 미리 장을 봐둔 김밥 재료를 들고 집으로 돌아올 수 있었다.

'김밥 / 음료수 / 과자 1개 / 아이셔 1개 / 과일 × / 모자.'

식탁 위에 삐뚤삐뚤한 글씨의 메모가 놓여 있었다. 엄마의 행태를 보아하니 잘못하다간 소풍도 못 가게 될까 걱정이 되었던가 보았다. 걱정 마라, 아들! 이 엄마가 멋진 도시락을 싸서 당당하게 보내줄 테니! 속으로 큰소리를 치면서 재료들의 밑 손질을 하다가 잠시 식탁 의자에 앉았는데… 시어머니의 호통에 눈을 떠보니 출발 시각이 코앞이었다. 아이도 한창 꿈나라였고.

어쩌나. 어떡하나. 허둥지둥 아이 깨워 대충 씻기고 손잡고 달려 나가서는 학교 앞 분식점에서 김밥 한 줄 사다가 가방 속에 넣어주었다. 맨발에 슬리퍼, 화장은커녕 세수도 못 한 채 눈곱을 주렁주렁 달고, 머리는 온통 새집을 지은 끔찍한 차림이었지만 그런 줄도 몰랐다. 아이 역시 눈물이 채 마르지 않은 젖은 눈을 하고는 숨이 턱까지 차도록 뛰고 있었다.

"어머머! 준호 엄마! 도대체 왜 이렇게 늦었어요? 준호 소풍 안 가는 줄 알았어요."

반색하는 어떤 엄마의 얼굴을 보고서야 겨우 내 발끝을 내려다보았다. 부끄러운 맨발에 추레한 슬리퍼, 김치 국물 묻어 있는 구겨진 티셔츠…. 주위를 돌아보니 곱게 화장한 엄마들이 아이 소풍 따라나설 양으로 버스 앞에 줄지어 서 있었다. 아이도 알았던 걸까. 부끄러웠던 걸까. 잡고 있던 내 손을 슬그머니 놓더니 버스를 향해 빠르게 뛰어가버렸다.

"안 따라갈 거예요?" 묻는 그 엄마에게 "회사 가야 해서요" 하고 대답한 뒤 서둘러 구석으로 숨어들었다. 혹시라도 담임을 마주치면 어쩌나, 잔뜩 웅크린 마음으로 쭈뼛거리면서 그렇게 아이를 보내야 했다. 학교 들어가서 맞는 첫 소풍인데… 버스 앞에서 손 흔들어주지도 못하고 뒷걸음치는 엄마가 내심 부끄러웠을 것이다. 그랬으니 버스가 떠날 때까지, 저만치 멀어질 때까지 단 한 번도 돌아보지 않았겠지.

그 아침의 절망감을 어떻게 잊을까. 복받치는 마음을 꾹꾹 누르며 집으로 돌아와서는 현관에 주저앉아 목 놓아 울고 말았다. 무엇으로도 터져 나오는 울음을 막을 길이 없었다. 이렇게 키우려고 한 건 아닌데, 하나밖에 없는데, 내가 이렇게 형편없이 병신 같은 엄마가 될 줄이야… 속엣말을 하면서 꺽꺽 울고 말았던 거다.

"그래, 그 맘 안다. 서러워지는 거 알아. 하지만 어디 그뿐일까. 살아봐라. 아이 키우며 울 일이 어디 그뿐이겠니. 부모 노릇 하는 게 생각처럼 그렇게 만만한 게 아니란다."

내 등을 가만히 어루만지던 어머니가 나를 일으켜 세우며 말해주었다. 그때, 그 어머니의 따뜻했던 음성도 나는 아마 오래도록 생생히 기억하게 될 것 같다.

아이가 배 속에서 꼬물거릴 때는 어서 나오기만 해라, 생각했었다. 나날이 배가 커져 다리는 퉁퉁 붓고, 숨도 쉬기 어려워 헉헉거렸으니까. 그래도 배 속에 있을 때가 좋은 거라고, 어른들이 한목소리로 말했지만 믿지 않았다. 배에 넣고 다니는 것보다야 낫겠지. 이보다 더 힘들기야 하겠어? 생각하면서.

아이가 세상에 온 지 단 며칠도 지나지 않아서 그 말의 깊은 뜻을 알게 되었다. 잠 못 자던 그 밤들, 그 칠흑 같던 밤들. 하루 24시간을 안고 흔들어야만 했던 까다로운 성품의 아이 때문에 나는 언제나 토끼 눈을 하고 있었고, 밥도 먹기 어려웠고, 화장실까지 가는 길이 천리만리였다. 그래서 생각했다. 어서 걷기만 해라. 이렇게 안고 있지만 않아도 내가 좀 살겠다, 하고.

"학교만 가면 좀 나아질 줄 알았지? 다 큰 거라고 생각했지? 천만에! 공부 걱정해야지. 나쁜 친구 사귀지 않나, 친구들한테 따돌림 당하는 건 아닌가 염려해야지. 걱정이 첩첩인 거야. 그래, 나도 그랬다. 막내 놈까지 자식 넷 시집 장가 다 보내고 나면 그때부터는 내 세상이다, 했거든. 그런데 아니더라. 부모란 게 그런 거다. 평생 자식 걱정 지고 가는 거야. 끝이⋯ 없는 거야."

어머니와 마주 앉아 긴 한숨을 쉬었던가. 진심으로 고개를 끄덕였던가. 그때서야 울 아빠 엄마가 생각나기도 했었지. 어느 날엔가는 그랬었으니까. 자식 노릇을 하며 사는 게 참 어려운 일이라고 생각했으니 말이다. 나이 들어 수시로 섭섭해하는 부모 앞에서 늘 당당한 자식으로 서 있기가 얼마나 어려운지를 이야기하면서 자꾸 툴툴거렸던 기억이 나서 말이다.

끝없는 자식 노릇에 한없는 부모 노릇. 그렇게 인생이 깊어가는 건가 보다. 서로 미안해하면서 사는 건가 보다. 앞으로 사는 동안 나는 또 얼마나 자주, 얼마나 많이, 내 가족들에게 미안한 사람이어야 할까.

설사 자식에게 업신여김을 받아도
부모는 자식을 미워하지 못한다.
- 소포클레스

: 지금, 스무 살이 넘은 내 아들이 이 책을 읽으면 무어라 할까. 자신의 성장기를 낱낱이 까발린 엄마가 원망스러울까, 아니면 그때 울 엄마가 그랬구나 하면서 조금은 부족했던 내 한때를 이해해줄까. 모르겠다. 적어도 원망하지는 말았으면 싶은데 그러지 않을 거라는 확신 같은 건 없다. 왜냐하면 내가 걔였대도 조금은 짜증스러웠을 테니까. 뭐 자랑할 일이라고, 세상에 대고 헛소리를 해대는 건지… 정말 이해할 수 없었을 테니까.

부모와 자식 간의 거리가 종잇장 같아 보였다가도 어느 때는 머나먼 바다 같다. 나는 그 아이가 다 보이는 것 같다가도 불현듯 모르겠고, 아마 녀석도 내가 그럴 거다. 자식 걱정 끊이지 않는 울 엄마가 내내 고맙고 안쓰럽다가도 어느 날은 엄마의 그 지나친 걱정이 언짢아지는 날도 있으니 말이다.

각자 그렇게 가는 거지 싶다. 좋았다 미웠다 하면서. 고마웠다 짜증스러웠다 그러면서. 그래도 아이를 키우는 동안 나는 진짜 사람이 되었고, '너 닮은 딸 딱 하나만 낳아봐라' 했던 엄마의 저주를 살짝 피해서 '나 닮은 아들 딱 하나 낳은' 엄마가 되었으니 이 또한 다행이다.

다 엄마 덕이고 아빠 덕이다. 내가 이만큼 살았던 것, 내가 적어도 부끄럽지는 않은 사람으로 세상을 견디고 있는 것도. 두 분이 아니었다면 내가 여기, 이렇게 버젓이 숨 쉬고 있기나 할까.

"고마워, 엄마. 참 고마웠어, 아빠. 엄마 아빠한테 저지른 죄, 그 벌… 우리 아들한테 차곡차곡 받으면서 살게."

아빠도 나를 사랑했을까?

: 엄마에게도 나는, 수시로 아픈 딸이었을까?

3

보고 싶다, 아빠

울 아빠는 글쟁이였다. 〈격동 30년〉이라는 라디오 드라마를 수십 년이나 썼고, 〈수사반장〉, 〈웃으면 복이 와요〉 같은 희미한 기억 속의 작품들을 집필했던 방송 작가였다. 기억 속의 아빠는… 언제나 등을 보이고 엎드려 원고지와 씨름하는 모습이었다. 서재가 따로 있어도 평생을 그렇게 엎드린 채 글을 썼던 고집쟁이 아빠. 하루에 채 다섯 마디도 입을 떼지 않고 살아 영 '반벙어리'처럼 보였던 울 아빠.

딸 넷에 아들 하나, 다섯이나 되는 우리 남매는 그저 아빠의 등만 보고 자라야 했다. 한 번도 다정한 적이 없는 분이라 그랬다. 공부 좀 해라, 싸우지 좀 마라… 차라리 잔소리를 하거나 야단이라도 쳤다면 좋았을걸. 그마저도 없이 평생을 그림자 같았던 조용한 어른이었다. 하고 싶은 말들을 모두 글 속에 풀어내느라 그랬는지도 모르겠다. "당신 입에는 곰팡이가 피었을 거야." 엄마가 아빠에게 때로 그렇게 통을 주곤 했으니까.

그 말, 평생 하지 못했던 말들을 쏟아내기 시작한 건 세상을 떠나기 직전이었다. 병에 걸려 자리보전을 하고 누운 뒤로는 수다쟁이처럼 딸들의 대화에 끼어들어 농을 걸거나, 말없이 천장을 바라보며 웃음 짓곤 했었다.

그런 아빠 때문에 슬펐노라고… 문득 고백하고 싶다. 병에 걸려 어눌하게, 아이처럼 띄엄띄엄 말하는 모습 때문에 많이 아팠었다고.

'아빠 참 바보다, 하고 싶은 말이 정말 많았을 텐데 왜 이제야 그 마음을 보여주는 거야? 우리도 아빠한테 말하고 싶은 게 많았었는데….'

아빠와의 소통이 시작된 게 '너무 늦은 때'였음을 알아서 나는 때로 마음이 얼음장처럼 차가워지곤 했었다.

몇 년을 그렇게 누워만 있던 아빠가 기어코 자식들을 불러 모았다. 그것도 병원 침대 앞으로. 이제는 다 자라 시집 장가 보낸 자식들을 눈앞에 앉혀놓고는 말없이 하나씩, '내 새끼들'의 얼굴을 오래오래 바라보았다. 눈에 담으려고, 마음에 담아 가려고 그랬던 건지도 모르겠다. 아빠의 그 얼굴엔 한없이 깊은 웃음이 담겨 있었다. 내 새끼들이 여기 있구나 하는 자랑스러운 얼굴이었던 것도 같다. 그러곤 조용히, 천천히, 한마디씩 꺼내 놓으셨다.

"미안하고, 또 행복했다. 당신이랑 사는 동안 참 좋았고, 너희들이 있어서 늘 기뻤다. 내겐 참… 괜찮은 삶이었구나. 그래, 괜찮았어."

복받쳐 오르는 슬픔이라는 게 뭔지를 그때 처음 알았다. 아빠의 그 말에 지나온 삶에 대한 너무 뜨거운 감정들이 묻어 있어서 차마 그런 아빠의 얼굴을 똑바로 바라볼 수가 없었다. 엄마도, 우리 다섯 아이들도, 그저 꾹꾹 울음을 집어삼키면서 말없이 눈물만 흘렸을 뿐. 해드릴 수 있는 게 그것밖에 없다는 게 아팠다.

그걸로 끝이었다. 의식도 없이, 그림자처럼 말없이 며칠을 간신히 숨만 붙들고 있더니 그 가느다란 숨을 곧 놓으셨다. 이생을 건너 저 생으로 가는 일이 꼭 거짓말처럼 고요해서 무서웠다. 하악하악, 느닷없이 거칠어진 숨소리를 몇 번 내고는… 안녕이었다. 부끄럽게도 나는 '사랑해'라는 말을 그날 처음으로 해보았다. 아빠가 길고 모진 인생을 다 접고 새처럼 가뿐히 떠나버린 그 순간에.

"아빠, 사랑해. 나는 아빠가 참 자랑스러웠어. 그리고 미안해, 아빠."

아빠의 손을 잡았었지. 너무 말라 나무 껍데기 같았던 아빠의 손을 내 가슴에 안고 생각했던 것도 같다. 왜 언제나 이렇게 한 발짝 더디게 가는 거냐고. 사는 게 뭐 이렇게 거지 같으냐고.

세상에서 가장 슬픈 일은 너무 늦었다는 사실을 깨닫는 때가 아닌가 싶다. 조금만 더 일찍 아빠에게 곁을 주었으면 좋았을걸. 엄마 곁에만 찰싹 붙어서 살캉거리는 딸내미 노릇 하지 말고, 아빠도 좀 바라봐주었으면 좋았을걸. 떠나신 후에야 비로소, 그 아빠를 향해 가고 있는 내 마음을 질책하기도 했다.

외로웠을 거라고, 아빠가 얼마나 외로웠을지 자꾸만 돌이켜져서 한동안 머리를 들 수도 없을 만큼 무거웠다. 주변머리 없는 울 아빠, 선뜻 다가오지도 못한 채 자식들 눈치나 보고 서성거리며 외로우셨을 것 같아서. 그런 아빠의 망설임 같은 것은 생각해보지도 못했다. 원래 그렇게 무관심한 양반이라고 원망하거나 쌩하게 찬 바람만 돌게 했던 지난날이 가슴속에 켜켜이 쌓인 채 여전한 후회로 남아 있다.

"엄마, 생각해보니까 말이야, 초등학교 때였나, 아빠랑 야구장 갔던 거 기억나. 야구 보고 짜장면 먹었던 것도. 그게 왜 이제야 생각나지?"

"그것만 기억나? 너는 모르지만 니 아빠, 큰딸 사랑이 얼마나 컸다고. 자기 닮아서 글 쓰며 사는 걸 보면서 맨날 입이 벙실벙실했었어."

"정말? 엄마는 그런 얘기를 왜 하나도 안 해줬어?"

"어떻게 다 말해? 바보가 아니고서야 지들이 알아서 느끼는 거지. 하기 는… 부모 마음을 알 턱이 있었을까."

엄마는 지금도 때때로 아빠 이야기를 하신다. 자식들 앞에서는 입 한 번 제대로 떼지 않았던 말없는 그 양반이 자식들을 얼마나 사랑했는지에 대해서 말이다. 엄마의 얘기를 들을 때마다 아빠 생각을 한다. 아빠 보고 싶다, 그런다.

"아빠, 거긴 어때? 안 추워? 배 안 고파? 너무 외롭지는 않지?"

슬프다! 부모는 나를 낳았다는 이유로 평생 고생만 했다.
- 『시경(詩經)』

: 그러니까 뭔 부귀영화를 누리겠다고 다섯이나 낳았느냐, 엄마를 엄청 구박했었다. 피아노 배우고 싶은데, 플루트도 불어보고 싶었는데, 예쁜 옷도 입고 싶고, 여름이면 바캉스도 가고 싶고, 동생들 눈치 안 보고 과자 같은 거 양껏 먹고 싶어서 그랬다. 툴툴거렸다. 다섯 아이가 있는 집의 장녀, 밑으로 동생 넷이 참새처럼 짹짹거려 아무것도 할 수가 없었다. 나는 부모 눈치를 살피느라 지레 의지를 꺾어버리는, '과하게 철이 든' 아이였으니까. 아빠, 미워한 적 많았다. 울 아빠가 얼마나 이기적인 사람으로 보였는지에 대해서는 차차 말하겠지만 말이다. 초등학교 6학년 때, 술 취해 주정 부리는 아빠에게 고래고래 소리 지른 적도 있었다.

"애들은 아빠가 작가라고 엄청 좋은 사람인 줄 알아. 그런데 이게 뭐야? 아빠는 나쁜 사람이야!"

놀라 커진 아빠의 눈이, 그 눈빛이 아직도 선하다. 울 아빠도 조숙하지만 당돌했던 어린 딸이 가끔은 미웠을 거다. 사는 동안 철없이 뱉었던 말과 생각들을 돌이킬 때마다 그저 미안한 마음뿐이다. 우리를 낳았다는 이유만으로 평생 고생만 했던 아빠와 엄마를 나는 줄곧 모른 척하고 살았으니.

그러니 내 아이에게 너무 기대하지 말자. 나는 코딱지만큼도 잘한 거 없으면서 내 자식한테만 부모 섬기라고 하는 건 반칙이다. 하기는 뭘 기대하나. 자식이란 게 다 그렇지. 겨우 그것밖에 안 되니까 자식인 거지.

연애소설 ① 그 여자 편

여고를 갓 졸업한 그 여자애는 '아리랑'이라는 잡지사에서 일했다. 형편이 넉넉지 못해 대학 진학을 미루고, 일종의 아르바이트를 시작한 거다. 잡지사에서 하는 일이라곤 잔심부름이었다. 은행 심부름에다 커피 심부름, 기자들 뒷수발 같은 거. 그때는 그렇게 일하던 사람들을 '사환'이라고 불렀단다.

그런데 그 여자애는 '발칙하게도' 입사 후 얼마 되지 않아 사랑에 빠졌다. 발칙하다고 할 수밖에 없었던 게 그 짝사랑의 대상이 편집장님이었다. 자그맣고 깡마른 편집장님은 말수가 워낙 적어서 늘 고요했는데 일에 관한 한, 카리스마 작렬이라 존경심이 절로 우러났다. 편집장님이 앉아 있는 자리 뒤에서는 언제나 후광 같은 게 비쳐서 눈을 뜰 수가 없었더란다.

아침이면 제일 먼저 출근해서 그 어른의 책상을 유리알같이 닦고, 가끔 길가에 피어 있는 꽃 몇 송이 따다 맑은 물에 담가 올리기도 하고, 그 어른이 출근하면 간이 딱 맞는 커피를 들고 가 바쳤다. 커피를 들고 걸어갈 때는 언제나 가슴이 콩닥콩닥해서 혹시라도 흘리지는 않을까, 심장 박동 소리가 밖으로 흘러넘치지는 않을까, 조심스러웠다.

얼마가 지났을까. 갓 돋아난 한 잎, 초록 잎 같았던 그 애를 편집장님도 눈에 담기 시작했다더라. 예뻐했다고. 그렇게 좋아하면서 레이저를 날리는 데야 몰랐겠나. 알았겠지. 관심이 갔겠지. 영화표도 가져다주고, 회사 앞 식당에서 마주치면 말없이 쓱 밥값도 내주고, 얼굴빛이 안 좋을 때는 무슨 일이 있는가 물어주기도 하고 그랬다. 한없이 참하고, 고왔던 여자애를 편집장님도 조금씩 마음에 들여놓기 시작했다.

그 둘이 연애를 시작했고, 같이 권투를 보러 갔고, 짜장면을 먹으러 갔다. 권투를 보러 가면 남자는 권투만 보고, 그 애는 남자만 보았다. 저 사람이 나에게 가당키나 한가 싶어서 권투 같은 건 볼 겨를도 없이 그 사람만 보았다. 그러다, 그러다가 기어이 사고가 났다. 그러곤 거짓말처럼 덜컥 아이가 들어섰다.

그때는 지금 같은 때가 아니었다. 결혼 전에 자고 그러는 건 천지가 개벽할 일이었던 시절이다. 당연히 여자애는 쫓겨났다. 보따리 하나 들고 남자의 집으로 갔다. 그렇게 얼마를 같이 살다가 결혼식을 올렸고, 그때부터 지독히도 가난한 생활이 시작되었다. 방이 하나, 홀시어머니를 모셔야 해서 방 한가운데 커튼을 치고 신방을 꾸렸다. 그래도 그 방에서 숭덩숭덩 아이가 들어섰다. 재주도 참 좋았다.

그 남자와 그 여자는 아이를 다섯이나 낳았다. 딸 셋을 낳고도, 내내 아들 욕심을 부린 여자가 딱 하나만 더, 했는데 그게 쌍둥이였다. 아들, 딸 이란성 쌍둥이. 그래서 딸 넷에 아들 하나를 거느린 엄마가 되었다. 남자는 잡지사를 그만두고 방송 작가가 되었다. 쉬지 않고 돈을 벌었다. 하지만 워낙 가진 게 없는 형편이라 집을 마련하고, 끼니를 챙기고, 애들 공부시키기에는 역부족이었다.

엄마가 된 여자는 안 해본 게 없었다. 참기름 장수, 화장품 외판원, 미제 물건 들고 다니는 아줌마, 보험 아줌마…. 태생이 책임감 넘치고, 센스 있고, 대인 관계도 좋은 그 여자는 긴 세월 동안 그렇게 밑바닥부터 갈고닦은 실력으로 대한민국 최고 보험 회사의 소장 자리까지 차고앉았다.

고생이, 고생이, 그런 고생이 또 있었을까 싶게 살았지만, 사는 동안 한 번도 남편에 대한 존경심을 거둬본 적 없었다. 그 여자에게는 그 남자가 평생의 편집장님이었다. 나 같은 애가 어떻게 감히 그런 사람의 여자가 될 수 있었을까, 생각하면 늘 가슴이 뛰었다더라. 미운 적 많았지만 그래도 연정이 옅어지거나 하지는 않아서 그 힘으로 살았다고 했다. 그 힘으로 50년 가까운 세월을 살고는 기어이 그 남자를 먼저 떠나보냈다. 생애 최고의 사랑이었던 편집장님을.

딱 삼류 소설 같은 얘기 속의 그 여자애가 울 엄마다. 그리고 그 둘의 사고로 빚어진 애가 바로 '나'다. 내가 화근이었던 거다. 아니, 적어도 내가 이 글을 써서 책으로 엮어 내놓기 전까지 나는 그렇게 알고 살았다. 그런데! 큰일났다. 이게 웬일인가. 자세한 이야기는… 잠시 후에 할 참이다.

연애소설 ② 그 남자 편

서른을 훌쩍 넘긴 그 남자는 『아리랑』이라는, 국내 최초 연예 전문 잡지의 편집장이었다. 이북 출신이었고, 고향인 황해도에서는 알아주는 대갓집 막내 도련님에다 명문 대학에 다니는 엘리트였다. 전쟁이 터졌다. 어머니와 누이에 형까지 넷이서 피란길에 올랐고, 어렵사리 구파발 어디쯤의 판자촌 비슷한 곳에 터를 잡았다.

맨손이었지만 고급으로 쓰고, 입고, 먹던 자존심을 놓지 않았던 그 남자는 삶의 방식 자체가 까다롭고 꼬장꼬장했다. 재주도 있고, 학식도 있고, 도무지 굽히는 법이 없는 '뿌리부터 양반'이었다. 작가를 꿈꾸었던 그 남자는 서라벌예술대학이라는 작가 등용문 같은 학교에 입학했고, 가난을 딛고 앉아 글을 썼다.

하지만 글이 밥이 될 순 없는 시절이었다. 출가한 누이와 형을 대신해 노모를 모시고 살았던 그는 쌀독이 달그락거리는 소리가 나면 돈을 구하러 무작정 집을 나서곤 했더랬다. 그러다 정말이지 먹고살기 위해 잡지사 기자가 되었고, 그러다 편집장으로 승진했고, 그러다 그곳에서 어떤 맑은 여자애를 만났다.

실은 마음 두고 있는 여자가 있었다. 당시만 해도 이름만 대면 알 만한 유명 배우였고, 본격 연애까지는 아니어도 둘이 만나 영화와 인생과 사랑을 이야기하면서 시름을 잊었더랬다. 그런데 가난이… 그 연애의 길목을 막았다. 끼니나 겨우 때우면서 사는 처지에 과한 여자를 마음에 품는 것이 도리가 아니라 생각했다. 그래서 포기했다. 딱 그 무렵에 그 여자애를 만났다. 그것도 자기가 편집장으로 일하고 있는 잡지사에서 심부름 아르바이트를 하고 있는, 그 애기똥풀 같은 애를.

그 남자는 진즉에 알았다. 그 애가 자기를 보고 있다는 걸. 막내 여동생 뻘이나 될까 싶은 그 애는 착하고 예뻤다. 그냥 안쓰럽고 자꾸 마음이 쓰여서 잘해주고 싶었다. 그 애는 나이에 비해 어른스러운 구석이 많아서 한마디를 던지면 이내 따뜻한 말로 되돌려줄 줄도 알았다. 간간이, 사는 게 참 힘든 날은 그 애랑 차를 마시고 밥을 먹었다. 권투를 보고, 레슬링도 보았다. 그러던 어느 날, 그 애를 앉혀놓고 술이 깊었고, 그러다 밤을 함께 보냈다.

그렇게 데려오려고 했던 건 아니었는데 덜컥 아이가 생겼고, 남자는 결국 사랑 반, 책임감 반으로 그 애를 집사람으로 곁에 두고 살기 시작했다. 큰딸을 낳았고, 둘째와 셋째 딸을 낳았다. 그 남자는 잡지사를 그만두고 방송 작가로 전향했다. 먹고살기 위해서였다.

찢어지게 가난한 남자에게 시집을 온 그 어린 여자, 그 남자의 집사람이 된 그 애가 고생이 참 많았다. 없는 남자 만나 돈 고생, 까다로운 남자

만나 몸 고생, 고고한 시어머니와 남편의 정갈한 밥상을 만드느라 손이 고생…. 그래도 불평 한마디 없이, 참 영리하게 살림 잘하는 그 애는 점점 더 놀라운 살림꾼이 되어갔다.

아들은 없어도 그만이었다. 딸 셋이면 충분하다고 했는데도 그 애가 고집을 부렸다. "어디 가서 아들 낳아오면 쫓아낼 거면서…." 전에 없이 통통거리더니 기어이 넷째를 가졌다. 그런데 유난히 터질 것 같은 배가 하도 이상해서 병원에 가라 일렀더니 울며 들어왔다. "쌍둥이래요, 이 일을 어쩌요" 하면서.

사실은 미안했다. 고생만 시키며 평생 살게 한 것이. 그런데 태생이 마음에 담긴 말을 겉으로 뱉지 못하는 요상한 성품이라 사는 동안 좋은 말, 따뜻한 말 한마디 못해주었다. 아내가 된 그 애에게 그랬고, 다섯 아이들에게도 그랬다. 애들 크는 동안 굳은 소리 한 번 한 적이 없었고, 매는 언제나 애들 엄마가 들었다.

남자는 그냥 '그림자 아빠'로 살았다. 사실은 애들에게 살갑게 대하고 싶을 때도 많았는데 첫걸음이 어긋나서 잘되지 않았다. 나중에는 다가가려 해도 용기가 나지 않아서 머뭇거렸다.

그 남자, 운동이라곤 화장실 가는 거랑 아침 신문 가지러 마당에 나가는 게 전부였다. 하루 종일 방 안에 엎드려 글을 썼다. 방송 작가로 사느라 그랬고, 워낙 몸 움직이는 걸 싫어하는 사람이라 그랬다. 그러더니 예순 중반쯤 병이 들었고, 그 후 10여 년을 시름시름 글 쓰고, 갖은 병을 다 견디며 살았다.

종내에는 자유로이 움직일 수도 없어 대소변도 혼자 가릴 수 없는 몸이 되었다. 가야 할 때가 되었다는 걸 뼛속까지 느꼈으면서도 못내 떠나기가 싫었다. 그래서 때로, 평생 동안 자신을 수발하며 살아온 아내에게 말하곤 했다. 죽는 게 무섭다고, 죽는 그 순간이 혹여 너무 가혹하지는 않을까 싶어 두렵다고.

기어코 혼자 떠났다, 그 남자. 아직은 좀 더 남아서 쑥쑥 크는 손주들 재롱도 보았으면 좋았을 텐데… 기다리지 못하고 갔다. 병이 길었고, 누워 보낸 세월이 지난해서 가족들 불러 앉혀 미안하다 말하고 갔다.

삼류 소설에나 등장할 법한 이 바보 같은 남자가 울 아빠다. 나는 글 쓰겠다는 딸이어서 그 아빠의 자랑이었고, 공부를 영 안 해서 그 아빠의 실망거리였다. 그래서 아빠가 떠난 뒤 늘 미안했다.

그런데… 미안한 일 하나를 더 추가하게 생겼다. 책이 나온 후 웃지 못할 헤프닝 하나가 벌어졌던 거다. 하! 이거야 참!

못 말린다, 콩가루 가족!

책이 나오기를 학수고대하던 친정엄마가 따끈따끈한 책을 받아들기 무섭게 전화를 걸어왔다. 축하 인사를 하려나 보다 했다. 아니면 잘 썼다, 애썼다, 우리 딸 장하다… 뭐 이런 종류의 덕담이겠거니 하면서 의기양양하게 전화를 받았다.

"아니, 수경아! 너 미쳤니? 돌았어?"

이상하다. 엄마가 왜 이러지? 내가 뭘 잘못했나? 엄마 목소리에서 하마 콧김 같은 게 뿜어져 나오는 걸 보면 분명 문제가 생긴 듯했다.

"내가 언제 너를 임신하고 결혼했니? 어? 니가 봤어? 봤어?"

뭔 소리래? 엄마가 나를 임신한 걸 내가 어떻게 본다는 거야? 어쨌든 단단히 화가 났다, 울 엄마!

"그리고 말이야, 네 아빠가 엄청 가난하고 나이 많은 남자라서 반대가 심하기는 했어도 당당하게 결혼식을 하고 나서 살았거든! 살다가 결혼하고 그런 거 아니거든!"

"정말이야? 나는 50년을 그렇게 알고 살았는데!"

"대체 누가 그래? 누가? 내가 결혼하기 일주일 전에 딱 멘스를 했는데!

그 날짜도 기억하는구먼!"

"엄마, 50년 전 생리 날짜를 기억한다고? 에이~ 말도 안 돼."

"애 좀 봐라. 진짜거든! 대체 누구한테 그런 얘기를 들었던 거야? 엉? 어디서 그런 헛소리를 주워듣고 맘대로 소설을 썼다니? 엄마를 망신 줘도 유분수지. 너, 내가 고소할 거야!"

하! 이것 봐라. 집안 망신에 인격 모독이라고, 엄마가 나를 고소하는 초유의 사태가 벌어지게 생겼다. 하지만 나도 억울했다. 잡지사 기자로 사는 동안 우리 집안의 스토리를 다 아는 대선배님들에게 얼마나 많은 놀림을 받았는데!

"요것아, 니가 불씨였어. 너 아니었으면 네 엄마가 그렇게 나이 많고 가난한 남자한테 시집가서 고생했겠냐? 네 엄마가 얼마나 예뻤는데!"

이런 얘기를 한두 군데에서 들은 게 아니었다. 잡지계의 전설인 듯 퍼져 있는 아빠 엄마의 그 은밀한 사연을 지고지순한 사랑으로 승화시켜 받아들이기까지 나도 참 고충이 많았다, 이거다. 그런데 엄마 말대로라면 내가 그 어른들을 고소해야 할 판국인 거다. 아니, 왜 자기들 마음대로 남의 출생의 비밀을 엉터리로 만들어서 폭로하고 그랬던 거지? 돌겠네, 진짜.

"엄마, 그럼 살면서 왜 그런 얘기를 하나도 안 해준 거야?"

"물어봤어? 니들이 물어봐야 해주지. 그게 무슨 대단한 자랑거리라고 엄마가 먼저 얘기해? 어?"

"동생들도 전부 그렇게 알고 있다, 뭐. 엄마는 괜히 나한테만 그래. 헹!"

"못 살아, 못 살아! 내가 정말 어디 가서 숨어 살게 생겼어. 고개를 들고 다닐 수가 없어, 내가."

"근데 엄마… 나를 가지지는 않았어도 아빠랑 결혼 전에 살짜쿵 찌찌뽕 그랬던 건 맞는 거 아니유? 고백해봐. 어? 내 말이 맞지?"

"뭐? …뭐라는 거야, 얘가…. 시끄러, 요년아! 뭘 잘했다고!"

"알았어. 미안해. 진짜 미안해, 엄마. 내가 두 번째 인쇄할 때 수정해줄 게. 그러니까 화 풀어. 응? 사실 뭐… 이 책이 그렇게까지 팔려줄지는 모르겠지만…."

"몰라, 몰라! 끊어! 내가 너 만나면 아주 가만히 안 둘 거야!"

전화를 끊자마자 쪼르르, 동생들과 단체 카톡방에서 모였다. 우리는 내가 태어난 날짜와 엄마 아빠의 결혼 날짜를 펼쳐놓고 손가락을 꼽아보거나 풍문으로 들었던 사건 퍼즐들을 꿰맞추며 수사를 시작했다.

셋째: 언니, 그런데 엄마가 멘스 날짜 얘기하는 거 너무 귀엽지 않아?

나: 말도 안 돼. 나는 지난달 날짜도 까먹었는데 50년 전 날짜를 어떻게 기억하냐? 엄마, 순 구라야! 동네 사람 보기 창피해서 그러는 거 같아.

둘째: 아냐. 가만있어봐… 자세히 따져보니까 언니가 허니문 베이비 맞는 거 같은데?

나: 날짜가 좀 부족하지 않아? 아니면 나, 팔삭둥인가?

막내: 아냐. 얼추 맞는 것 같아. 엄마, 억울하겠네.

나: 그래? 돌겠네, 진짜! 그런데 너희들도 다 나처럼 알고 있지 않았어?

둘째: 어. 나도 언니처럼 그렇게 알고 있었어.

셋째: 나는 그렇게까지 자세히는 몰랐는데? 언니 책 보고 알았지.

나: 그럼 어떡해? 내가 그냥 지구를 떠날까?

막내: 언니가 떠나도 책은 그대로 있잖아. 그럼 말짱 꽝일걸!

나: 휴! 콱 죽자. 그게 낫겠어.

동생 일동: 그래, 언니. 그럼 그렇게 해~.

아이고, 뭐 이런 콩가루 가족이 다 있나. 하여튼 가깝고도 먼 사이가 '가족'이라는 건 맞는 말이다. 배우들 결혼담이니, 열애설 같은 것에는 귀를 쫑긋 세우면서 자기 부모의 살아온 날들에는 영 관심이 없으니 통곡할 일이 아니고 뭔가.

가족끼리도 관심 좀 갖고 살아야 한다. 내 부모의 지난 세월이란 웬만한 드라마에 견주어도 하나 처지지 않을 만큼 달고, 쓰고, 안타깝고, 서럽고, 그러다 기어이 감동의 결말을 남기게 마련이다. 그걸 볼 생각도, 들을 생각도 하지 않은 채 저 살 궁리만 하고 있는 자식이란… 남보다 멀고, 남보다도 야멸차다. 나만 봐도 그렇지 않은가. 그러니 부디 이 책을 읽고 있는 독자들은 나처럼 '딱 죽게' 생기기 전에 가족의 역사에 대해 미리미리 공부해두시길!

하여튼 엄마한테는 참 미안하게 됐다. 머리 하얀 할머니이기는 하지만 엄마도 여자인데 세상에 대고 얼토당토않은 소리를 늘어놓았으니 어떡하나. 방법은 없다. 돈 싸들고 달려가 사죄하는 것밖에는!

그래도 '몽실 언니'로 사는 건 싫었어

돌이켜보면 누구나의 지난날은 다 꿈만 같은 법이랬다. 나도 다르지 않다. 50년쯤 살고 보니 내가 걸어온 그 50년이 꼭 남의 길인 것 같기도 하다. 내가 어떻게 그럴 수 있었을까 싶은 민망한 일도 있고, 괜히 어깨가 으쓱해지게 기분 좋은 추억도 있다. 웨하스 조각처럼 똑똑 분질러지는, 그러니까 마치 과자 부스러기 같은 기억들이 뭉쳐서 처연하게 맛이 든 오늘의 내가 된 거겠지.

아이가 다섯이나 있는 집의 장녀였던 나는 그럼에도 불구하고 약간의 호사를 누렸다. 그 호사 중 하나가 당시로서는 흔하지 않았던 유치원에 다녔다는 건데… 없는 살림에도 나를 유치원생으로 만들어준 걸 보면 우리 엄마, 참 야심 있는 여자였던 것 같다.

마땅치 않은 가난뱅이 노총각을 물고 와서 결혼이라는 걸 하겠다고 통보한 딸 때문에 식음을 전폐했었다는 나의 외할아버지는 정작 내가 태어나자 '환장하게' 좋아했었단다. 아무도 몰래 나에게만 아주 특별한 애정 공세를 퍼붓곤 했을 만큼! 그 당시, 할아버지는 택시를 무려(?) 두 대나 가지고 운수업을 했었다는데… 일주일에 두세 번, 유치원 파하고 문을 나서면 할아버지의 택시가 서 있었다. 마치 산타 할아버지의 자태로 말이다. 치즈, 초콜릿, 바나나… 아무나 먹을 수 없었던 그것들을 손에 쥐여주고는 기뻐 날뛰는 손녀딸에게 뽀뽀 열 번 받은 뒤 흡족하게 뒤돌아가셨다.

"니 어미한테는 할아버지 댕겨간 거 말하지 마라."

언제나 그렇게 이르셨기에 나는 말하지 않았다. 아직 어렸지만 할아버지와 엄마 사이가 썩 매끄럽지는 않다는 걸 익히 알고 있었던 것 같다.

어쨌든 엄마는 첫딸인 나에게 '유치원에 다니는 호사'를 조금 누리게 해주고는 대신, 무지하게 부려먹었다. 우리 집 막내, 그러니까 쌍둥이 중에 여자애는 내가 다 키웠다. 왜냐하면 내가 초등학교 입학을 앞두고 있던 그해 2월, 엄마가 쌍둥이를 낳은 거다. 천둥벌거숭이 같은 세 딸에, 갓 낳은 두 아기까지 키우면서 살림을 도맡아 하기에는 아무래도 역부족이었다. 그래서 울 엄마는 내가 학교에서 돌아오기만 하면 반색을 하며 뛰어나와선 갓 낳은 여동생을 내게 업히고는 포대기를 질끈 묶어주었다.

모르기는 해도 나름 귀하게 얻은 아들이니 그 보물단지 같은 놈은 엄마 손으로 거두고 싶었을 거다. 그랬으니 쌍둥이 중에 아들은 기어이 당신 등에서 키우고, 한배에서 나온 딸은 겨우 부채만 한 내 어린 등에서 자라게 했을 테지. 쳇! 울 엄마 좀 치사했구나. 지금 생각해보니 그렇다.

어린 나는 수시로 억울하고, 분통 터지고, 서러웠다. 다른 집 애들은 죄 골목에 나와서 흙바닥을 뒹굴며 뛰어노는데 나만 애보개였다. 그래서 왜 나한테만 이러는가, 물으면 엄마가 영락없이 그랬다.

"유치원까지 다니는 호사를 혼자 누렸는데 동생들한테 미안하지도 않아? 그럼 어떡할까? 엄마가 앞뒤로 업고 다니면서 밥해주다가 쓰러지면 좋겠어? 그래도 괜찮겠어?"

엄마의 속사정까지 이해해주는 큰딸 노릇을 하느라 겨우 여덟 살에 벌써 '어린 엄마'가 되어버린 나. 젖만 못 먹였지 나머지는 다 해봤다. 똥 기저귀 갈고, 우유 먹이고, 트림시키고, 목욕시키고… 목욕을 다 시키고 나면 우쭈쭈 마사지도 해주고, 향긋하게 분 발라 톡톡 두들겨도 주고, 어느 순간에는 그 어린것이 하도 예뻐서 통통한 배에다 붕붕 입 나발을 불어넣기도 하면서 그랬다.

"아이구, 이뻐라. 내 새끼!"

일찌감치 불행을 겪어본 아이는 남보다 빨리 어른이 되는 법이다. 아니, 불행이랄 것까지야 없지만 하여튼 내가 그랬다. 여덟 살에 엄마 노릇을 시작한 후, 바람 잘 날 없는 어른들의 세상을 혹독하게 체험하며 자랐다.

너무 일찍 철이 들어 눈치를 보았고, 해도 좋을 말과 입 밖으로 내서는 안 될 말이 무언지를 가렸으며, 어른들의 불화에 대처하는 법도 알고 있었다. 엄마 대신 엄마였다가, 아빠 대신 아빠였다가, 끼니 챙겨줄 사람 없는 날에는 식모였다가, 아빠가 쓴 원고를 방송국에 가져다주어야 하는 날에는 수업도 빼먹고 기다리는 퀵서비스였다가… 나는 그렇게 속 끓이고, 무릎 깨지고, 손가락을 베이기도 하면서 날다람쥐처럼 어른이 되었다.

언니, 10원에 돼요?

요즘은 아침이면 골목길이 아주 부산하다.

어린이집 셔틀버스가 줄을 서고, 엄마와 아이들이

그 버스 앞에서 손을 흔들며 인사를 나눈다.

버스가 코앞까지 데리러 오지만, 그럼에도 불구하고

그 버스를 혼자 타게 하지 않는 게 요즘 엄마들이다.

그럴 수밖에 없다. 세상이 아주 나빠졌으니까.

다행히 나 어릴 적에는 아직 살 만한 세상이었나 보다.

매일 아침, 나는 혼자서 버스를 타고 유치원에 갔다.

셔틀버스도 아니고, 버스 정류장까지 따박따박 걸어가서

타야만 하는 일반 버스였다. 그걸 혼자 타고 다녔다.

그때는 버스가 완행과 직행 같은 걸로 나뉘어 있었다.

문이 두 개에 안내양도 두 명인 버스는 완행,

문이 한 개에 안내양이 한 명인 버스는 직행이었다.

앞뒷문으로 안내양이 승객들을 쭉쭉 밀어대는 완행버스는

언제나 미어터지는 만원이었다. 어린 나는 탈 엄두가 안 났다.

그런 이유로 완행버스 차비는 10원, 직행버스는 15원이었다.

5원씩, 하루에 딱 10원만 더 주면 조금 여유롭게 오갈 수 있는데…

엄마는 매일 아침 내 유치원 가방에 딱 20원씩 넣어주었다.

그럼 나는 동전 두 개가 든 가방을 메고 달랑달랑 걸어가서는

언제나 버스 안내양 언니에게 되바라진 '딜'을 했다.

"언니, 10원에 돼요?" 안내양 언니에게 물었던 거다.

그러면 거의 모든 언니들이 어린 나에게는 후했다.

반짝 들어다 버스에 옮겨놓거나 어서 타라는 손짓!

하지만 개중에는 아주 고약한 안내양도 있었다.

"어린게 벌써부터 나쁜 것만 배워 가지고!"

혼쭐을 내고는 버스 몸통을 탕탕 치면서 "오라이!" 했다.

그러면 나는 멀어져가는 버스 뒤통수에 대고

이리저리 발길질 몇 번 하면서 화풀이를 했다.

"에잇! 개도 안 물어갈 년!"

할머니에게 배운 지상 최대의 욕이었다.

해도 해도 너무한 불공평한 처사들 ①

엄마는 아빠에게 정말이지 더는 그럴 수 없을 정도로 끔찍하게 했다. 임금님이라도 그렇게는 섬길 수 없을 만큼 했던 것 같다. 사랑해서 그랬나, 아니면 돈 많이 벌어오라고 그랬나. 구체적인 이유는 잘 모르겠지만 아빠에게 엄마는 언제나 입속의 혀였다.

그도 그럴 것이 집이 곧 직장인 작가 아빠는 하루 세 끼를 집에서 해결하는 일종의 '삼식이'였는데 그 세 끼가 언제나 단아한 호텔 밥 같았다. 그러니까 내가 아들에게 들이대고 있는 그 '허세 밥상'의 원조가 바로 나의 엄마였던 게 맞다. 요즘처럼 삼식이 구박 시리즈가 판을 치는 세상에서는 상상도 할 수 없는 일이다.

게다가 아빠는 특히 먹는 것에 관한 한 매우 까다로운 성질을 지닌 사람이었다. 배가 등가죽에 가서 붙게 생겨도 아무거나 먹는 법이 없었다. 음식은 눈으로 먼저 먹고, 그다음에 입이 먹는 거라는 말도 곧잘 하셨다. 좋은 식재료와 그렇지 않은 식재료도 귀신같이 잡아내는가 하면, 삼시 세 끼 갓 지은 새 밥에 전혀 다른 반찬이 필요한 사람이었다. 먹던 반찬이 다시 올라오는 일 같은 건 결코 용납되지 않았다.

그럼 이쯤에서 울 아빠가 남긴 음식에 대한 명언들 몇 가지 짚고 넘어
가볼까?

"죽은 죽을 때나 먹는 거이야. 알기나 하간?"

"호박잎을 어케 먹니? 거지도 아닌데 남의 집 담벼락에서 자라는 풀때
기를 뜯어 먹을 수야 있갔니?"

"제발 좀 그릇이 미어지게 담지 말라우. 자고로 음식이란 큰 그릇에다
보기 좋게 담는 거이고, 무슨 음식이든 그 음식이 그릇의 3분지 1이 넘으
면 안 되는 거이야."

"미숫가루는 물 위에 알맹이들이 뭉쳐서 동동 뜨게 타야 하는 거이야.
그것도 모르는 기야? 물에다 죄 풀어버리면 그걸 어케 마시겠니? 이게 죽
이지, 뭐간?"

"냉면을 가위로 잘라버리면 무슨 맛으로 먹갔니? 식초랑 겨자도 쌍놈들
이나 넣는 기야!"

"만둣국 내오면서 식초를 안 주면 어케 하라는 기야? 식초가 고깃국 누
린내를 잡아준다고 몇 번을 말해야 알간?"

"제발 동태 좀 끓이지 말라우. 죽은 놈도 싫은데 죽어서 언 놈까지 먹어
야 쓰간?"

"생선 겉이 살콤 탄 듯하게, 바삭하게… 아직도 그거 하날 제대로 못하
는 기야?"

"어떻게 젓가락 댈 건건이가 하나가 없네? 달걀노른자랑 빠다 가져오라

우. 비벼 먹게.”

“이보라우. 갈비찜에 고명이 빠지면 안 되는 기야. 음식은 정성이 반이라는 거 모르네?”

“냉아국(칼국수)은 반죽이 생명이야. 국숫발도 중요하지. 얇지도 두껍지도 않아야 제맛이 나는 기야.”

“뜨더국(수제비)을 누가 고기 국물에 끓이네? 갸는 해물 육수로 담백하게 만들어 먹는 음식이지.”

“비지에 김치 좀 넣어 먹지 말라우. 돼지죽도 아니고 그게 뭐간?”

늘어놓자면 2박 3일은 족히 더 해도 좋을 만큼 음식 타박이 심한 양반이었다. 자기 먹는 것만 까다로운 게 아니라, 다른 사람 먹는 것을 보고도 통을 주었다. 밥상머리 매너를 얼마나 강조했는지 머리에 쥐가 날 정도였다. 매너는 개뿔! 숟가락 놓고 돌아서기가 무섭게 금세 배가 고프던 우리 다섯 아이들은 개똥도 구수하다, 하면서 집어먹을 기세였는데! 아빠는 뭘 잘 알지도 못하면서!

김치 넣은 비지찌개를 좋아하는 울 엄마는 평생 그것 하나를 제대로 못 먹었다. 비지란 맑고 뽀얗게 끓여서 양념장 솔솔 얹어 먹는 거라는 아빠의 지론 때문이었다. 아빠가 먹고 남은 비지에 김치 송송 썰어 넣고 끓여 먹다가 걸리기라도 하는 날에는 불호령이 떨어졌다. 그러면 엄마는 별꼴이 반쪽이야, 하면서도 먹던 걸 잽싸게 치우곤 했다.

하여튼 엄마는 표창감이다. 그 양반의 입맛을 다 맞추며 살았으니까. 밤새워 글을 쓰던 아빠는 자는 아내를 흔들며 "짜장면이 먹고 싶은데…" 하거나 "시원한 동치미냉면 좀 먹여주지 않갔나?" 했고, 그러면 또 엄마는 코를 곯고 자다가도 입가의 침을 닦으며 벌떡 일어나서 그것들을 만들어 올렸다.

자다가 맛있는 냄새에 이끌려 깬 적이 한두 번이 아니었다. 물론 우리 것은 없었다. 언제나 달랑, 아빠 먹을 것만 만들었다.

남편과 자식을 차별하는 건 엄마의 주특기였다. 똑같은 김치찌개를 끓여도 아빠 것에만 돼지고기가 들어갔고, 우리 것에는 비린 멸치가 풍덩 담겼다. 어른이 되어서야 멸치김치찌개의 참맛을 알게 되었지만, 어릴 때는 세숫비누 크기만 한 돼지고기가 둥둥 떠 있는 아빠의 김치찌개 앞에서 못내 입을 다셔야 했다.

아빠의 사과는 언제나 새빨간 홍옥이었고, 우리가 먹는 사과는 국광이었다. 똑같은 사과였지만 품종으로 볼 때, 홍옥이 국광보다는 고급이었다. 어디 그뿐이었을까. 우리 때는 쉽게 구경도 할 수 없던 바나나도 아빠만 몰래 먹여주었다.

어느 날, 별생각 없이 엄마 아빠의 방문을 벌컥 열었는데 바나나를 먹고 있던 아빠가 그걸 등 뒤로 확 숨기는 걸 보았다. 섭섭했다. 이건 무슨 시추에이션이지? 싶었다. 아빠만 먹여주는 엄마도 미웠고, 먹다가 들키자 숨기는 아빠는 더 얄미웠다.

엄마가 취직을 한 뒤에는 아예 아빠 방 머리맡에 전용 냉장고 하나를 들여놓았다는 것도 기억난다. 그 작은 냉장고 속에는 아빠의 간식이 들어 있었다. 솔솔 설탕 뿌려 재어둔 딸기, 껍질 벗기고 씨까지 다 발라낸 포도, 아빠가 좋아하는 사과는 껍질을 깎은 뒤 설탕물에 담가 색이 바래지 않도록 해두는 정성도 당연지사였다.

과일뿐일까. 과자에 초콜릿에 영양제까지…. 그 안에 무엇이 들어 있는지를 아는 사람은 아빠와 엄마뿐이었다. 그래서 어쩌다 아빠가 방송국으로 출타하는 날이 오기라도 하면 우리 다섯 형제, 득달같이 그 방으로 가서 냉장고 앞에 모였다. 맏딸인 내가 책임지고 냉장고를 연 뒤 그 무릉도원, 천국 같은 냉장고 안을 넋 놓고 바라보았다.

그 찬란하던 '그림의 떡들'이라니…. 우리는 배신감에 치를 떨었지만, 단 하나도 손대지는 못했다. 죽을 각오를 하지 않는 한, 그건 안 될 일이었다. 아이가 한둘이라야 어찌 해보는 거지. 다섯이 한 쪽씩만 먹는다 해도 금세 표가 날 터였다. 하여, 그 드라마틱한 음식들 앞에서 불쌍한 우리 다섯 애들은 각설이네 자식새끼들처럼 뚝뚝 침만 흘려야 했다.

엄마는 어떻게 그럴 수 있었을까? 어떻게 남편을 그토록 떠받들 수 있었을까? 결혼이란 걸 해보니 남편보다는 자식 먼저 챙겨지던데. 맛난 거 만들면 남편 제치고 자식 생각이 앞지르던데. 나만 그런 게 아니라 요즘 여자들은 전부 다 그러던데 말이다. 그렇게까지 사랑할 수 있었던 비결이 대체 뭘까?

아빠가 떠나시고, 다 자라 시집간 딸들이 엄마랑 모여 앉아 자분자분

수다 놀이를 하며 물었다. 엄마는 아빠를 왜 그렇게까지 사랑한 거냐고.

"사랑은 무슨 얼어 죽을! 식구들 다 먹이고 싶었는데 그럴 돈이 없으니까 아빠만 대표로 먹게 한 거지. 그러면 니 아빠가 좋아서 열심히 글 쓰니까. 그 돈으로 우리가 살아야 하니까! 엄마도 아빠 입에 들어가는 거 보면서 먹고 싶을 때 진짜 많았어. 사실 말이야 바른말이지. 니 아빠, 진짜 이기적인 사람이었다. 누가 영양제 선물해주면 엄마가 먹을까 봐 숨겼다니까. 니들은 몰라, 얘. 얼마나 치사했다고!"

이타적이라는 말을 할 때 여자는
'남을 대신해 고생하는 것'이라고 생각하지만,
남자는 '남에게 고통을 주지 않는 것'이라고 생각한다.
그래서 근본적으로 서로가 서로를
이기적인 사람이라고 여기는 것이다.
-C. S. 루이스

: 『나니아 연대기』의 작가 C. S. 루이스는 남자와 여자의 서로 다른 시각에 대해 이렇게 말했단다. 맞는 말 같다. 아빠가 그랬고, 또 엄마가 그랬으니 말이다. 남자들은 고작, 남에게 피해를 끼치지 않은 것만으로도 자신이 희생했다고 생각한다. 그런데 여자들은 이상하게도 남의 고생까지 사서 해야 도리를 다한 것 같은 의무감에 사로잡혀 있다.

사실 아빠를 그렇게 만든 건 아빠의 엄마인 우리 친할머니였고, 엄마를 그렇게 만든 건 엄마의 엄마인 우리 외할머니일 거다. 그 피가 그대로 흐르는 거지, 어디 가겠나. 천생 공주여서 '오공주'라는 별명을 가지고 살았던 아빠의 엄마는 자식을 왕자처럼 떠받들면서 곱고 예쁘게 살다 가셨다.

그런데 평생 동안 자식 위해 험한 일 마다 않았던 울 엄마의 엄마, 그러니까 외할머니는 아흔 살이 넘은 요즘도 엄마가 운영하는 만두전골 가게에서 하루에 200개도 넘는 만두를 빚으신다. 그 연세가 되도록 총기도 대단하고, 피부에는 모공 하나 없고, 얼굴 화장 거르는 법도 없어서 이제 겨우 쉰이 넘은 나보다도 젊어 보인다. 어느 날, "화장하는 게 귀찮지도 않으냐?"고 물었더니 울 할머니가 그랬다.

"궂은일을 해도 입성이 반듯해야 얕잡아 보이지 않는 거야. 괜히 업신여김 받고 그러면 자식들 욕먹어서 안 돼. 자기 엄마 저렇게 만들었다고 세상이 손가락질하면 내 새끼 힘들까 봐 그러지. 나는 평생을 그렇게 살았다."

그런 부모 밑에서 그런 자식이 만들어지는 건 당연한 일이다. 내 아빠가 그런 사람이고, 내 엄마가 그런 사람인 것도 다 그 부모 영향이라는 말이다. 더구나 아들이 문제다. 아들을 너무 떠받들어 키우면 남자이기 때문에 피해갈 수 없는 이기적인 기질이 더욱더 날개를 달게 될 거다. 그러니까 아들 키우는 엄마들이 잘해야 한다. 아니다. 나부터 잘해야 한다. 그런데 나… 지금까지는 틀렸다. 너무 잘해줬다. 그래서 이놈의 배필이 될 여자애도 어쩐지 인생이 영 순탄하지는 않을 것 같다.

그러니 지금부터라도 정신 바짝 차리고 하나밖에 없는 아들놈 길들이기에 돌입할 작정이다. 하여튼… 애나 어른이나… 남자들이란 가르치지 않으면 <u>스스로</u> 뭘 깨닫는 법이 없구나.

해도 해도 너무한 불공평한 처사들 ②

자식이 달랑 하나뿐인 나는, 여러 자식 거느린 어미의 마음을 모른다. 알 리가 없다. 그래서 그냥 믿는다. '다섯 손가락 깨물어 안 아픈 손가락 없다'는 그 말을. 자라는 동안 쭉 그 말을 믿었다. 아니, 믿으려고 했다. 안 그럼 너무 억울할 것만 같은 상황이 한두 번이 아니었으니까.

여학교에 다니는 내내 공부와 담 쌓고 살기는 했지만, 사실 초등학교 때까지만 해도 나는 비교적 영특했던 걸로 기억한다. 반장은 아니지만 부반장 노릇도 여러 차례였고, 안 되면 줄반장이라도 했으며 애들한테 인기도 꽤 많았었다. 어지간히 공부를 했으니 그렇지. 영 맹탕이었으면 인기가 있었겠나? (이것도 썩 근거 있는 기억은 아니지만…)

그런데 다 자라서 돌이켜보니 울 엄마에게는 약간의 차별 습성이 있었던 것 같다. 특히 둘째를 예뻐했다. 게다가 짜증 나게도 둘째가 예쁜 짓을 좀 하기는 했다. 일단 걔는 뺀질이였다. 나는 원하는 걸 얻지 못하면 입을 댓 발이나 내밀고 부루퉁거렸는데 걔는 온몸을 배배 꼬면서 꼬랑지를 착 내리고 코맹맹이 소리를 했다.

"어~엄마~아, 나 그거 가꼬 싶단 말이야. 엉? 사쪼, 사쪼요. 네?"

개는 여자처럼 생겨서 옷발이 착착 났는데 나는 상남자까지는 아니어도 남자 근처에 가 있는 생김이었다. 그래서였나. 똑같이 머리를 길렀어도 아침이면 언제나 개만 묶어주고, 내 머리는 모른 척했다. 나도 좀 묶어주십사 하면서 엉덩이를 들이대면 외려 쉰 소리가 날아왔다.

"하여튼 너는! 계집애가 머리 꼬라지하고는! 수세미야? 수세미? 가서 머리 좀 빗어!"

개는 심부름도 잘 안 시키면서 나만 부려먹고, 육성회비도 언제나 개를 제일 먼저 줬다. 육성회비 안 낸 사람 명단에 내 이름이 들어 있어서, 더 이상은 학교에 다닐 수 없는 처지로 내몰릴 때쯤 돼서야 겨우 간당간당 턱걸이로 돈을 마련해주었다.

나는 화곡동에서 광화문까지, 날마다 만원버스를 타고 쭈그렁 할미처럼 찌그러진 매무새로 학교에 다니게 했으면서 개는 엎어지면 코 닿을 곳에 있는 학교에 데려다주는 날이 많았다. 정말 너무 했지 뭔가. 차별도 이런 차별이 어디 있나 말이다.

하기야 개가 공부를 좀 하기는 했다. 있는 집 딸내미처럼 몸도 약해서 픽 하고 쓰러질 적이 많았고, 악바리 기질도 농후해서 누구에게 지고는 못 사는 성격이었다. 나는 시험 때가 되어도 입을 쩍 벌리고 잠을 퍼 자는데 개는 밤을 하얗게 새우면서 공부를 했으니… 내가 엄마여도 개가 예쁘지, 내가 예쁠 일은 없었을 거다.

그런데 사실 말이야 바른말로, 개가 공부를 좀 하게 된 데는 내 덕이 컸지 싶다. 겉으로는 똘똘해 보여도 은근히 떨떨한 구석이 많았던 개는 초등학교 3학년인가가 되도록 구구단도 못 외워서 야단을 맞곤 했었다. 나는 초등학교에 들어가기도 전에 한글을 다 깨쳐서 동화책을 줄줄 읽었는데, 개는 한글도 입학하고 한참이나 지나서야 깨쳤다! 애들 다섯 키우는 동안 그 누구 하나 공부를 가르쳐본 적 없던 엄마가 오죽했으면 개를 끼고 앉아 홈스쿨링을 했었겠나. 그런데 더 짜증 나는 건 그 홈스쿨링의 성과가 나지 않으면 언제나 나를 호출했다는 거다.

"수경앗! 너 당장 들어왓!"

들어가면 손바닥을 대라 했다. 개도 대고, 나도 대고. 왜 그러는지도 모른 채 일단 서너 대 맞고 나면 그때서야 이유를 말해주었다.

"아니, 너는 언니가 되어서 동생 구구단 하나도 안 가르쳐주고 뭐했어? 엉? 뭐한 거야?"

말이 되나? 개나 나나 한솥밥 먹고 같이 크는 처지에 누가 누굴 가르친다는 건가. 게다가 나는 큰언니라는 죄로 엄마 대신 엄마 노릇을 해야 할 때가 얼마나 많은데. 거기에다 공부까지 가르치라고?

불공평한 처사라는 걸 알면서도 쉰 소리 듣기 싫어서 개를 가르칠 때가 더러 있었다. 그럴 때마다 복수를 했다. 쥐어박고, 걷어차기도 꽤 여러 번이었지, 아마.

왜 그랬을까, 엄마는. 나는 왜 잘해도 잘했다 그러지 않으면서 개는 왜 못해도 못한다 그러지 않았을까. 개 머리는 묶어주면서 왜 내 머리는 안 묶어주었을까? 심부름도 왜 나만 시키고, 밥상도 나만 들게 하고, 친구들과 놀러 나갈 때마다 왜 언제나 나한테만 동생들을 데리고 나가 놀게 했을까? 여러모로 살펴볼 때 불공평한 차별 대우의 처사가 포착된다. 울 엄마는 그렇게 나와 걔를 차별하면서 키웠던 거다. 나는 주워온 딸 취급하고, 걔는 고명딸처럼 떠받들면서!

"엄마, 이제 그만 인정하지. 왜 그랬수? 왜 나만 차별했수?"

줄줄이 중년이 된 딸 넷이 할머니가 된 엄마와 맛있는 식당에서 외식을 하는 자리였다. 기회는 찬스다, 하면서 따져 물은 적이 있었다. 재미 삼아였다, 재미 삼아. 웃자고 한 말이었다. 그런데 이거 봐라? 내가 말을 꺼내기 무섭게 애들이 전부 다 한마디씩 거들었다.

"시끄러! 큰언니 너는 그런 말을 할 자격 없다. 너만 유치원 다녔잖아. 우리 집 형편에 유치원이 말이 돼?"

"웃기시네. 둘째 너는 입이 열 개라도 할 말 없어. 살 뺀다고 돈 써, 예뻐진다고 돈 써… 집안 다 거덜 나게 돈 쓰고 다닌 게 누군데? 유치원 좀 못 다닌 게 대수야?"

"큰언니, 작은언니! 둘 다 조용히 해. 그래도 언니들은 엄마가 새 옷도 사주고 그랬잖아. 나는 평생 새 옷 입어본 기억이 없다."

"언니들 다 입을 꿰매버린다! 나는 막내로 태어나서 밥도 제대로 못 얻어먹었구먼! 눈깔사탕 사달라고 했다가 엄마한테 뒈지게 맞고 그랬거든!"

앞니가 툭 튀어나왔는데 교정을 안 해줘서 돌출 입이 된 거, 키가 이렇게 작은데도 키 크는 음식을 안 먹여준 거, 대학 다닐 때 줄줄이 네 명의 동생들 도시락을 나에게 싸게 했던 거, 중고등학교 입학식이나 졸업식에 엄마가 안 왔던 거…. 일일이 끄집어내고 보니 장난이 아니었다. 장난으로 시작했는데 말을 하다 보니 마음에 묵혀두고 이를 갈았던 게 정말 많았구나 싶었다.

나만 그랬겠나. 동생들도 하나씩 얼토당토않은 얘기들을 속사포처럼 쏘아대며 엄마를 공격했다. 물론 엄마는 청문회에 나온 사람처럼 "기억나지 않습니다" 하면서 웃었고, 우리도 웃었다. 웃자고 시작한 얘기니 깔깔 웃음 폭탄을 터뜨리면서 불만을 늘어놓았던 거다.

나는 너에게, 너는 쟤에게, 쟤는 또다시 나에게…. 우리는 그렇게 저마다 누군가를 편애하는 엄마 때문에 열 받으면서 자랐다는 것을 알았다. 그걸 깨닫고 나니 30년 이상 묵은 체증이 쑥 내려가는 느낌이었다.

그런데 그날 밤, 핸드폰에 엄마 번호가 떠서 받았더니 대뜸 꺼억꺽 울음소리가 흘러나왔다.

"미안하다, 수경아. 엄마가 미안하구나. 나는 니들이 엄마를 그렇게 생각하는 줄 몰랐어. 얼마나 속상하고, 얼마나 비통한지…. 사느라 그랬지, 사느라. 없는 집에서 키우느라 어쩔 수 없었지. 엄마한테는 도대체가… 너밖에… 믿어지는 사람이 없어서…."

전화기를 붙들고 엄마랑 둘이 얼마나 울었는지 모르겠다. 우는데, 그 울음 속에 내 기억 속의 살았던 날들이 주마등처럼 스쳐갔다. 서른도 되기 전에 이미 아이 다섯을 낳아 키우며 평생 고생만 했던 울 엄마의 모습도

선연했다. 맞다. 사느라 그랬겠지. 없이 살면서도 기죽지 않게 키우느라.

"그런데 엄마, 이제 진짜 늙었나 보다. 농담이랑 진담도 구별 못하고…. 아니, 똥오줌 못 가리는 사람처럼 왜 그래? 자꾸 그러면 매 맞는다! 엉?"

"그러게. 히히히히. 늙어 주책이지, 뭐. 그런데 엄마한테 매 맞는다 그러는 건 잘하는 짓이고?"

"그러게. 호호호호. 나도 맞아야겠네."

울다가 웃으면 탈이 생긴다는데 별수 없다. 그 밤, 엄마와 나는 그렇게 고단했던 지난 세월을 가만히 덮었다.

예배당도 아닌데 웬 종소리?

우리 집의 불문율은 어지간하면 아빠에게 말을 붙이지 않는다는 것. 정말 필요한 일이 아니면 엄마도, 아이들도 아빠를 찾지 않았다. 아빠가 늘 집에 있지만 아빠만 있고, 아빠의 목소리는 언제나 실종 상태였다. 하루에 다섯 마디? 아니, 세 마디를 넘기기가 쉽지 않았고, 그 목소리도 아주 작아서 귀를 쫑긋 세우지 않으면 놓치기 십상이었다.

"아빠, 아빠, 아빠, 아~빠아~!"

연달아 네댓 번을 이어 불러야 겨우 고개를 돌려 쳐다보곤 했던 우리 아빠. 그런 아빠와 유독 소통이 잘되는 아이가 바로 막내 여동생이었다. 아빠가 바쁘거나 말거나, 대답을 하거나 말거나, 화가 났거나 아니거나… 막무가내로 자기 원하는 바를 말하고는, 기어이 답을 듣고야 말았던 의지의 한국인이었다. 그러다 보니 당연히 잦은 심부름도 그 아이의 몫이었다. 막내야, 부르면 달려가서 명령을 하달받곤 했던 아빠의 꼬붕! 그런데 어느 날, 그 유일한 꼬붕이 불만을 토로하기 시작했다.

"아! 짜증 나. 들리지도 않게 불러놓고는 빠딱빠딱 안 움직인다고 뭐라 그런단 말이야. 진짜 이상한 아빠야."

그렇게 몇 번, 막내의 불평이 계속되자 엄마가 특단의 조치를 내렸다. 어느 날 종을 사들고 들어온 것이다. 한 손에 쥘 수 있는 작은 종. 흔들면 댕댕, 제법 거창한 소리를 내는 기특한 물건이었다. 바로 그 물건을 아빠의 머리맡에 딱 놓아주고는 애들 부르고 싶을 때 종을 치라고 큰소리를 쳤다.

처음에는 이게 무슨 유치한 짓인가 하면서 콧방귀를 뀌던 아빠가 이튿날부터 서둘러 실행에 옮기기 시작했다. 댕댕, 꼭두새벽부터 울려대는 종소리. 뭐야? 예배당 종 치나? 하면서 이불 속으로 파고들던 막내가 벌떡 일어나 아빠 방으로 달려갔다.

"날래 가서 신문 좀 가져오라우."

오호! 우리 아빠 제법인데? 처음에는 재미있어서 잽싸게 움직이곤 하던 막내였는데 채 하루도 못 가서 코가 댓 자로 쭉 빠졌다.

댕댕, 종소리.

"물 한잔 떠오라우."

댕댕, 또 종소리.

"테레비 좀 돌려보라우."

댕댕, 아이 참! 또 종소리.

"니 엄마 오데서 뭐하네?"

키득키득. 예의 주시하던 우리가 한데 모여 킬킬거리고 있을 즈음, 막내의 짜증 섞인 목소리가 터져 나왔다.

"아빳!!! 내가 무슨 시녀야? 너무하는 거 아냐?"

"뭐이가 어드레? 하! 고놈의 에미나이 참! 허허!"

아빠도 재미있었던 거다. 새로운 놀이가 시작된 거나 다름없었다. 목청 높여 부르기 귀찮아서 입 닫고 살았었는데 종만 흔들면 달려오니 얼마나 재미가 좋았겠나. 결국 우리는 당번을 정했고, 그렇게 돌아가면서 아빠의 궂은 심부름을 나눠 갖게 되었다.

아빠의 시녀. 우리를 그렇게 만든 건 엄마였다. 당신 혼자 하는 시녀 노릇이 너무 버거웠던가. 그 시시콜콜한 일들을 딸들에게 나눠주고 만 것이다. 그땐 그런 게 참 야속하고, 이기적이고, 나쁜 부모표 행동으로만 여겨졌었는데 이제 와 돌아보니 그 풍경, 참 정다웠다.

내리사랑이라는 말은 자식을 키우기 시작하면서 알았다. 자식이 부모 섬기는 마음이 제아무리 크다 해도 부모가 자식을 귀히 여기는 마음과 견줄 수는 없다. 그게 당연한 인생 공식이라고 해도…. 자식 노릇 못하는 놈은 때려서라도 가르치는 게 옳다. 그렇지 않고서야 자식들, 평생토록 제 부모 고마운 줄도 모르고 공경할 줄도 모르기 십상이다.

적어도 우리 다섯 아이들에게 아빠는 왕이었다. 대왕마마였다. 그렇다고 아빠가 우리를 무섭게 대했거나 그런 것도 아닌데 아빠가 우리 집의 우두머리라는 사실을 거부하는 이는 단 한 명도 없었다. 우리를 그렇게 만든 것도 역시 엄마였다. 엄마가 아빠를 너무 극진히 대하니 아이들도 당연히 따라 할 수밖에. 그때 생각을 하면 지금 나와 함께 사는 남편은 참

가엾다. 섬기고 말고가 어딨나. 각자 사는 거지.

　그런데 이 글을 쓰다 보니 왠지 가장의 권위를 세워주지 못한 것 같아서 내심 찔린다. 나 때문에 우리 아들, 부모 섬기는 방법은 영 못 배웠을지도 모르니까. 그런 걸 보면 종소리 울려 퍼지게 만들면서까지 아빠를 떠받들게 했던 엄마의 가정교육은 후한 점수를 받아 마땅해 보인다. 우리 엄마, 참 머리가 좋은 것 같다.

자식들이 해주기 바라는 것과
똑같이 네 부모에게 행하라.
- 소크라테스

: 첫아이를 낳고 육아 문제 때문에 친정집으로 옮겨 앉은 젊은 엄마가 서로 다른
양육 방식으로 툭하면 자기 엄마와 시비가 붙었단다.

"엄마! 내가 못 살아! 몇 번을 말해야 돼? 애가 운다고 무조건 우유를 주면 어떡
해? 어?"

"아니, 배고파 자지러지는데 어떡해, 그럼?"

"시간 맞춰서 주라고! 엄마는 밥을 아무 때나 먹어?"

"아이고! 어른이랑 애가 똑같아? 니들도 다 그렇게 먹고 컸어."

"도대체 언제 적 얘기를 하는 거야? 왜 그래, 진짜? 무식한 할머니처럼!"

친정엄마를 종 부리듯 나무라고 팩 돌아선 젊은 엄마가 아직 목도 잘 못 가누는
아기를 안고는 그러더란다.

"우리 예쁜이, 배고팠쩌요? 많이 고팠쩌요? 쪼끔만 참으세요. 쪼끔만 더 있다가
엄마가 우유 먹여줄게요."

이상은 이웃집에 다니러 갔던 시어머니가 젊은 엄마의 행태에 기함을 하고는 돌
아와서 재현하신 상황극이다. 연기력도 썩 좋지 못한 어머니가 굳이 열연을 펼쳐
가며 그 못 배워먹은 젊은 엄마의 말투를 흉내 냈다.

"야야! 내가 정말 혀를 내두르다 왔다. 아니, 자기 엄마한테는 반말 짓거리를 하면서 종 부리듯 그러더니 아기를 안고는 존댓말을 꼬박꼬박 하더라. 걔 미친 거 아니냐? 못 배워먹어도 유분수지. 걔, 이다음에 자식한테 똑같이 받을 거야. 아니다. 그렇게 되라고 내가 기도를 할 거야, 아주. 그래야 눈물을 철철 흘리면서 후회를 하지."

안다. 일부러 그러는 건 아닐 거다. 내 엄마니까, 편하니까 그렇게 되는 거겠지. 모르기는 해도 나 역시 그녀와 다르지 않은 진상질을 몇 번쯤 했을 것도 같다. 그런데 내가 나이를 먹고, 아이가 어른으로 자라면서는 그런 게 신경 쓰이기 시작했다. 아이가 보고 있을 거라는 생각이 들었던 까닭이다. 보고 있었을 거고, 지금도 예의 주시하고 있을 거다. 그걸 보고 배워두었다가 이다음에 내가 늙었을 때 똑같이 하겠지. 그런 생각을 하면 무서워진다. 그래서 아들에게 물었다.

"얘! 너 이다음에 엄마 늙으면 한밤중에 깊은 산에다 갖다 버리고 그럴 거지? 아무래도 그렇게 되겠지?"

아들이 대답했다.

"엄마, 밤도 깊었는데 그냥 자. 그게 좋겠어."

엄마들의 뻔한 거짓말

"하여튼 밥 안 먹을 거면 학교 가지 마!"
울 엄마는 버릇처럼 그랬다.
반찬도 하나 없으면서, 밥에다 김치밖에 없어도,
무슨 진수성찬이라도 되는 양 호통을 쳤다.
그러면 비교적 착한 큰딸인 나는
일꾼 밥 같은 한 그릇을
기어이 다 먹고 나서야 학교로 갔다.
그런데 나랑 같은 학교에 다녔던
깍쟁이 우등생 둘째는
언제나 깨지락거리면서 밥알을 셌다.
우걱우걱 밥 먹는 나를 기다리느라
하는 수 없이 먹는 시늉을 했더란다.
나중에, 아주 나중에 어른이 되어 동생이 말했다.
"진짜 짜증 났어. 그렇게 밥을 퍼먹고는
학교에 가다가 똥 마렵다고 야단법석을 떨면서

남의 집 대문 앞에 한참 앉아 있고 그랬었잖아.

그래서 툭하면 지각이었어. 짜증 났지.

언니, 생각 안 나? 정말 그 기억이 없단 말이야?"

히히히! 생각 안 난다.

내 동생, 진짜 짜증 났겠네. 키득키득.

그런데 문득 궁금해진다. 그때 엄마는

우리 둘 중에 누가 더 예뻤을까?

먹으라는 밥 꼬박꼬박 잘 먹고, 심부름도 잘하지만

공부는 못하고 꿀돼지처럼 뒹굴거리던 내가 예뻤을까?

아니면 밥도 안 먹고 깍쟁이 짓을 하지만,

공부 잘하고 여우 같았던 여동생이 예뻤을까?

몰라서 묻나? 당연히 동생이 더 예뻤겠지.

쌀값 아껴주고 공부까지 잘했는데 안 그랬겠나.

그럼 기어이 밥 먹고 가라던 그 말은 뭐지?

하여튼 엄마들은 거짓말을 참 잘한다.

나도 엄마지만, 엄마가 되고 보니 때때로

거짓말이 필요한 순간이 오던걸.

다 그놈의 술 때문에

법 없이도 살게 생긴 참하고 조용한 남자들 중 십중팔구는 주사(酒邪)가 있다. 지금까지 사는 동안 예의 주시해 보니 그랬다. 대학 때 만난 동기 중에 몇몇 애가 그랬고, 직장에서 만난 어떤 선배와 후배가 그랬고, 한동네 사는 이웃집 남편이 그랬고, 또 우리 아빠가 그랬다. 요즘에는 남자들도 많이 진화했는지 주사도 좀 덜한 편이던데 나 어릴 때는 한 집 건너 한 집이 날이면 날마다 술주정에 싸움판이었다.

우리 집도 다르지는 않았다. 아빠가 외출하는 날이면 언제나 우리 집에 비상이 걸렸다. 그날은 부부 싸움 계획이 잡혀 있는 날이 되기 때문이다. 그나마 다행인 것은 아빠가 늘 집에서 일하는 양반이라 외출이라고 해봤자 고작 한 달에 한두 번이라는 사실. 하지만 집 나갔다 들어오는 날은 반드시 약주가 과했고, 그러면 크든 작든 기어이 사달이 났다.

술에 취한 아빠의 귀가는 골목길에서부터 신호가 왔다. 일단 택시 기사와 싸운다. 대문 앞이 웅성웅성해지면서 아빠 특유의 황해도 사투리가 쩌렁쩌렁 울리는 거다. 당연히 혀는 꼬이고, 발음은 샌다. 그런데 정말 특이한 건, 평소에 피죽도 못 드신 목소리로 웅얼거리는 양반이 천지개벽할

듯한 고함을 지른다는 사실이었다.

상황이 이쯤 되면 각자 흩어져 있던 우리 다섯이 날쌘돌이처럼 한방으로 모였다. 그러고는 장녀인 나의 주도하에 초간단 예배가 치러졌다. 재빨리 이불을 뒤집어쓰고 두 손을 모아 기도를 올리는 거다. 물론 짧고도 강한 메시지로!

"하나님, 오늘 밤만은 제발 엄마 아빠가 싸우지 말고 조용히 넘어가게 해주세요. 예수님 이름으로 기도했습니다. 아멘!"

끝! 더도 덜도 없는 똑같은 멘트였다. 그럼 우리들의 하나님은 그 기도를 들어주시기도 하고, 건너뛰기도 하셨다. 기왕 인심 쓰실 거면 쭉쭉 들어주시지, 애들 기도라고 무시하신 건가?

입고 나간 옷을 벗어 누구에겐가 주고 오는 것은 다반사였고, 어떤 날은 넘어져 얼굴이 죄 긁힌 채 돌아오기도 했다. 뚜껑 열린 맨홀에 빠져서 구조되는 일도 서너 번 있었는데, 그런 날 아빠는 똥물에 푹 담갔다 꺼낸 듯한 모습이었다.

어쨌든 그렇게 집으로 들어서면 아빠는 양손을 재킷 주머니에 찌르고, 턱을 약간 치켜든 자세로 일단 시비조의 인사를 건넨다.

"안냥~하세요? 이 집에 사람이 차~암 많습네다!"

그나마도 엄마가 기분 좋은 날은 홍홍 콧소리를 내면서 아빠를 방으로 이끌었지만, 가끔 엄마가 코빼기도 안 비치는 날이 있었고, 그런 날이면 영락없이 큰 소리가 났다. 아까운 살림도 자주 깨졌다. 신기하게도 별로 돈 안 되는 것들 위주로 던지기는 했지만 말이다.

언제였나. 그날도 엄마는 괜히 부엌에서 부산한 척 굴면서 아빠를 반기지 않았고, 아빠는 성이 났고, 거실에 있던 살림 몇 개가 부서졌다. 그제야 엄마가 뛰쳐나오면서 아빠에게 싫은 소리를 했는데 어라? 다른 때 같았으면 "뭐이가 어드렇고 어드래?" 하면서 소리 질렀을 아빠가 어딘가로 조용히 전화를 걸더니 비틀비틀, 다시 현관으로 향했다.

"이노무 에미나이들이 나를 무시해? 두고 보라우. 다시는 내 얼굴을 못 보게 해주갔어!"

우리 다섯이 달려가서 아빠를 붙들었지만 막무가내였고, 아빠는 그길로 나갔다가 두어 시간 후에 돌아오셨다. '비교적 사람 같은' 모습으로 나갔다가 '완전한 떡'이 되어서 말이다. 어쨌든 그렇게 아빠가 나간 후 걱정이 된 엄마는 수화기를 들고 재다이얼을 눌렀다. 우리는 모두 '아빠, 어디 간 걸까?' 하는 표정으로 엄마를 쳐다보았고.

"네, 현대 카센터입니다."

"어머! 거기가 카센터인가요? 술집 아니었어요?"

"술집이라뇨? 카센터인데요."

"네에, 잘 알겠습니다."

전화를 끊은 엄마의 얼굴에 어이없는 웃음이 쫙 깔렸다.

"니 아빠, 왜 그런다니? 이젠 연기를 다한다."

"술집 아니래?"

"카센터란다."

"카아~센터? 하하하하하하! 아빠, 너무 귀여운 거 아냐?"

그날의 사건은 아빠가 무사 귀환한 것으로 일단락되었다. 물론 그런 사건은 부지기수였고, 덕분에 우리 딸들은 술이라면 치를 떠는 여자들로 자랐다. 소위 글쟁이의 꿈을 가졌으면서도, 나는 대학 졸업할 때까지 술 한 방울 입에 대본 적 없었고, 술자리에는 얼씬도 하지 않은 채 학교를 마쳤으니까. 아빠의 주사가 너무 강력해서 술병만 봐도 오금이 저리는, 일종의 정신이상 증세를 갖게 된 것인지도 몰랐다.

딸들을 결혼시킬 때마다 엄마가 제일 먼저 사윗감 자격이 있는지를 시험해보는 방법도 '술을 먹여보는 것'이었다. 꼭지가 돌 만큼 먹여보고 나서 아무 이상이 없다 싶을 때 비로소 찬성의 깃발을 올렸으니까. 그 덕분에 우리 엄마 사위들 중에 술 먹고 까부는 남자들은 한 명도 없다.

"술한테 지는 놈은 우리 딸들처럼 이쁜 마누라 얻을 자격 없어!"

엄마의 그 단호한 자세가 우리는 모두 마음에 들었다. 아빠 비슷하게 술을 좋아하는, 남동생 하나를 제외한 우리 딸들 모두는!

아버지가 자기 자녀들을 위해 할 수 있는 가장 중요한 일은
그들의 어머니를 사랑하는 일이다.
- 시어도어 헤스버그

: 우스운 얘기 하나 해볼까? 그때 우리들을 코웃음 치게 했던 카센터 사건, 그 뒷 얘기가 있다. 여자 만나러 가는 척, 연기까지 한다고 아빠를 비웃었는데… 카센터 여주인이 아빠의 진짜 동무였다. 그럼 그렇지. 아빠가 얼마나 고지식한 사람인데 연기를 하겠나. 만취 상태에서 연기를 한다는 건 더더욱 불가능했겠지.

모르겠다. 그때 아빠의 그 '여자'가 바람피우는 여자였는지, 아니면 아빠 말대로 정말 말동무가 되는 여자였는지는. 아직 어렸던 우리는 그저, 뭔가 아주 심상치 않은 일이 일어났다는 것만 알아챘을 뿐이다. 왜냐하면 태어나 처음이자 마지막 으로 엄마가 아빠의 뺨을 때리는 걸 방문 틈으로 보았고, 엄마가 아빠에게 대드는 일이 일어날 수도 있다는 것을 알았으니까.

사실 울 엄마랑 아빠는 은근히 자주 싸우는 경향이 있어서 우리 집 애들은 이혼 대비 훈련이 비교적 잘되어 있는 편이었다. 어린 다섯이 모여서 만일 엄마와 아 빠가 갈라서게 되면 어느 쪽을 따라갈 것인지에 대한 논의도 곧잘 했었다. 대부분 엄마를 따라간다고 했을 거고, 왠지 아빠가 가엾게 여겨졌던 나는 총대를 메고서 아빠에게 가겠다고 생각했던 것 같다.

엄마는 어쩌면 끔찍하게 싫었을 것이다. 진저리가 났을 것도 같다. 아빠의 술, 아빠의 주사, 아빠의 까다로운 모든 것이. 아무리 아빠를 사랑하고 존경했다고 해도 말이다. 그런데 우리 엄마는 쿨한 여자였나 보다. 살면서 만나는 너와 나 그리고 우리들의 모든 허물들을 다 덮고 넘길 때마다 이런 말을 했었다는 게 기억난다.

"허물없는 사람이 어딨어? 너라고 다 잘할 것 같아? 사람은 다 똑같은 거야. 잘못하고, 용서하고, 용서도 받고… 그리고 사는 거야."

아빠는 그럴 줄 아는 엄마를 사랑했을 것이다. 그래서 아빠가 아무리 주사를 부리고, 아빠가 아무리 까탈스럽고, 아빠가 아무리 다정하지 않았어도 우리 다섯은 하나같이 아빠를 사랑했겠지. 아빠가 엄마를 사랑한다는 것, 그걸 알고 있었으니까. 자식에게 잘 사는 부모의 모습을 보여주는 것보다 더 좋은 공부가 또 있을까 싶다. 겉으로만 다정한 척하는 쇼윈도 부부의 모습 말고, 우리 아빠랑 엄마가 그랬던 것처럼 바닥까지 다 끌어안아주는 사랑이어야 할 거다. 그래야 더러 남편과 내가 삐거덕거리고, 큰 소리를 내고, 좀 모자라게 굴더라도 아이가 흔들리지 않고 살아가겠지. 믿으니까. 아빠와 엄마의 지긋지긋한 그 사랑을 믿을 테니까.

아빠가 딸을 사랑한 방식

아빠는 공부하라고 말한 적이 없었다. 대신 엄마가 그랬다. 공부 좀 하라고, 공부해서 남 주냐고. 그런데 돌이켜보니 아빠는 우리가 당연히 공부를 잘할 걸로 기대했던 것 같다. 그래서 잔소리를 하지 않았던 모양이다.

초등학교 때부터 화곡동이라는 곳에 살았던 나는 그 동네 사는 애들 중 절반 이상이 다니는 화곡여중을 졸업했다. 화곡여중을 졸업했으니 고등학교도 대개 그 언저리에서 다니게 되는 것이 보통이었다. 뺑뺑이 돌려서 가는 주변의 몇몇 학교, 다들 그곳으로 갔으니까. 그런데 어떻게 된 일인지 나는 전교에서 딱 다섯 명이 걸린 공동 학군 당첨자가 되어 경기여고에 가게 되었다. 경기여고라면 그저 옛날의 명성으로나 익히 들었을 뿐, 생각도 안 해본 학교였다. 더구나 광화문 한복판에 그 학교가 있던 때라 나로서는 대략 난감이기도 했다. 화곡동에서 광화문까지, 버스를 타고 편도 한 시간은 족히 걸리는 등굣길을 감당할 수 있을지 자신이 없어서였다. 하지만 아빠는 달랐다.

"어! 박 선생? 어케 지내는가? 언제 만나서 일 잔 해야지. 허허허! 근데 그 집 딸, 고등학교 갈 때 안 됐나? 아! 기래애? 내년이야? 기렇구만. 거…

머이가… 우리 여식이 말이야. 우리 큰딸. 갸가 이번에 경기여고에 입학을 하게 되서리. 하하하하하! 거럼. 한잔 사야지. 기래, 기래. 들어가라우. 내 곧 연락할 테니 허리띠 풀고 기다리라우."

난리가 났다. 방송국 PD, 성우 언니 오빠들, 작가협회 지인들, 사진작가… 내로라하는 사람들에게 굳이 전화를 걸어서는 '우리 딸이 경기여고생이야요!'를 떠벌리기 시작한 거다. 미치는 줄 알았다. 시험 봐서 들어가는 학교도 아니고, 뺑뺑이 돌리다가 운 좋게 맞아떨어진 그 학교를 어쩌자고 그렇게 자랑인지 알다가도 모를 일이었다.

그런 걸 보면 자식을 일류로 키우고 싶은 욕심은 엄마보다 아빠가 더했던 것 같은데… 잔소리 한 번 없었던 걸 보면 당연히 잘하고 있을 줄 알았던 게 분명하다. 그런데 나는 머지않아, 믿는 아빠의 발등을 전문대학이라는 도끼로 찍었다. 대경기여고를 졸업했으니 서울대와 연·고대도 기대할 만하고, 못 되어도 이화여대쯤은 가뿐할 거라 믿었던가. 4년제 낙방 후 2년제 대학의 문예창작과에 가겠다고 했을 때, 아빠는 아무 말도 없이 그 자리에서 드러누워버렸다. 마른하늘에 날벼락이 친들, 아빠의 그 실망감을 이길 수 있었을까.

재수를 권유하며 학원비까지 손에 쥐여준 것은 아빠였다. 그런데 엄마가 그 돈을 날름 가져가더니 전문대 원서를 쓰게 했다. 아빠는 자식들이 엘리트로 살기를 바랐지만, 엄마는 자식들이 편안하게 다리 뻗고 살기를 바랐다. 아빠는 사람이란 자고로 큰물에서 놀아야 큰 세상을 누리며 살 수 있다고 생각했지만, 엄마는 큰물이고 뭐고, 하루빨리 돈을 벌어 자리 잡는 게 최고라고 여겼다. 전혀 다른 인생관을 가진 부모 밑에서 갈팡질팡하던 나는 결국 꿈과 이상 대신, 현실적인 문제를 중시하는 엄마의 뜻에 따라 스물두 살 때부터 사회로 나와 돈을 벌었다.

엘리트 인생을 선택하지 않았던 것에 대한 후회는… 없다. 결과적으로 엄마 편에 서서 나이 먹어가게 된 것이 잘한 일이라고 판단할 수도 있게 되었다. 그만큼 열심히 살아온 내 인생을 존중하고 싶은 마음이기도 하다. 한데 여기까지 오는 동안 아빠 덕을 많이 보았다. 아빠가 드문드문 놓아 주는 징검다리, 그걸 밟고 온 덕분에 책을 만들고 글을 쓰면서 사는 일이 한결 수월했던 것 같다.

어린 자식이 자라 어른이 될 때까지 따뜻한 말 한마디 해준 적 없고, 이런저런 코치 한 번 해준 적 없는 무심한 아빠. 그렇게 생각했던 건 오산이었다. 아빠는 보고 있었다. 저마다의 아이가 가진 저마다의 가능성을. 현실적인 엄마는 절대로 보지 못하는 깊숙한 무엇까지도 꿰뚫어보고 있었던 것 같다.

그런 게 부모다. 자식이 부모를 넘어설 수 없는 것도 그래서다. 자식은 감히 부모가 품고 있는 사랑의 깊이를 당할 수 없고, 부모가 가진 생각의 우물을 들여다볼 자격도 없다. 지들이 뭘 아나. 겨우 자식 주제에. 내 새끼를 낳아 키워보면서 그런 생각이 더 커졌다. 제아무리 난 척해도 걔들은 그저 자식에 불과하고, 내가 아무리 부족해도 나는 그놈의 놀라운 어미라는 사실을 말이다.

자기 자식에 대해 아는 아버지는 슬기롭다.
- 셰익스피어

: 아빠는 저마다 다른 다섯 아이에 대해 잘 알고 계셨던 것 같다. 어느 길로 가라고 못 박아 일러주시지는 않았지만, 삶의 순간순간마다 몇 개의 문을 열어놓고 기다리셨다. 큰딸인 내가 글을 쓴다는 것을 누구보다 기뻐하셨고, 글을 쓰는 내가 기왕이면 당신이 이루지 못한 대작가의 꿈을 이뤄내기를 바라셨다.

"좋은 작가가 되려면 삶이 너무 평탄해서는 안 되는 기야. 다른 에미나이들 살듯이 똑같이 살려고 해서는 큰 작가가 될 수 없지. 적당히 결혼해서 살아야디… 그런 생각 하지 말라우. 기케 살믄 아무것도 될 수 없어. 누구처럼 말이디. 결혼하기 전에 애도 낳아보고, 그럴 만한 배포를 가지라우."

어느 날, 반주를 곁들이면서 저녁 식사를 하던 아빠가 나를 앞에 앉혀놓고 했던 말이다. 아빠가 말하고자 했던 바가 무엇이었는지를 마흔 넘어 알았다. 내가 왜 대작가가 될 수 없는지에 대한 핵심, 그게 아빠의 말 속에 들어 있었다는 걸. 인생을 관통해 성공이라는 것을 누리기에 나는 너무 소심했고, 두려운 게 많고, 규칙이 많은 겁쟁이였으니까. 아마도 내가 그런 성향을 갖게 된 것은 엄마 때문일 거다.

그날, 밥상 앞에서 생선 살을 발라 아빠의 숟가락 위에 올려주던 엄마는 아빠의
그 말에 젓가락을 내동댕이치면서 거의 발악에 가까운 소리를 질렀었다.

"아니, 이 사람이 미친 거 아냐? 당신 미쳤어? 아빠란 사람이 고작 한다는 소리가
자기 딸한테 미혼모가 되라는 얘기 아냐. 내가 못 살아, 정말 못 살아! 하여튼 너,
엄마 죽는 거 보고 싶으면 그렇게 해!"

핵심을 읽으려 들지 않고, 말의 겉만 핥고서 난동(?)을 부리는 아내에게 아빠는
딱 한마디를 했다.

"가서 숭늉이나 가져오라우!"

엄마가 아들을 사랑한 방식

"저요, 남동생이 하나 있어요.

대 센 누나들과 여동생 틈에 끼여 어쩌면 외로웠을, 그런 아이죠.

딸 셋을 낳고 그래도 기어이 아들을 낳아보겠노라

기도하던 엄마 배 속에 아기씨가 생겼는데

하필 쌍둥이였어요. 아들, 딸 쌍둥이.

입에 풀칠하기도 어려웠던 시절이었는데,

아니, 우리 집이 유독 그랬었는데 쌍둥이라니…

가뜩이나 없는 살림에 입이 둘이나 더 늘었으니

어떡해요. 어떡하면 좋아요.

엄마는 울었고, 아빠는 돌아앉아 한숨이 깊었지요.

열렬히 환영받으며 세상으로 왔으면 좋았을걸.

걔들이 세상으로 온 뒤 아빠는 벙어리처럼 입을 닫은 채 글만 썼고,

살림만 하던 엄마는 집 밖으로 뛰쳐나갔어요. 돈 벌러 나갔어요.

다섯 애들 먹이고 공부시키겠다고 그랬겠죠.

녀석은 다 자란 어른이 될 때까지 저를 '언니'라고 불렀어요.

왜 그랬을까. 큰언니, 하고 부를 때마다

아직 어린 나이였던 저는 그냥 그 아이가 좀 짠했어요.

언니가 뭐니? 누나라고 하는 거야.

퉁을 주어도 고쳐지지 않았어요.

그렇게, 그렇게, 스무 살이 넘도록 '언니'를 외쳐대던 그 아이는…

그리 실한 어른이 되지는 못했습니다.

늘 야단맞고, 식구들 골치 썩이면서 사고뭉치로 자랐지요.

생각납니다. 그 시절, 내 동생이.

같이 놀아줄 사람이 없어 동생은 늘 놀이터에서 살았습니다.

그때는 몰랐습니다. 외로워서 놀이터로 간다는 걸.

어디선가 신나게 뛰어놀고 있겠지… 그저 그렇게 생각했어요.

큰언니였지만 저도 그때는 철없는 계집아이였으니까요.

놀이터에서 만난 형들이 시키는 대로 엄마 지갑 가져다주고,

놀이터에서 만난 잘 놀아주는 형들 따라 오락실에 가고,

하면 안 되는 거 젤 먼저 하고, 해야 할 거 다 미뤄두고,

그렇게 차근차근 순서대로 삐딱해지면서 어른이 되었어요.

그렇게 살았던 대가를 치르느라 그 아이는 점점 더 질겨졌고,

그렇게 낳아 그렇게 키운 아들 때문에 엄마는 피가 말랐어요.

하나도, 한순간도 빼놓지 않고 전부 다 기억나는군요.

하나뿐인 아들 때문에 늘 눈물을 달고 살았던 우리 엄마가.

고등학교에 다니던 동생이 어느 날 갑자기 사라졌었어요.

결혼을 코앞에 두었던 저는 예비 신랑을 대동하고

엄마와 함께 동생을 찾으러 머리를 풀어 헤치고 뛰어다녔었어요.

부끄럽데요, 내 남자한테.

집안 망신이다 싶어 숨고 싶기도 하데요.

그래서 종로 어느 구석의 손바닥만 한 쪽방에서

쭈그리고 잠든 그 아이를 찾아냈을 때,

저는 녀석의 등짝을 내려치며 바들바들 떨었었지요. 약이 올라서요.

그런데 엄마는, 아무 말 없이 동생을 끌어안고 울더니만

잠든 아이를 일으켜 앉혀놓고 꾸역꾸역 옷을 입히면서 그랬어요.

"가자, 아들. 집에 가자. 가서 밥 먹자."

엄마란 그런 사람, 그런 존재라는 걸 그때 절절히 배웠었지요.

세상의 모든 엄마들이 저마다 다른 방식으로 사랑을 합니다.

내 새끼를 사랑하는 법. 거기에 답이 있나요, 어디.

욕하고, 원망하고, 후려치기도 하면서 사랑하는 엄마가 있고,

저처럼 안절부절 쩔쩔매면서 사랑을 주는 엄마도 있어요.

모두 다 부족하고, 모두 다 가여운 게 엄마 같아요.

다 주지 못해서 늘 아팠던 울 엄마도

엄마 품이 늘 그리워 한 발짝씩 어긋났을 남동생도

그리고 그들 사이에서 서성였던 우리 가족 모두 다

돌아보니 한 편 또 한 편의 안쓰러운 인생입니다.
그게 참… 마음이 아프네요. 오늘은 왠지 그러네요.
미안합니다, 이런 얘기. 곱지 않은 인생 얘기."

안 쓰고 넘어가면 마음 저릴 것도 같아서
아픈 손가락 한 마디 꺼내놓고 간다.
아들딸 쌍둥이의 아빠가 되어 고되게 살고 있는 내 남동생,
지금쯤은 그 아이도 도무지 설명할 길 없는 부모 마음을
뼈저리게 배우고 있지 않을까 하면서.

숱한 실패와 불행을 겪으면서도
인생의 신뢰를 잃지 않는 낙천가는
대부분 따뜻한 어머니의 품에서 자란 사람들이다.
- 앙드레 모루아

: 하나뿐인 남동생을 통해 혹독하게 배운 인생 공부 때문에 나는 하나뿐인 아들을 키우는 동안 내내 불안하게 서성거렸다. 별것도 아닌 일에 천둥 벼락 치듯 화를 낼 때도 있었고, 굳이 예민하게 그러지 않아도 될 일에 목숨을 걸 때도 있었다. 나로서는 최선을 다하고 있으면서도 못난 엄마라고 자책하며 이렇게 키워서는 안 된다고 매일매일 나 자신을 꾸짖었다.

무서워서였다. 하나뿐인 내 아이가 하나뿐인 내 남동생처럼 엉겅퀴 같은 인생을 살게 될까 봐. 어쩌면 나는 내 아들이 세상의 쓴맛은 하나도 모른 채 꽃처럼 곱디곱게 피어주기를 원했던 건지도 모르겠다.

"나는 엄마 방식이 좋아. 놔두잖아. 안 그랬으면 벌써 엇나갔을걸?!"

아들이 고등학교에 다닐 때 지나가듯 말한 적이 있었다.

"엇나가? 어떤 방법으로 엇나갈 계획이었는데?"

"뭐… 많지. 껌 씹고, 2대 8 가르마 하고, 침 뱉고, 공부랑 담 쌓고… 그런 거?"

모르긴 해도 겉으로는 멀쩡해 보이는 내 아들놈, 아마 속 엄청 썩고 지 나름의 반항도 꽤나 하면서 컸을 거다. 다만 바쁜 엄마인 내가 그것을 들여다볼 시간이 없었을 뿐. 그래서 다행이다. 몰랐으니 그렇지, 그걸 다 알았다면 숨도 제대로 못 쉬고 불안에 떨었을 것 같다.

자식과의 원만한 관계를 끝까지 유지하는 길은 수시로 눈감아주는 것, 모른 척해주는 것. 어쩐지 그런 것 같다. 사춘기를 지나고 지들 세계가 생긴 아이들에게는 더더욱 그렇다. 하고 있는 짓들이 하나같이 불안하고, 걱정스럽고, 때론 아니꼽기도 하지만 그렇다고 일일이 코치를 할 수는 없다. 어떻게 크든 지들 몫일 것이다.

대신 살아줄 수도 없고, 어쩌겠나. 울 엄마처럼 그저 꼬박꼬박 집에 데려다 놓고 밥이나 먹이는 수밖에. 하늘이 두 쪽 나도 절대로 내치지 않고, 한없이 기다려주는 엄마가 있다는 것. 그것만으로도 내 아이가 힘을 낼 수 있게!

조금쯤은 클래식하게, 기왕이면 글로벌하게

단언컨대 나는 무식하다. 일단 아이큐가 낮고, 공부 머리가 없어도 너무 없다. 아빠는 원래 그런 분이어서, 엄마는 돈 벌고 살림하느라 바빠서 이른바 '무간섭 양육'을 할 수밖에 없었으니 덕분에 자라면서 점점 더, 아주 마음 놓고 무식해졌다. '공부는 안 하지만 죽어라 책을 읽는 독서광'도 아니었다. 아니, 죽어라 읽기는 했지만 그중 20퍼센트 정도가 고전이나 명작이었고, 나머지는 죄 하이틴 로맨스나 발랑 까진 어른들의 연애소설 같은 거였다.

당시만 해도 텔레비전보다 라디오가 더 진면목을 발휘하던 때여서, 방학만 되면 나는 하루 종일 트랜지스터라디오를 옆구리에 차고 다니면서 〈김자옥의 사랑의 계절〉 같은 정통 아날로그 연애 드라마에 빠졌고, 밤늦도록 〈별이 빛나는 밤에〉를 듣느라 게슴츠레한 눈을 하고 다녔다. 〈이덕화·임예진 쇼〉에 주야장천 사연을 보내 돈도 받고, 선물도 받았으며 그것도 모자라 공개 방송을 쫓아다녔다. 그뿐인가. 초등학교 때 벌써, 여동생이랑 둘이 손잡고 '산울림 콘서트'에 갔다가 깔려 죽을 뻔한 적도 있었다.

전영록이라는 가수에 미쳐서 친구들과 함께 그의 집 앞을 서성이다가 기어이 그 '오빠'의 방으로 초대되기도 했다. 막 샤워를 마치고 나오는 스타 오빠와 마주 앉아 10여 분쯤 영혼 없는 대화를 나누고 돌아온 후에는 마치 내가 그의 여친이나 여동생이 된 것 같은 착각을 품고 살았었다.

부끄러운 아이였을 거다, 아빠에게 나는. 왜냐하면 아빠가 나에게 바란 것은 좀 더 지적인 취미를 가진 딸이었으면 하는 거였으니까. 주말 밤이면 나를 불러다 곁에 두고 '주말의 명화'를 함께 보셨는데, 영화를 볼 때면 감독이 누구고, 조명 감독이 어떻고, 이 영화의 관람 포인트가 무엇인지 등을 전문 해설가처럼 이야기해주었다.

"공부보다 더 중요한 게 뭔지 알간? 딱 세 가지가 있지. 좋은 책이나 좋은 영화 같은 명작을 아는 거, 클래식 음악을 즐길 줄 아는 거 그리고 영어야. 이것만 잘하믄 니들 사는 세상에서 뭐인가는 될 수 있을 기야. 알간? 제발 그런 공부 좀 하라우."

또 시작이다, 했었다. 구태의연하고 낡아빠진 훈계. 마음에 하나 와 닿지도 않는 클래식 얘기며 지루한 고전을 읽어야 한다는 강론 같은 게 흥겨울 리 없었다. 그래서 나는 아빠와 영화를 볼 때, 하품을 하거나 몰래몰래 졸았다. 졸다 들키면 아빠는 실망 가득한 얼굴로 끌끌 혀를 차면서 말했다. "가서 자빠져 자라우!"

아빠가 그토록 간곡히 부탁했는데도 나는 그 부탁을 모른 척했다. 클래식 같은 걸 좋아할 틈도 없이 어른이 되고 말았으니까. 영어는 입도 떼지 못하는 어른이기도 하다. 입에 착 붙는 단것들만 쫓아다니느라 피가 되고 살이 될 만한 삶의 영양분들을 하나도 챙겨 먹지 못한 채 허우대만 어른이 된 것이다. 게다가 이제는 그런 상태로 늙어가고 있다. 아쉽다. 얼마든지 할 수 있는 일들을 다 놓치고 말았던 나의 멍청한 지난날들이.

아이를 키우면서 나는, 아빠가 내게 그토록 바랐던 희망 사항들을 아들을 향해 똑같이, 앵무새처럼 읊어대기도 했다.

"판타지 소설 좀 그만 봐! 너는 왜 노상 그런 책만 읽니?"

"음악 들으면서 공부한다는 게 말이 돼? 공부가 머리에 들어가겠어?"

"너 정말 영어 학원 안 다닐 거야? 이다음에 어떡하려고 그래?"

"니들 세대에서는 악기 하나쯤 필수라는 것도 모르니? 치던 피아노, 그냥 좀 치지!"

아이가 크는 동안 했던 잔소리들이 열 트럭은 더 될 거다. 물론 그 잔소리가 남긴 성과는 당연히 없었다. 단 한 톨도! 아이가 초등학교 4학년 때였나. 마침 둘이 함께 파리 여행을 할 기회가 있었는데 내 딴에는 이것저것 보여줄 게 많은 여행이다 싶어서 잔뜩 흥분한 상태였다. 하지만 루브르 박물관, 로댕 미술관, 오르세 미술관… 제 나이에 감히 꿈꿔볼 수도 없는 명소들로 데려갔어도 아이는 게임기에만 미쳐 있었다.

"아들! 너 정말 이럴래? 이 그림들이 얼마나 유명한 건지 알아? 교과서에도 나오는 세계적인 그림들을 감상하라는데 계속 그렇게 게임만 하고 있을 거야? 엉?"

로댕 미술관에서 전시관으로는 들어갈 생각도 않고, 그늘에 앉아 게임에만 열을 올리고 있는 아들에게 훈수를 두었더니 아들이 그랬다.

"교과서에 나오는 그림? 제목이 뭔데? 몇 학년 교과서에 나오는데?"

아뇨! 말을 말지. 그런데 그렇게 천하 무식쟁이 같았던 아들, 스무 살을 넘기더니 화집을 사고, 인문학 책을 뒤적이고, 뮤지컬과 영화를 보러 다닌다. 둘이 〈오페라의 유령〉을 보러 갔을 때, 공연 내내 푹 빠져 있는 걔를 보는 것이 뿌듯했고, 공연이 끝난 후 "좋네. 명작에는 다 이유가 있네" 하는 말을 들어서 기뻤다.

내가 대학을 갓 졸업하고 취직했을 때, 선배를 따라 〈아웃 오브 아프리카〉라는 영화를 보러 간 적이 있었다. 네 살 위의 여자 선배는 영화가 상영되는 내내 웃고, 울고, 한숨을 쉬고, 감탄사를 뱉었다. 그때 겨우 스물세 살이었던 나는 딴생각을 하거나 졸음을 쫓거나 몸을 배배 틀었다. 하지만 서른 살 무렵, 그 영화를 다시 보았을 때 가슴이 터질 것만 같았다. 먹먹하고, 행복하고, 뜨거웠다. 이 좋은 걸 그때는 왜 몰랐을까, 몇 번이나 되새김질하며 묻기도 했다.

숙성되어야만 맛이 드는 게 인생의 진리인가 보다. 조금만 더 일찍 숙성되었더라면 더 많은 것들을 배우고 즐길 수도 있었을 텐데. 나는 한 걸음 더딘 아이였다. 하지만 괜찮다. 지금부터라도 좋은 거, 뜨거운 거, 살고 싶게 만드는 즐거움들을 찾아다니면 되지. 다만, 기다려주지 않고 먼저 가신 아빠가 마음에 걸릴 뿐이다. 클래식 좀 듣고 아빠와 마주 앉아 이야기할 줄 아는 딸이었다면 울 아빠, 조금쯤 살맛이 났을 것도 같아서. 그게 뭐 그리 어려운 일이라고 하나도 못해드렸을까. 하여튼 나란 애는 참!

절대로 어제를 후회하지 마라.
인생은 오늘 당신 속에 있고,
당신이 당신의 내일을 만드는 것이다.
- 론 허바드

: 품질 좋은 사람으로 살고자 하는 마음이 들기 시작한 것은 마흔 넘어서의 일이다. 아니, 사람에게도 저마다의 품질이 있다는 생각을, 어른이 되고서야 할 수 있게 되었다. 되돌리기에는 내 안이 텅 비어 있어서 채워야 할 것이 너무 많고, 덜어내고 싶은 못난 것들도 한두 가지가 아니었다. 공사가 컸다. 뜯어고치기에는 이미, 너무 많이 와버렸다는 것을 절감할 때마다 속이 상했다. 젠장, 진즉에 좀 잘할걸! 사는 환경 때문에 굳어버린 문제들이야 어쩔 수 없다고 쳐도 아빠가 부탁했던 고급한 품격들은 노력만 하면 얼마든지 갖출 수 있었을 텐데.

엄마들이, 아빠들이, 자기 아이에게 당부하는 말들의 대부분은 스스로도 쌓아 올리지 못했던 덕행들이다. 내가 그 대표적인 케이스다. 일찍 자고 일찍 일어나라, 아무거나 잘 먹어라, 공부 좀 해라, 남을 배려하는 사람이 되어라, 책을 많이 읽어야 훌륭한 사람이 된다, 좋은 음악을 들어라, 영어 공부 좀 해라… 사실은 잔소리를 하면서도 마음 한구석이 찔린다. 저도 그렇게 못했으면서 애들이 그런 걸 어떻게 알아서 하나. 그런 게 얼마나 중요한지를 알면 그게 어디 아이인가, 어른이지.

언젠가 우리 애들도 알게 되겠지. 살다가 삶이 아주 깊어지는 어느 날, 그때가 되어서야 엄마 아빠가 했던 말들이 얼마나 값진 영양분이었는지를 알고 후회하게 될 거다. 그런 게 인생 순환의 법칙인지도 모르겠다. 누구나 조금 뒤늦게 알게 되는 엇박자의 인생 같은 것.

그러니 애들에게 일러두기를 하면서 찔릴 필요는 없다. 대신 애들한테만 잘하라고 하지 말고 우리부터 잘하자. 어른은 어른대로 자기 몸과 생각을 고쳐가면서 쓰고, 애들은 애들대로 반질반질 다듬으면서 좋은 사람으로 만들어 쓰고. 그렇게 질 좋은 사람이 되기 위한 훈련을 계속해나가다 보면 지금보다 더 나은 사람이 되는 것은 시간문제 아니겠나. 그러면 곧 닥칠 우리의 내일도 지금보다는 한결 값지겠지.

'좋은 어른'이 되는 길은 아직 요원하지만, 내 아이들에게 부끄럽지 않은 부모가 되는 길은 조금 수월하지 않을까. 애들이라고 얕보지 말고, 어른이라고 팬히 우기지 말고, 잘못한 거 눙치려 하지도 말고, 애들이 안 보고 있는 곳에서도 늘 한결같은 모습으로 성심을 다하는 것. 그렇게 솔직하고, 선선하게 삶에 충실할 수 있다면 그게 좋은 부모지. 별거 있을까.

엄마, 미안해

살면서… 가장 많이 부르는 이름이 무얼까, 문득 생각해본 날이 있었다. 곰곰 생각했다. 왜 그랬을까. 그냥, 이유도 없이, 아니면 사는 일이 조금 막막했는지도.

내겐 둘도 없는 친구의 이름도 떠올려보고, 남편의 이름도 불러보고, 아들 이름도 읊어보았지만 아닌 것 같았다. 살면서 아무 때나, 그저 생각 없는 순간에도 불러보는 이름이 나한테 있었나?… 괜히 생각이 깊어졌다.

그러다 엄마구나, 했다. 살면서 가장 열심히 불렀던 이름은 엄마구나. 철없어서, 나 혼자서는 안 되겠어서 엄마를 불렀던 어린 날. 많이 미워하고 삐죽거리기도 하면서 퉁명스럽게 불렀던 사춘기 시절의 내 목소리, 엄마…. 결혼을 하고 나서, 남편과 싸운 다음 날, 맞벌이와 육아에 지쳐 있던 어느 날에도 엄마를 불렀었다.

아이를 낳은 후에도 또 한 번, 엄마를 불렀었지. 아들 녀석을 낳고, 겨우 정신을 차린 후 내 곁에 누운 인형 같은 아이를 만지다가 엄마, 엄마, 하면서 울었었다. 울 엄마가 날 이렇게 낳으셨구나, 그런데 난 엄마를 너무 많이 힘들게 했구나 하면서.

엄마라는 이름은 그렇더라. 힘든 순간에 엄마를 부르면 힘이 나더라. 아주 작은 일에도 엄마, 엄마, 하면서 목소리 높이는 아들 녀석을 볼 때마다 날 부르는 아이의 마음을 헤아리곤 했었다. 날 부르며 마음 가득 에너지를 채워 넣을 어린아이를, 자신 없어져서 엄마를 부르는 아이의 그 간절한 마음을 읽어주었던 거다.

한없이 젊고 예뻐서 함께 다니면 사람들이 언제나 이모구나, 그랬던 내고운 엄마가 언젠가 뇌졸중으로 쓰러졌었다. 아이처럼 말이 어눌해져서 버버거리고, 삐뚤하게 걷고, 한없이 슬퍼하고 서러워하면서 눈물을 쏟고 그러셨다. 왜 이렇게 됐나, 서글퍼진 내 엄마가 그 순간에 '엄마'를 부르시더라. 꼬부랑 외할머니를 부르시는 거였다. 내가 그 어느 순간에 엄마를 불렀던 것처럼.

바보 같아진 엄마를 보는 게 속상해서 버럭버럭 화를 내다가도 문득, 이젠 내 엄마가 이렇게 되어버리고 마는 때가 되었구나, 생각했다. 어느새 내 나이가 그렇게 되었구나, 내 엄마가 이젠 할머니구나, 내가 다 갚아드려야 할 때가 되었구나, 내가 받은 것을 고스란히, 하나도 빠짐없이 돌려드리자… 했었지.

마음이 있는 효도를 하고 싶어졌다. 내 엄마가 원하는 건 내 마음이었음을, 용돈 몇 푼 쥐여드리지 못하는 것보다 더 아픈 일은 엄마를 수없이 잊고 지내는 내 마음이라는 것을 깨닫게 된 거였다.

어른들의 말이 맞다. 시간은 우리를 위해 한없이 기다려주는 게 아니다. 생활이 편안해지면, 마음이 넉넉해지면 그때 잘하지… 그런 생각은 잘못이다. 엄마가 우리를 기다리고 있을 때, 얼마 남지 않은 이 시간에 잘하고 싶다. 그래야 먼 훗날, 후회가 조금은 덜할 테니 말이다.

연습은 시작되었다

: 기쁘게 멀어지는 연습 그리고 지는 연습

4

그런 기억쯤은… 가만히 붙들어둘 걸 그랬어

하루하루 살아내는 일에 허덕이느라 진짜 중요한 순간을 놓칠 때가 더러 있다. 아니, 종종 그렇다. 한숨 내려놓고, 이제 조금은 뒤돌아볼 여유가 생길 즈음이 되어서야 그때가 좋았는데, 라고 하는 것도 그래서다. 하지만 다 소용없다. 돌아보면 뭐하나. 좋았던 그때는 이미 물 건너가고 없는데.

요즘의 젊은 엄마들을 보면 부럽다는 생각이 든다. 칭찬하고 싶고, 배 아프다. 저마다 '내 새끼'들의 찬란한 순간들을 참 열심히도 기록해두는 모습을 볼 때 그렇다. 다들 참 잘하는구나, 진짜 부럽다, 나는 정말 한심하구나, 그런다.

배 속에 아기씨가 싹틀 때부터 쓰기 시작한 육아 일기장에다 머리카락도 붙여놓고, 처음 빠진 젖니도 보관해놓고, 아이의 키가 언제 얼마나 자랐는지, 몸무게는 어떤 속도로 불어났는지, 첫 이유식은 언제였는지… 그런 소소한 것들을 감동적인 일기로 남겨놓더라.

매일 아침 어린이집으로 또 학교로 등교하는 아이의 고운 모습을 핸드폰 카메라로 찰칵 찍어두더라. 사진도 모자라서 동영상 돌려가며 목소리에 자태까지 배 터지게 담아놓더라.

아이 배냇저고리에서부터 아이가 그린 그림, 아이가 보낸 편지, 아이가 조물거리며 만든 숱한 작품(?)들까지 빠짐없이 보관하고 있더라.

잘들 하더라, 모두들. 아이를 키워내는, 힘겹지만 보람찬 그 일상들을 기쁘게 간직하고 있다는 게… 부럽기 그지없다.

그럼 나는? 음… 나는… 육아 일기는 고사하고 매우 중요한 시기에 산모 수첩을 잃어버렸다. 아직 뭔가 더 맞춰야 할 예방 접종이 남아 있을 시기였는데 산모 수첩을 못 찾겠다는 핑계로 흐지부지 그랬던 것 같다. 그리하여 내 아들은 아마 간염 접종을 못했을걸? 아마 그랬을 거다. 정말 잘하는 짓이다. 하지만 뭐, 그 예방주사 하나 빼고 나머지는 다 맞혔던 걸로 기억한다.

그리고 나는? 모유는커녕 초유도 못 먹였고, 이유식도 못해줬다. 엄마 젖을 구경도 못해보고 자라 그랬는지 소화 기관에 문제가 생겨 콩으로 만든 분유를 먹었고, 요구르트 같은 착하고 순한 음식도 한 입만 먹으면 설사가 촬촬, 이었다. 그래서 그 핑계로 아무것도 안 해줬다. 그냥 흰죽만 연신! 그래서 걔는 콩 분유 먹다가 흰죽 단계 살짝 지나, 곧바로 쌀밥에 갈비를 뜯었다. 지금 같았으면 뭐든 소화하기 좋은 것을 열심히 찾아 먹였을 텐데… 돈 버는 일에 혈안이 되어 살던 바보 엄마는 바쁘다는 핑계로 무식했고, 또 무심했다.

또 나는? 아이 솜씨 자랑 작품 같은 건 없다. 작품은커녕 아이 사진도 제대로 정리해놓지 못해 어떤 때는 속옷 서랍에서 애 사진이 나오고, 또 어떤 날은 싱크대 대청소를 하다가 사진을 발견하기도 한다. 그럴 땐 격하게 반색하면서 "어머머머! 얘 누구야? 뉘 집 앤데 이렇게 귀티가 좔좔 흐른다니?" 하면서 꼬깃꼬깃한 사진에다 대고 쪽쪽 입을 맞춘다. 형편없다, 나는.

아이와 함께 떠난 여행에서도 이렇다 할 사진 한 장 찍어두지 못했다. 국내 여행은 물론이고, 해외여행을 떠나서도 돌아올 땐 늘 빈손이었다. 아! 사실은 카메라도 안 들고 갔다. 그땐 핸드폰으로 사진을 찍을 수 있는 때가 아니었으니 당연히 그랬겠지. 누가 찍어주면 다행이고, 안 되면 말지 그랬다. 자고로 여행의 추억이란 가슴속에 남겨야지 사진은 무슨! 그랬다. 하기는 사진이 다 웬 말인가. 어디다 애 안 흘리고 얌전히 다시 데려온 것만으로도 감사해야 할걸.

후회된다. 후회된다. 정말 후회된다. 나 정말 왜 그랬을까.

그런데 좀 더 솔직하게 고백하자면 다른 건 다 괜찮다. 간염 주사 안 맞혔어도 우리 애는 별 탈 없이 잘 커서 어른이 되었고, 이유식 단계를 못 밟고 자랐어도 멀쩡한 덩치를 자랑하니까. 그깟 사진 좀 없어도 사는 데 전혀 지장은 없지 않나.

그런데 요즘 나는, 때때로 나에게 실망한다. 아까운 기억들이 너무 많아 그렇다. 침이 흐를 만큼 맛있는 기억들을 다 잃었다. 정말 좋았던 기억, 내 아이 때문에 뛸 듯이 기뻤던 기억, 고 어린 녀석 때문에 눈물 쏙 빠지게 행복했던 그 숱한 날들의 기억을. 어쩌자고 그 보석 같은 기억들을 다 잃었을까. 칠칠맞게도, 떨하게도.

언젠가 걔가 나에게 처음으로 "엄마" 그랬을 텐데, 바닥을 엉금엉금 기어 다니던 걔가 스스로 일어서서 대견한 첫걸음을 떼었을 텐데, 또 언젠가 걔는 내 품으로 파고들어 이다음에 뭐가 되고 싶은지를 재잘재잘 이야기했을 테고, "엄마, 사랑해" 하면서 내 볼에 기꺼이 입을 맞춰주기도 했을 텐데.

기억나지 않는다. 아무것도, 단 하나도. 언제 그랬는지, 그 순간에 내가 어떻게 했는지, 무슨 말을 해주었는지, 웃었는지, 기뻐서 날뛰었는지, 아니면 좋아서 눈물이 찔끔 났었는지… 그 모든 게 거짓말처럼 까맣다.

기억해둘걸. 꼭 붙잡아둘걸. 그렇게 황망하게 다 잊어버릴 줄 알았으면 차근차근 기록이라도 해두었을걸. 그때 나는 왜 몰랐을까. 왜 그 찬란한 시절을 머저리처럼 다 놓쳤던 걸까.

순간을 소중히 여기다 보면 긴 세월은 저절로 흘러간다.
- 마리아 에지워스

: 개가 한없이 어렸을 때, 나는 빈 벽만 보여도 이마를 대고 울었다. 끝이 보이지
않아서 그랬다. 때 맞춰 먹이느라 그랬다. 해야 할 일이 산더미라서 그랬다. 아플
까 무서웠고, 작은 생채기에도 심장이 툭 떨어져서 그랬다. 똥이 묽어도 가슴이
저릿저릿했고, 된똥 때문에 그 어린것의 똥꼬가 빨갛게 익기라도 하면 마음이 찢
어질 것 같았다. 그래서 징징 울고 다녔다. 너무 졸려서 눈물이 났고, 서툰 엄마 노
릇이 하도 못마땅해서 슬펐다. 내가 잘하는 게 하나도 없구나 하면서 스스로를 질
책하다가 찔끔거렸고, 그럴 때마다 울 엄마 생각이 나서 또 울었다.
안다. 모두들 그렇게 울며불며 세월을 건너온다는 것을. 미안해했다가, 고마워했
다가, 사랑한다고 했다가, 그러다 어느 순간에는 무심하게 모른 척하거나 불같이
화를 내면서 터져버리기도 한다는 것을. 엄마라는 이름으로 세월을 쌓아간다는
것이 그토록 몹쓸 공포라는 것을. 사실은 이 세상에 '엄마'보다 더 고단한 사람은
없다는 것을.
세상의 엄마들을 향해 무슨 대단한 교훈을 남기려고 이러는 건 아니다. 내가 무슨
자격이 있나. 나는 천하에 둘도 없는 바보 천치 엄마였는걸. 다만, 말해주고 싶다.
꼭 그렇게까지 자책하고, 낙담하고, 한숨 쉴 것까지는 없다고. 당신은 잘하고 있
는 거라고. 어떻게 더 잘하나. 하루하루가 우리 '엄마'들에게는 전쟁, 바로 그것인

데. 육아 전쟁에서 살아남는다는 게 얼마나 치열한 일인지를 숱하게 겪으며 살지 않았는가 말이다.

그러니 그저 수시로, 짬 날 때마다, 뭔가 반짝하고 떠오를 때마다 그 맛있는 '순간'을 즐기라고 말해주고 싶다. 아이들은 눈 깜짝할 새 쑥 자라더라는 말을 해주고 싶다. 그러니 놓치지 말고, 나처럼 후회하지 말고, 지금 가장 단물 흐르는 아이와의 순간들을 기억 속에 차곡차곡 쌓아두라고 말해주고 싶다. 이유식이 좀 어설퍼도, 살림 좀 못해도, 덤벙덤벙 엄마 노릇 서툴러도 아이는 모른다. 그저 내 아이는 단 하나, 엄마가 곁에 있어서 좋을 거다.

다시 엄마가 되면 정말 잘할 수 있을 것 같다. 다시 엄마가 되면 콩깍지 같은 내 새끼를 데리고 함께하고픈 일들이 참 많다. 하지만 그게 되나. 머잖아 손주 볼 나이에 엄마가 되면 동네 창피해서 안 된다.

이 책을 읽는 당신이 그래주었으면. 아직 어린 아이들을 키우는 당신이 행복했으면. 세상의 모든 엄마들이 다 그랬으면. 어깨 위의 짐들을 가만히 내려놓고, 그저 아이와의 도란도란한 순간들을 기꺼이 즐겼으면. 그러면 미처 깨달을 사이도 없이 숭덩숭덩, 세월도 덩달아 기분 좋게 흘러갈 테니.

한 조각 기억

아들: 엄마, 엄마. 있잖아.

　　　내가 유치원에서 들은 얘기 해줄까?

나 :　정말, 정말? 재밌는 고야?

아들: 재밌는 거 아니고 무서운 고야. 완전 무서울걸!

나 :　해줘봐. 해줘봐. 빨랑, 빠~알랑!

아들: 옛날 옛날에 어떤 떡장수 할머니가 살았는데,

　　　그 할머니가 깊은 산속을 용감하게 가고 있는데

　　　어흥! 호랑이가 나타난 거야.

　　　떡 하나 주면 안 잡아먹지! 그런 거야.

　　　할머니는 무서워서 떡을 줬겠지? 그랬겠지?

나 : 그럼! 그럼! 얼른 떡을 줘야지.

　　　떡 하나 주면 안 잡아먹는다잖아!

아들: 떡을 딱 주고 다시 막 가고 있는데

　　　그 호랑이가 또 나타난 거야.

　　　또 그런 거야. 떡 하나 주면 안 잡아먹지~!

　　　그러니까 할머니가 또 떡을 줬겠지?

　　　잡아먹을까 봐 줬겠지?

　　　그런데 가다가 이놈의 호랑이가 또 나타난 거야.

　　　떡도 몇 개 안 남았는데, 또 그랬던 거야.

　　　떡 하나 주면 안 잡아먹지!

　　　그래서 할머니가 뭐라 그랬~게?

나 : 아~~~~!!!! 무셔! 완전 무셔! 근데 뭐라 그랬는데?

아들: 이제~ 그마~안!

나 & 아들: 하하하! 호호호! 히히히! 낄낄낄!

문득 떠오르는 내 아들의 목소리 하나.
〈텔레토비〉라는 인형극이 대한민국을 휩쓸고 있던 무렵.
내 손을 꼭 잡고, 걔가 나에게 도란도란 그랬었다.
"이제 그마~안!"
토씨 하나, 목소리 톤까지도… 전부 다 기억난다.
보고 싶다. 그때 그 순간의 내 아이, 금쪽 같았던 내 새끼가.

이제 그~만!

꼭 보고 싶은 영화가 나타났다.
〈리틀 포레스트〉라는 일본 영화였다.
도시에서의 일상을 접고
산과 들과 계곡이 있는 고향,
도호쿠 지방의 작은 마을로 돌아온
푸르디푸른 여자 주인공의
음식과 인생이 담긴 영화였다.
일본판 '삼시 세끼'라는 카피가 붙어 있는
그 영화를 발견하고 아들에게 달려갔다.
"아들, 아들! 우리 영화 보러 가자!"
"무슨 영화지?"
"리틀 포!레!스!트!"
"그게 뭐지?"
"잔말 말고 가자!"
"그러든가."

남편에게도 의사를 물었지만 거절당했다.

캄캄한 데 오래 있으면 숨이 막힌다나, 뭐라나.

갔다. 설날 밤에 아들과 둘이서.

신촌에 있는 작은 영화관으로!

관객은 달랑 다섯 명 정도? 그래도 좋았다.

영화는 맛있었고, 우리는 금허기가 졌다.

내내 음식을 만들어 먹는 영화인 데다

저녁까지 거르고 간 터라 배가 고플 수밖에!

10시가 다 된 시각.

걔랑 나는 홍대 앞으로 가서

영화 속 음식을 떠올리며 일본식 주점으로 들어섰고,

'참치 다다끼'와 '나가사끼 짬뽕'을 시켰다.

걔는 맥주 한 잔, 나는 물 한 잔.

영화 얘기 나누고, 음식 얘기도 하면서… 좋더라.

대학 공부 얘기, 군대 갈 얘기,

여자 사귈 때의 매너 얘기,

옛 추억에 대한 소소한 정담 같은 것들을

주거니 받거니 하면서 모처럼 훈훈했다.

"맛있지? 맛있지?"

"응. 그러네. 맛있네.

참말 흐뭇했다.

아들이 다 크니까 이런 즐거움도 있네, 그랬다.

다음 날, 나는 내친김에 필 받아서 또 물었다.

"아들, 아들! 우리 또 영화 보러 가자!"

"무슨 영화지?"

"쎄시봉!"

"됐거든. 나 그런 영화 싫어하거든!"

"그럼 어제는 왜 같이 가줬지?"

"그건 별로 싫지 않은 영화라서."

"그러지 말고 한 번 더 가주지!"

"됐습니다, 어머님! 혼자 가십쇼."

"켁! 더럽고 치사하다, 이놈아!"

나, 너무 치댔나 보다.

염치없이 너무 바랐는가 보다.

이제, 그~만~! 그만하는 걸로!

턱 받치고 앉아서 귀여운 척하며

영화 보자고 했던 내 입을 꿰매버리고 싶었다.

하여튼 '아들'이라는 이름의 애들은

너무 냉정하다.

걱정이 태산

몇 해 전, 사무실에 캠핑 바람이 불었다. 어디 사무실에만 그 바람이 불었을까. 도시 사는 서러움을 풀 데 없는 사람들이 텐트를 싸들고 너도나도 자연으로 나가기 시작한 거다. 몸 쓰면서 노는 걸 별로 좋아하지 않는 나는 제일 마지막에, 울며 겨자 먹기 식으로 그 대열에 합류했다. 다 준비해놓을 테니 입만 가지고 오라고, 몸만 데려오라고 꼬셔대는 후배들을 당할 재주가 없어서였다.

가보니 좋았다. 그런 호사가 따로 없었다. 고기 구워 먹고, 맥주도 한잔 홀짝이고, 수다도 맞춤으로 익어 맛이 좋았다. 바람은 한들거리고, 묵은 때 없이 맑은 볕은 낭창낭창 흐드러지고, 흙냄새도 구수했다. 이 맛에 오는구나 싶었다.

좋으니 식구들 생각이 났다. 남편 생각, 시어머니 생각, 그중에서도 아들 생각이 젤 많이 났다. 이 좋은 걸 보여주고 싶다는 마음이 굴뚝같아지기에 어느 날, 물었다.

"얘, 너 캠핑 안 갈래?"

"웬 캠핑?"

"엄마 회사 이모들이랑 다 같이 가자. 완전 좋아."

"나, 그런 거 싫어하는데."

"어머! 별꼴이야. 그런 게 어떤 건데?"

"캠핑도 싫고, 엄마 회사 이모들이랑 가는 것도 이상한데?"

"뭐가 이상해? 남자도 있어. 사진 찍는 형."

"사양합니다."

"너도 이제 대학생인데… 곧 캠핑 같은 거 하게 될 텐데… 예행연습이 필요할걸!"

"괜찮습니다."

"쳇! 웃기셔!"

단칼에 거절당했다. '뭐 저런 애가 다 있어?' 생각했다. 못되게 구는 꼴이 딱 나를 닮았다. 해보지 않은 일에 대해서는 우선 거부감부터 갖고 보는 성향도 두말할 것 없이 바로 '나'다. 말을 말지. 내가 나를 잘 알아서 하는 말인데 싫다고 할 때는 내버려두는 게 상책이다. 설득해봤자 입만 아프기 십상이니까.

그런데 이놈이 불과 몇 개월 만에 안면을 싹 바꾸고 와서 그랬다. 동기들이랑 캠핑을 간다는 거였다. 배알이 뒤틀렸다.

"왜? 캠핑, 그런 거 싫어한다며?"

"누구랑 가느냐에 따라 다르지요, 어머니."

"엄마랑 회사 이모들한테 똥 묻었어?"

"그런 뜻이 아니라는 거 다 아시면서 왜 그러십니까, 어머니."

"그럼 무슨 뜻인데? 뭐, 뭐! 엄마랑 이모들이 할머니라서?"

"푸힛! 그런가? 그 말이 맞는 것 같은데?"

말을 말아야지. 말이 길어질수록 상처만 깊어진다는 진리를 다시 깨쳤다. 그렇게 캠핑에 발을 들인 아들놈은 몇 차례 더, 젊은 지들끼리의 청춘을 자연에 나가 불사르곤 했다. 재미있겠지. 아무렴! 어떻게 재미가 없겠나. 밤새 술도 마시고, 외박도 하고, 부모 간섭 없이 보내는 그 시간이 흥겹지 않을 리가!

"엄마, 나 친구들이랑 글램핑을 하기로 했는데 말이야. 혹시 코스트코 카드 같은 거 없어?"

얼마 전, 아들이 쓱 다가오더니 그랬다. 어쭈! 글램핑까지? 아주 신이 났구면. 그러니까 말의 요지는 대형 할인 마트의 회원 카드가 있으면 빌려달라는 거였다.

"뭐하게?"

"술 사려고."

"술? 그걸 왜 꼭 거기서 사?"

"보드카 살 건데 일반 마트는 비싸니까."

"어머머! 얘!!!! 쪼끄만 것들이 무슨 보드카니? 그냥 맥주나 마셔."

"우리 안 쪼끄만데? 하여튼 엄마, 카드 있어?"

"누구랑, 몇 명이 가는데?"

"카드 있냐니까?"

"없어."

"그렇군. 근데 왜 있는 것처럼 꼬치꼬치 물어?"

"누구랑 가는데? 어?"

"몰라."

"그러지 말고. 몇 명이 가?"

"네 명."

"쌍쌍이?"

"예~."

흠…. 심상치 않은 느낌이 들었다. 그때부터 내 머릿속에는 온갖 그림들이 그려지기 시작했다. MT 가서 사건 사고를 일으킨 남학생들의 신문 기사가 떠올랐고, 캠핑장에서 보았던 치기 어린 젊은 애들의 눈꼴사나운 행동들이 생각나 한숨이 깊어졌다.

"나, 어떡하지? 뒤를 밟을까?"

"하하하! 선배! 왜 그래? 할머니처럼!"

"대표님, 정말 따라가실 건 아니죠?"

걱정이 태산인 얼굴로 회사에 나와서 고민을 털어놓았더니 후배들이 배를 잡고 낄낄거리며 나를 비웃기 시작했다. 어디 그뿐인가. 내 걱정을 들은 출판사 대표가 불을 질렀다.

"사실, 거… 우리 때는 그렇게 쌍쌍이 온 애들이 있으면 옆 텐트에 있는 깍두기들이 와서 그림 좋다~ 그러면서 시비도 걸고 그랬는데 말입니다. 그러면 아주 큰 싸움이 나곤 했지요."

아, 진짜! 이 양반이! 그렇게 설왕설래하면서 오고 가던 이야기를 깔끔하게 정리해준 것은 나보다 한참이나 어린, 그러니까 상당히 젊은 후배들이었다.

"선배, 되지도 않을 일에 목숨 걸지 말지. 그러지 말고 쿨하게 보드카나 한 병 사다 주는 게 좋겠어."

결국 캠핑 가기 전날, 나는 보드카 한 병으로 아들의 환심을 산 뒤 이런저런 걱정을 털어놓았다. 그것도 아들 얼굴은 쳐다보지도 못하고, 벽을 보고 선 채로 아주 소심하게, 모기만 한 목소리로 말이다.

"그러니까… 달도 밝고 그렇다고 막 여자랑 으슥한 숲 속으로 가고… 그러는 건 안 될 거야. 그리고 원래 여자들은 귀하게 대해줘야 되는 거고… 지켜줘야 될 거야. 특히나 좋아하는 여자라면 더 그렇지… 않겠어? 뭐… 설마 네가 술 먹고 막… 그러지는 않겠지마는…."

힐끔 쳐다보면서 동태를 살폈더니 내 말을 귀신같이 알아차린 아들은 그런 내가 어이없었는지 큰 소리로 웃지도 못하고, 피식거리면서 그랬다.

"어머니! 우리들은 그런 사이 아니거든요! 그런 쌍쌍이 아니라는 말입니다. 아시겠어요? 네?"

"쌍쌍이면 다 똑같지, 뭐."

"히히히! 엄마, 가서 자~."

걔는 꼭 불리해지면 가서 자라고 한다. 불리해지거나 대답할 말이 마땅치 않을 때 꼭 그 말을 쓴다. 기분 나쁘게!

어쨌든 아이는 1박 2일의 짧은 외박을 선언하며 집을 나섰고, 하필이면 그날 밤 내내 추적추적 비가 내렸다. 가만 보면 세상의 모든 나쁜 사건 사고들은 십중팔구 비 오는 날 벌어지는데 왜 하필 비가 오는 거야? 하늘도 무심하지. 내 걱정을 아신다면 이렇게 비를 뿌릴 수가 있어? 꿍얼꿍얼, 구시렁구시렁….

그런 나를 가만히 쳐다보던 남편이 피식 웃더니, 아들처럼 내게 말했다.

"여보, 그러지 말고 자~."

걱정한다고 걱정이 없어지면 걱정이 없겠네.

– 티베트 속담

: 막 대학에 입학해서 청춘의 나래를 펴보자 했을 때 엄마는 가차 없이 그 나래를 꺾었다. 술 마시는 것도 안 되고, 외박도 안 되고, 10시 넘어 귀가도 안 됐다. 어머! 나 진짜 약 올라 미치는 줄 알았다. 다른 애들 다 가는 MT 한 번 못 가봤고, 다른 애들 툭하면 어울려서 마시는 술도 못 마셨다. 혹시라도 애먼 놈 만나서 신세 망칠까, 색안경을 끼고 살피는 엄마 때문에 연애도 가시밭길이었다. 어디 그뿐인가. 대학 입학하기 무섭게 맞선 자리 들이대는 통에 주말마다 호텔 커피숍으로 끌려나가기도 수차례였다.

한번은 과 모임이 길어지는 바람에 자정이 가까워 귀가한 적이 있었는데 너무 무서워 제일 친한 친구와 함께 집으로 들어섰다. 친구가 있으니 봐주시겠지, 했었다. 천만의 말씀, 만만의 콩떡! 엄마는 친구와 나를 굴비 엮듯 엮어서 지하 방에 가뒀다. 감옥이 따로 없었다. 그 밤, 나는 친구를 향해 내 엄마에 대한 온갖 저주를 다 퍼부었다. 차라리 고아였으면 좋았겠다는 말도 했다. 꽤 어른스럽고 배려심 깊었던 친구도 그날만큼은 내 편을 들어주었다. "너희 엄마, 마녀 같아!" 오죽하면 친구가 다 그랬겠나.

마녀 출신의 엄마를 쏙 빼닮아 나도 차츰 마녀가 되어간다. 그런데 엄마도, 나도,

악질 마녀가 아니라 걱정 마녀다. 걱정이 너무 많아서 한시도 쉴 틈이 없는 그런 마녀. 엄마 마음을 딱 알겠다. 아들인데도 이렇게 걱정이 많은데… 걔가 만일 딸이었다면… 나는 정말 머플러와 신글라스로 변장을 하고 뒤를 쫓았을 거다. 어떻게 안심하겠나. 세상이 얼마나 험악한데. 내 새끼, 내가 안 지키면 누가 지키겠나 그 말이다.

아이가 어릴 땐 걱정이 당연한 줄 알았다. 아이가 다 크면 걱정할 일이 없을 줄 알았다. 그런데 아니었다. 성장 단계별로 새로운 걱정거리들이 속속 등장하는 통에 이건 뭐, 아주 정신을 차릴 수가 없다. 그러고 보니 걱정도 습관이고, 걱정도 병인가 보다. 나는 걱정하는 걸 좋아하는 성격인가 보다. 그렇지 않고서야 이럴 수는 없다.

"그냥 믿어. 아들을 믿으라고. 여태 잘했잖아. 속 안 썩이고, 지 앞가림 잘했는데 뭘 그렇게까지 걱정하고 그래? 이제 아들 걱정 그만하고, 남편 걱정 좀 하지!"

남편이 내게 말했다. 이제 그만하라고. 걱정 좀 접으라고. 하기는 그러고 보니 내 걱정이 들어맞았던 적은 한 번도 없었던 것 같다. 걱정할 일 없는데 사서 그랬던 모양이다. 그렇구나, 그렇구나. 이제 정말 걱정을 내려놓을 때가 되었구나. 다시 한 번 다짐한다.

그런데 지금이 몇 신데… 이놈의 자식은 뭘 하길래 아직까지 안 들어오는 거야? 어디 가서 술 먹고 뻗은 거 아냐? 핸드폰은 왜 꺼놓은 거야? 아, 진짜! 돌겠네!

딸 가진 엄마나 아들 가진 엄마나!

일주일에 사흘 이상을 같이 붙어서 일하는 후배가 하나 있다. 그녀는 스무 살 넘은 딸을 두었고, 나는 스무 살 넘은 아들을 두었다. 우리는 만나기만 하면 애들 얘기에 시간 가는 줄 모른다.

"선배, 어제 우리 집 난리 났었잖아. 우리 딸이 새벽 2시가 다 되어서 들어온 거야."

"어머! 왜?"

"왜겠어? 친구들이랑 놀다 그런 거지."

"술 먹고?"

"술도 먹지 않았겠어요? 맨정신으로 놀아지나, 어디!"

"하긴… 그렇지."

"내가 아주 고놈의 계집애를 때려눕혔잖아. 핸드폰도 압수하고! 걔, 울고불고 난리 났었어."

"애! 너는 제발 그러지 좀 마라. 애를 믿어야지. 걔가 어디 가서 허튼짓하고 그럴 애야? 야단도 적당히 쳐야지. 너무 몰아세우면 진짜 엇나간다, 너!"

"아이고! 선배는 모른다니까. 나도 아들이면 그냥 놔두지."

결론은 버킹검. 딸을 둔 엄마들은 언제나 똑같이 말한다. 아들이면 안 그런다고. 딸이니까 그러는 거라고. 그 말이 맞는 것 같아서 고개를 끄덕끄덕한다.

"있잖아, 어제 우리 아들 외박했어. 나 완전히 꼭지 돌아 가지고 밤을 꼴딱 샜다, 야."

"어머, 왜?"

"난들 알아?"

"전화해보지."

"당연히 해봤지. 딱 꺼놨더라고. 잔소리 듣기 싫다, 이거지."

"술 마시다 뻗었겠지 뭐. 친구 집에서 잤을 거야."

"그러니까! 아침에 기어들어오더라. 지가 술꾼이야? 왜 뻗을 때까지 술을 퍼마시냐고. 술 먹고 뭘 하려고 그러느냐 이거지. 내가 아주 죽기 직전까지 잔소리를 했잖아."

"선배, 너무 그러지 마요. 남자애가 그럴 수도 있지. 너무 품에 끼고 애 취급하면 마마보이 소리 듣는다니까."

"아이고, 너는 모른다니까! 걔가 니 딸처럼 다부지고 똘똘하면 내가 사흘 밤을 자고 들어와도 암말 안 한다. 속상해서 정말!"

결론은 버킹검. 아들 둔 엄마들은 언제나 그렇게 말한다. 딸이면 무슨 걱정이겠냐고. 천지 분간 못하는 철부지 아들놈이 어디 가서 술 취해 정신 놓고 허튼짓이라도 할까 그러는 거라고. 그러면 딸 가진 엄마가 끄덕끄덕한다. 그 말이 맞다고.

"말도 마세요. 어제 우리 애랑 대판 붙었잖아요."

전교 1등 놓치는 법 없이 중고등학교를 졸업하고 명문대에 입학한 딸을 둔 이웃집 엄마가 한숨을 쉬면서 말했다.

"아니, 왜요? 그 집 딸도 야단칠 일이 있나?"

"고놈의 계집애가 글쎄 1박 2일로 여행 간다는 얘기를 떠나기 하루 전날에야 하는 거예요."

"하하하! 미리 얘기해봤자 야단이나 맞고, 못 갈까 싶어서 그랬겠지."

"내가 다 알고 있었거든요. 남자 친구랑 가는 거!"

"에이, 당연한 거 아니에요? 우리 때도 몰래몰래 여행 가고 그랬는데…. 그냥 보내줘요."

"어머! 말도 안 돼. 나는 그렇게 못해요. 소리소리 지르고 싸워서 결국 못 가게 했어요."

"이제 엄마 품 떠날 때가 된 거예요. 별수 없어. 그냥 놔주는 수밖에. 허튼짓하지 말라고 단단히 가르쳐서 풀어줄 수밖에 없다니까."

"그런 소리 마세요. 나도 그 집처럼 아들이면 이러지 않는다니까!"

이거 봐라, 영락없다. 딸 가진 엄마들의 대사는 언제나 똑같다. 아들이었으면 어디서 뭘 하든 믿고 놔둘 거란다. 그럴 때마다 아들 가진 엄마들이 대꾸한다. 아들 키워보라고. 멍청한 짓은 걔들이 더 많이 하고, 딸들보다 철이 늦게 들어서 걱정이 더 많은 법이라고.

다 맞는 말이다. 딸 가진 엄마나 아들 가진 엄마나. 우리들의 말이 전부 다 맞다. 한시도 눈을 뗄 수가 없다. 아들딸 불문하고 어쨌든 자식은 골칫

거리다.

이래서야 제대로 떠나보낼 수 있을까. 그녀들이라고 딸을 떠나보내는 일이 쉽고, 나라고 아들을 훌훌 보낼 수 있겠나. 언젠가는 울타리 밖으로 내놓게 될 텐데, 언젠가는 그 아이들이 내 집을 떠나 스스로의 집을 짓게 될 텐데, 제 세상을 만들고 그 땅을 다지느라 미운 짓을 하고 다니는 걸 텐데… 아직까지는 아니꼬워서 그 꼴을 못 보겠다. 좋아라, 신난다 하면서 제 세상으로 나갈 궁리만 하는 아이가 하도 얄미워서 곱게 보내주고 싶지 않은 거다.

그래, 그런 거겠다. 걱정도 걱정이지만, 억울하기도 해서다. 아깝기도 해서다. 엄마들이 저마다 다른 말을 하고 있는 것 같지만 결국 한 가지 얘기다. 애써 키운 딸을 애먼 놈한테 빼앗길 순 없다는 거고, 공들여 키운 아들을 여우 같은 계집애한테 훌렁 넘길 수는 없다는 거다. 그러니까 다시 말해 장성한 아들딸을 키우는 엄마들은 이성 문제에 촉을 세우고 있다는 얘기다.

그 마음을 막을 수는 없다. 아들이든 딸이든, 엄마에게 자식은 오랜 연인. 그들과의 이별이 다가오고 있다는 것을 느끼고 있으니 대견하기도 했다가, 아쉽기도 했다가, 속상하기도 했다가, 그럴 수밖에.

애들이 그걸 알면 얼마나 좋을까? 그걸 알고 엄마한테 좀 따뜻하게 대해주면 얼마나 좋을까? 엄마를 무슨 미저리 대하듯 하지 말고 이해해주면 안 되는 건가? 하긴 안 되겠지. 그게 됐으면 나라고 아빠 엄마를 그렇게 떠나왔을까.

한 여자가 한 남자를 자신의 아들로 키우는 데 20년이 걸린다.
그리고 어떤 다른 여자가 그를 바보로 만드는 데는
20분이면 족하다.
- 헬렌 로런드

: 아빠 빼고 세상 모든 남자는 다 도둑놈이라고, 딸 가진 부모들이 가르친다. 우리 아빠 엄마도 그랬다. 그러면 세상 모든 아들 키우는 엄마들은 전부 다 도둑놈을 키우고 있다는 말이 된다. 억울하다. 얼마나 애지중지하는데 도둑놈이라니!

그런데 곰곰이 생각해보면 그 말이 맞는 것 같다. 새파랗게 젊었던 나를 데려다가 이렇게 팔자 주름 풍성한 할머니 직전까지 만들어놓은 남편은 도둑이다. 아니다. 사실은 남편이 도둑이 아니라 세월이 도둑이고, 인생이 온통 도둑질의 연속이다. 그렇게 서로 빼앗고 뺏기면서 사는 거지 도리가 없다. 그럼에도 불구하고 아들놈이 어디서 영 못 배워먹은 여자애한테 홀릴까, 마음 쓰이는 걸 막을 수가 없다. 내가 이럴진대, 딸 가진 엄마들은 더하겠지.

"의사, 판사 아들 둔 엄마들은 좋겠지?"

"에이, 엄마가 뭐 좋나? 그 부인이 좋겠지. 의사 남편이 벌어다 주는 돈으로 호강하고 살 거 아냐. 정작 의사 아들은 평생 환자나 들여다보면서 살고, 그 엄마는 며느리 눈치 보느라 그 집에 마음대로 들락거리지도 못할걸!"

"그럴까? 하긴 그렇겠네."

"의사 아들 둔 엄마는 돈 안 받고 일해주는 파출부가 되기 십상이라니까!"

"그럼 의사고 판사고, 그런 거 다 소용없겠네."

"당연하지."

"그럼 평생 끼고 살까? 장가도 보내지 말고?"

"그래도 보내는 게 더 나을걸. 안 그럼 다 늙어서도 자식 거두느라 허리도 제대로 못 펴고 살걸."

"그럼 뭐야? 딸 가진 엄마만 신나겠잖아."

"에이~ 과연 그럴까? 선배 엄마는 선배 덕에 굉장히 좋은 것 같아?"

"아니구나. 그럼 무자식이 상팔자구나."

"그니까. 그런 말이 괜히 생겼겠어? 우린 다 텄어."

그래, 다 텄다. 후배 말대로 너무 늦었다. 그러니 마음을 비워야 한다. 다만 바라기는 그저, 어디서 철딱서니 없는 꼴뚜기만 짝으로 데려오지 않았으면 하는 것. 시부모 공경은 안 해도 좋으니 지들끼리 존중하면서 도란도란 살아갈 수 있는 편안한 짝과 맺어졌으면 하는 것. 내가 남편에게 하듯 그렇게 대충대충 그러는 애 말고, 남편을 변함없이 아끼는 애였으면 하는 정도. 지금부터는 그 기도나 해야겠다. 안 그랬다가는 20년 공들인 탑이 무너지는 거 시간문제다.

'엄마'라는 이름값

하늘이 두 쪽 나도 자식과는 함께 살지 않겠다는 게 나의 생각이다. 대신 어디 번듯한 요양 병원이나 실버타운 같은 데 가서 살까, 했다. 돈만 좀 모아두면 못할 것도 없다. 잘 찾아보면 노인네라고 구박하지 않고, VIP 대접해주는 곳이 있을 테니까.

"신랑, 우리 돈 모아야 돼. 이다음에 번듯한 실버타운 같은 데 가서 살려면 돈 있어야 한다니까."

"실버타운? 왜 그런 델 가냐? 나는 아들하고 살 건데!"

"말도 안 돼."

"왜 말이 안 돼? 나는 아들이 벌어다 주는 돈에, 며느리가 차려주는 밥에, 손주놈 재롱 보면서 알콩달콩 살 건데?"

"꿈도 크다."

"그게 무슨 꿈이냐?"

"요즘 세상에 시부모 알콩달콩 모시는 애들이 있겠어? 어?"

"나는 있다고 본다. 우리 아들은 꼭 그럴 거라고 본다."

"당신은 애 어릴 때 많이 놀아주지도 못했잖아! 그러면서 뭘 바라?"

"내가 일부러 그랬나? 나도 다 사정이 있어서 그랬지. 어쨌든 나는 애들이랑 살 거야."

"진짜 이럴래? 당신 자꾸 이상한 소리 하면 때린다!"

그 꼴은 정말 못 볼 것 같다. 내 아들이 시아버지 때문에 마누라한테 구박받는 일 따위는 절대 만들 수 없다. 집안일해주고, 지들 자식 키워줘도 눈총을 받는 게 시어머니인데 딱히 하는 일도 없이 삼시 세끼 받아 챙기는 시아버지를 좋다 할 며느리가 어디 있겠냐 말이다. 얼마든지 큰소리치면서 살 수 있는 아들을 사지로 몰아갈 수는 없다. 어떻게 해서든 그런 사달이 나는 것만은 막아야 한다.

그런데 남편이 자꾸 헛소리를 하면서 아들 내외랑 오순도순 살겠다고 그런다. 시비 붙을 뻔했다. 정말이지 때릴 뻔했다. 하여튼 남자들이란 나이를 거꾸로 먹는지, 도무지 철이 들지 않는다. 왜 그러는 걸까. 뭘 믿고 저러는 걸까.

"사실은 당신도 그러고 싶은데 무서워서 그러지? 아들이 안 된다 그럴까 봐 지레 수 쓰는 거지?"

"말도 안 돼!"

"세상 사람 다 속여도 나는 못 속인다."

"아니라니까!"

"아니긴 개뿔!"

"진짜 이럴래?"

"알았어, 알았다고. 당신 말대로 하자. 애들 속 썩이지 말고 우리 둘이 오순도순 살자. 하기는… 다 늙어 기운 빠진 노인네들 좋다 할 애들이 있겠냐."

철부지다 하면서 밀쳐두었던 남편이 말개진 눈으로 말했다. 거기에 진심이 있었다. 거기에… 자신의 엄마에게 잘하지 못했던 미안함이 있었다. 거기에는 곧 떠나보내야 할 아들에 대한 아쉬움도 있었고, 나이 들어가는 처연함도 있었다. 그런 모습이 안쓰러웠다. 차라리 철없이 구는 게 나았다. 그러면 구박이라도 할 텐데.

"우리도 딸 하나 낳을 걸 그랬나 봐. 요즘은 딸 가진 부모들이 호강한다는데."

"신랑, 호강하고 싶어?"

"당연한 거 아니냐?"

"나는 별로 그러고 싶지 않은데."

"그럼 어떻게 살고 싶은데?"

"나는 그냥 내 인생 살고 싶어. 아들 녀석 때문에 전전긍긍했던 세월에서 다 벗어나 정말 나만 생각하면서 씩씩하고 행복하게 살고 싶어. 나도 좀 살아야지. 나도 이제 개의 그늘 벗어나서 자유 좀 누려야지."

"그럼 나는? 나는 어떡하고?"

"신랑도 신랑이 하고 싶은 일 하면서 살아야지."

"말도 안 돼. 그런 게 어딨냐~아? 나는 당신 뒤만 쫄랑쫄랑 쫓아다닐 거니까 그리 알아."

물론 텄다는 걸 안다. 자유가 웬 말일까. 아들 보내고 나면 아들 같은 남편이 내 발목을 잡겠지. 이런 게 여자 인생이지. 그래도 그편이 낫겠다. 다 늙어 혼자 외로운 것보다야 싸우고 거둬야 할 상대가 있는 편이 나을 거다. 아빠 뒤치다꺼리에 등이 휘곤 했던 울 엄마는 아빠가 떠난 뒤 비로소 자유다, 그러더니만 새빨간 거짓말이었다. 요즘도 아빠 생각이 나서 울곤 한단다. 보고 싶어서.

아이가 품에서 떠날 무렵이면 젊어서 밖으로만 떠돌며 돈 버느라 헤매고 다니던 남편이 그 자리를 차고 들어온다. 젊어서 아이 거두느라 울고 웃었던 엄마는 아이 떠난 그 자리에서 아이보다 더 귀찮은 남편을 돌보겠지. 끝이 없구나. 엄마가 된 그 순간부터 여자는 모두들, 그렇게 살아가도록 되어 있었는가 보다.

엄마라는 이름값. 그 이름값을 하고 산다는 게 이토록 어려운 일인 줄 몰랐다. 엄마 되고 스무 해 넘어, 이제야 겨우 깨닫는다. 하기는 스무 해 넘게 키워 단단해진 결과물이 내 눈앞을 가득 채우고 있으니… 이름값쯤 이야 대수일까. 무탈하게 잘 자라준 아들을 바라보면서 오늘도 시름을 덮는다.

돈 잡아먹는 귀신

이상하게 우리 집 애는 밥 먹으라고 하면 스트레스를 받는다. 혹여 몸에 좋은 것 좀 먹이려고 하면 무슨 쓴 약이라도 되는 것처럼 화들짝 손사래를 친다. 잠자리에서 눈을 딱 뜨고 제일 먼저 하는 말이 "나, 밥 먹기 싫은데!"이거나 "나, 배부른데!"이거나 그도 아니면 "나, 또 뭐 먹어야 돼?" 같은 말이다. 자고 났는데 배가 부르다는 건 아무리 생각해도 이해가 안된다. 뭔 위장이 그렇게 착한 거야? 넣어주는 것도 없는데 저 혼자 두둑하게 채워진다는 게 이상하지 않은가 말이다.

그런 개가 잘하는 건 돈 먹는 거다. 어릴 때는 돈을 주면 그것 보기를 돌같이 하면서 아무 데나 막 굴리고, 아무나 막 퍼주고 그러더니 요즘은 아주 돈을 밝힌다. 내 손에서 걔 손으로 돈이 넘어갈 때의 그 순간만큼은 그야말로 존경하는 눈빛이 되곤 한다.

애 좀 키웠다 하는 엄마로서 미리 던지는 충고 하나! 애가 크니 정말이지 주머니 채워질 틈이 없다. 돈이 마른다. 돈의 종자까지 다 마른다. 돈 들어갈 일이 허다한 데다 그 액수도 어릴 때 드는 것과는 비교되지 않을 만큼 단위가 크다. 우리 집 애만 그런 건 아니겠지. 하여튼 애들은 돈 잡아

264

먹는 귀신들이다. 그러니 정신 바짝 차리고 바락바락 돈을 모아두어야만 한다. 안 그랬다가는 정말이지 큰코다칠 거다.

그런데 사실, 기둥뿌리 뽑힐 만큼 큰돈이 드는 일은 대부분 내가 자처한 것들이다. 까마귀 같던 고교 시절과 동네 백수 같던 재수·삼수 시절을 다 지나 떡하니 대학에 입학한 뒤, 나는 그야말로 있는 집 사모님 흉내를 내기 시작했다. 어디에 내놓아도 부끄럽지 않을 만큼 번듯한 외모를 만들어주고 싶었던 거다.

치과부터 데려갔다. 초등학교 때 이후로 처음 가는 치과였다. 다 썩은 치아, 썩고 있는 치아, 부서진 치아… 난장판이었다. 양치질만 잘해도 괜찮았을 텐데. 하여튼 게으른 티가 팍팍 난다 싶었다. 스케일링이나 좀 하고, 간단히 점검만 해야지 하면서 데려갔다가 큰돈 썼다. 150만 원 나왔다. 걔도 미안했는지 뒷머리를 벅벅 긁었고, 나는 두 눈을 치켜세우며 별로 어른스럽지 않게 말했다.

"아휴, 드~러! 너는 드러운 게 문제야."

이번에는 피부과. 몇 해를 책상머리에서 썩더니만 피부가 다 곪았다. 얼굴인지 멍게인지 구분이 잘 안 갈 정도였다. 그런 얼굴로는 멋진 대학생 오빠 노릇, 어려울 거다. 일단 양방으로 치료 시작. 콕콕 짜내고, 레이저로 지지고 볶고 하느라 돈 좀 썼다. 하지만 소용없다. 자고 나면 또 새로운 여드름 균이 싹을 틔우곤 했으니까.

이번에는 한방병원. 속에 열이 많아서 여드름이 끊이지 않는 거라고 했다. 6개월여 동안 한약 지어 먹이고, 침 맞고, 한방 화장품 사서 바르게 하고, 피부 껍질 싹 갈아엎는 박피를 두 번이나 했다. 살짝 깨끗해졌다. 그런데 좋아질 만하면 맥주를 떡이 되게 마시고, 좋아질 만하면 피자와 치킨 시켜 먹고…. 내가 생각했던 은쟁반 같은 피부는 턱도 없었다. 포기하고 말았다. 지 얼굴이지, 내 얼굴인가 싶었다.

이번에는 헬스클럽. 저질 체력을 관리해야 한다면서 수영이다, 피트니스다 할 것 없이 시도했다. 몇 번 가지도 못할 거면서. 그러니 또 돈이다. 하여튼 개 몸에다 발라준 돈이 거짓말 좀 보태 집 한 채 값이다.

그뿐인가. 계절 바뀔 때마다 한 번씩 나가서 옷 사 입히고, 신발 사 신기고, 가방 사주고! 여름이니 수영복에, 겨울이니 가죽 장갑에, 피부 건조하다고 수분 크림에, 방앗간 드나드는 참새처럼 미용실에 가져다 바치고… 이게 이게 정말이지 밑 빠진 독에 물 붓기나 다름없다는 얘기다.

그렇게 콩팥콩팥 돈을 들이고 있는데 새 학기가 다가올 즈음이면 득달같이 달려와서 당당하게 이야기한다.

"어머니, 학비 나왔습니다."

"어머니, 이번에는 책값이 좀 많이 나오겠습니다."

밑 빠진 독에 물을 붓던 신데렐라처럼, 채워도 채워도 비어가는 주머니에 괜히 시름만 깊어져서 꽥, 소리를 질렀다.

"밉다 밉다 하니까 아주 매를 버는구나. 야! 너! 너무 염치없는 거 아냐? 학비 정도는 니가 내야 되는 거 아냐?"

말해놓고 내가 먼저 웃었고, 개도 히히히, 따라 웃었다.

나 어릴 때, 울 엄마는 아침이면 얼굴이 부루퉁했다. 다섯 명의 자식들이 쭈르르 한 줄로 서서 돈을 달라 그래서였다.

"엄마, 육성회비 오늘까지야."

"엄마, 나 급식비 내야 하는데."

"엄마, 공책 사야 돼."

"엄마, 오늘도 문제집 안 사면 시험 못 본단 말이야."

"엄마, 오늘 친구 생일이라 선물 사야 돼."

그러면 엄마는 말했다.

"차라리 엄마를 잡아먹어라. 어? 잡아먹어!"

그 말을 들을 때마다 짜증이 났었다. 말이 되나? 엄마를 어떻게 잡아먹나? 설사 잡아먹을 수 있다 치자. 엄마를 먹는다고 돈이 나오겠나? 게다가 울 엄마는 이치에도 안 맞는 말을 엄청 했다. 아침에 돈을 달라고 하면 꼭 이랬다.

"아침에 당장 돈 내놓으라고 하면 어떡해? 돈이 어디서 나오니? 나와?"

그 소리가 듣기 싫어서 저녁에 미리 얘기하면 또 이랬다.

"뭐 좋은 얘기라고 자꾸 돈 타령이야? 학교 갈 때 얘기해!"

어쩌라는 건지. 저녁에 미리 얘기한다고, 그 밤에 어디서 돈이 나올 리도 만무한데… 아침이면 어떻고, 밤이면 또 어땠을까. 어차피 돈이 없기는 아침이나 밤이나 매한가지였을 텐데.

하지만 다 알겠다. 이제야 겨우 알 것 같다. 우리 엄마는 얼마나 무서웠을까. 아침이 오는 것이, 아이들이 엄마를 찾는 것이, 지갑을 열어야 할 때마다 얼마나 저릿하게 두려웠을까. 나는 겨우 아들놈 하나 키우면서도 돈 얘기가 나올 때마다 부르르 떠는데 다섯이나 키우던 가난한 울 엄마는 헐렁한 지갑을 열 때마다 얼마나 눈물이 났을까.

정말이다. 키워보니 알겠다. 자식들을 두고 돈 잡아먹는 귀신이라고 하는 이유를. 자꾸만 해주고 싶어서 지갑을 열게 되는 부모 마음을 알겠다. 해달라는 것도 아닌데 조금만 여유가 생기면 먼저 나서서 해주게 되는 그 마음을 알겠다. 첩첩이 빚을 내어서라도 배 터지게 먹이고 싶고, 반드르르 광이 나게 해주고 싶은 그 마음이… 그런 부모 마음이 참 안쓰럽고 또 처연하다.

아들에게 돈을 물려주는 것은
저주를 하는 것이나 다름없다.
- 앤드루 카네기

: 나는 내가 굉장히 깨친 엄마인 줄 알았다. 부자는 못 되어도 딱히 못해준 것은 없으니 이만하면 괜찮은 엄마라고 생각했다. 돈보다는 경험을 물려주고 싶었고, 돈 대신에 살아가는 법을 전수해야 한다는 생각도 곧잘 했다. 물론, 이게 정답이 라는 생각은 지금도 여전히 하고 있다. 그런데, 그런데도 나는 요즘, 곧잘 아들에 게 남겨줄 무언가가 있는지에 대해 곰곰 생각하게 된다.

대학 졸업하고 유학이라도 가겠다고 하면 어떡하나, 집이라도 한 채 만들어서 장 가를 보내야 할 텐데, 기본도 없이 살아보니 하루 벌어 하루 사는 하루살이 인생 이 되던데… 그러면 우리 아이 인생이 너무 고단할 텐데…. 나도 모르는 사이에 은행으로 가서 아이 이름으로 된 주택 청약도 하나 들고, 식구들 몰래 적금도 들 어놓고 그러는 나를 보면서도 쓴웃음이 난다. 뭘 또 이렇게까지 주려고만 하는 건지.

밑에 쌓인 돈이 아야, 소리를 내도록 돈 많은 집이 아니어서 다행이라고 생각하기로 한다. 있는 집 자제들, 돈 귀한 줄 모르다가 큰코다치는 광경을 종종 만나지 않는가. 그러니 헛된 아쉬움 같은 건 집어치우기로 한다. 바른 생각을 먹여서 키우고, 웃으면서 어른이 될 수 있도록 열심히 도왔으니 내 할 도리는 다했다고 생각하기로 한다. 울 엄마와 아빠가 나를 키웠듯, 억새풀처럼 스스로 일어서는 사람이 되게 하자고 다짐한다. 이제 남은 건 다 큰 상남자가 된 그 아이를 보기 좋게 세상에 내놓는 일뿐이다.

그런데 '아들에게 돈을 물려주는 건 저주를 퍼붓는 것과 다르지 않다'는 한 줄 명언이 이토록 가슴에 와 닿는 걸 보니… 돈이 없어도 어지간히 없는 모양이다.

어느 설날에

"아들, 이다음에 엄마 아빠 죽으면 말이야."

"설날인데 왜 갑자기 죽는 얘기를 하지? 덕담인가?"

"아니, 그런 건 아니고… 엄마도, 아빠도 언젠가는 죽을 거니까."

"그래서? 엄마 죽으면?"

"차례는 안 지내도 돼. 제사도 지낼 거 없어."

"그럼 뭘 지내지?"

"가만히 생각해보니까 말이야. 엄마는 전도 별로 안 좋아하고, 산적도 퍽퍽해서 싫고…."

"음식 때문에 그러는 거면 스파게티 해줄까?"

"시끄럽고!"

"그러게. 내가 생각해도 시끄럽네."

"너는 형제도 없고 하니까 괜히 차례다 뭐다 하면서 마누라 힘들게 하지 말고, 니들 가족끼리 오순도순 모여서 맛있는 거 먹어라. 해먹지도 마. 귀찮아. 그냥 사먹어."

"엄마 생각하면서?"

"응. 엄마 생각하면서. 엄마가 좋아했던 음식 먹으면서 그냥 생각했으면 좋겠어. 아빠 생각, 엄마 생각."

"…"

"좋았던 생각. 엄마 아빠가 너한테 잘해줬던 생각."

"그러게. 그거 좋네."

"차례니 제사니 그런 건 안 지내도 되니까 살면서 그저 1년에 한두 번쯤 은 엄마 생각을 해줬으면 좋겠어."

"꼭 한두 번만 해야 하나?"

"어차피 금세 잊을 거잖아. 엄마 보니까 그렇더라. 할아버지 가시고, 그 렇게 마음이 아프더니만 벌써 새까맣게 잊었잖아. 그러면 말이야. 니가 엄 마를 너무 빨리 잊어버리면…"

"…"

"좀 슬플 것 같다."

"…"

'군대'는 나의 희망

아들이 자라서 입대할 때가 되었다. 코찔찔이 아들이 다 자라서 군인 아저씨가 되게 생긴 거다. 아이의 또래 친구들은 절반 이상이 이미 나라의 부름을 받고 복무 중인데 걔라고 별수 있나. 신검에서 우수한 성적으로 현역 판정까지 받았으니 이제 곧 고삐 딱 잡혀서 인생 쓴맛 좀 보게 되겠지 뭐가.

친한 친구 하나가 입대하던 날, 방학이라 밤낮 모르고 살더니만 꼭두새벽부터 일어나 씻고 입고 부산했다.

"어디 가?"

"입대하는 친구 놈 데려다주려고!"

"가는 김에 너도 그냥 들어가지?"

"예이~."

그렇게 일찌감치 나갔던 아이는 밤이 깊어서야 술 냄새를 풀풀 풍기며 돌아왔다.

"걔는 입대했을 거고, 너는 대체 누구랑 술을 마신 거야?"

"걔네 아부지랑."

"켁! 너 많이 컸다."

"걔네 아부지가 할부지거든. 걔를 늦게 낳아서 완전 할부지. 그런데 자꾸 우시잖아. 그래서 하는 수없이 부대찌개랑 소주 몇 병 했어."

"어머! 너 사람 됐다. 잘했네."

입대하는 아들놈 보면서 울었던 할부지 같은 그 아부지는 요즘도 툭하면 우리 집 아이를 불러서 소주 한잔을 한다. 그럴 때마다 기꺼이 나가서 떡이 되게 마시고 돌아오는 아이를 보면 마음이 참 좋다. 이놈이 그래도 정 없는 놈은 아니구나 싶으면서 다행이지 그런다.

"아들, 그런데 너는 그렇게 친구들 입대할 때 열심히 쫓아다니는데, 정작 너 갈 때는 누가 따라가주냐? 한 명도 없게 생겼잖아. 다 군대 가서."

"엄마가 가주겠지."

"나는 어려울 것 같은데."

"바빠서?"

"아니, 울까 봐."

"그럼 아빠가 가주겠지."

"아빠도 울걸!"

"그럼 혼자 갈게."

"그래. 그렇게 하자. 딴소리하지 마."

"엄마나 딴소리하지 마세요."

사실 나는 무섭고도 기대된다. 일단 걔를 군대 보낸다는 게 은근히 겁

난다. 북한의 김정은이 방귀를 뀌었다는 소식만 들어도 가슴을 쓸어내리 겠지. 국방부 소식통을 자처하면서 귀를 쫑긋 세울 거고, 군대 비화나 사 건들이 터지기라도 하는 날에는 부대 앞에다 방을 얻을지도 모른다. 나 만 그런가 했더니 이미 아들을 입대시킨 엄마들이 하나같이 그런 걱정을 하고 있었다. 어디서 빵, 하고 공만 차도 누가 쳐들어왔나? 하면서 맨발로 뛰쳐나가게 된단다.

그런데 은근히 기다려지기도 한다. 아들이 군에 가 있는 동안 나는 스 스로에게 휴식을 주기로 결심했기 때문이다. 내 인생의 안식년으로 삼을 작정인 거다. 나도 좀 쉬어야지. 스물두 살 어린 나이에 사회로 뛰쳐나와 서 지금까지 단 하루도 쉬지 않고 개미처럼 일했으니 이제 좀 쉬어줄 때 도 되지 않았나 싶어서다. 더구나 지금까지 엄마라는 이유로 스스로를 학 대했던 게 대체 얼마인가.

"어머니! 우리 아들 군에 가면 저는 휴가를 쓰겠습니다."

"무슨 개 풀 뜯어 먹는 소리라니?"

"밥도 안 하고, 일도 안 하고, 돈도 안 벌 거예요."

"그럼 뭐할래?"

"생각해봐야죠."

"그럼 숨도 쉬지 마. 귀찮아서 숨은 쉬겠나?"

"어머니, 너무한다."

차라리 숨도 쉬지 말라던 어머니도 내 뜻에 은근히 동조하시는 눈치다.

물론 남편은 무조건 오케이다. 그럴 자격이 있다고 지나치게 편을 들어주기까지 한다. 씨도 안 먹힐 것 같았던 식구들이 찬성하는 분위기를 만들어주니 희망이 새록새록 커진다.

여행을 할까?
교토 가서 6개월만 살다 올까?
아니, 가는 김에 1년?
일본 말고 아예 유럽 일주를 할까?
그런데 경비는 어디서 나지?
하늘에서 뚝 떨어지나?
융자를 받을까?
나중에 열심히 벌어서 갚으면 되지!

그런 꿈을 꾸기 시작하자 이제는 아예 아들놈의 입대가 기다려지기까지 한다.
"너는 군대 언제 가?"
"나? 현역 말고 의무경찰 시험을 볼까 하는데?"
"의무경찰? 그거 되면 군대 안 가?"
"그렇지. 대체 복무를 하는 거지."
"뭐라고~오? 안 돼!"
"왜 그래? 뭐가 안 된다는 거지?"

"그거 되면 너 혹시 집에서 출퇴근하고 그러는 거 아냐?"

"그럴지도! 엄마가 아침마다 도시락 싸줘야 될걸!"

"오, 마이 갓! 절대 안 돼. 무조건 현역 가! 무조건!"

"엄마, 너무하는 거 아냐? 엄마 계모지?"

내 생애 최고의 드라마를 꿈꾸고 있었는데 이건 뭐… 정말이지 말도 안 되는 시나리오로 전락하게 생겼다. 출퇴근도 모자라 도시락이라고? 의무경찰인지 뭔지, 내 눈에 흙이 들어가기 전에는 그 꼴 못 본다. 아니, 절대 안 볼 거다.

"아버지, 엄마 너무하는 거 아녜요?"

"그러게 말이다. 니 엄마도 참…! 당신이 몰라서 그러는데 의무경찰도 다 배치받고 복무하거든. 출퇴근하고 그러는 거 아니야."

"그럼 도시락 안 싸도 돼?"

"도시락이 문제가 아니고, 의무경찰 되는 것도 그렇게 쉬운 일이 아닙니다, 사모님. 시험 친다고 다 되는 게 아니에요."

"그…래? 거, 다행이네."

"엄마, 내가 아예 말뚝을 박을게. 엄마가 바라는 게 그런 거 아냐?"

말뚝? 그럼 고맙지. 고맙고말고! 어디든 좋으니 좀 가라, 아들아.

고로, 나의 꿈은 아직 유효하다. 아이에게는 살짝 미안하지만, 어쨌든 나는 아들 시집살이를 걷어치우고서 두 다리 쭉 펴고 살게 될 날들을 목전에 두고 있는 셈이다.

사람이 그 자리에서 쉬면 곧 그 자리에서 깨달을 수 있지만,
만약 따로 쉴 곳을 찾는다면
아들 장가들이고 딸 시집보낸 뒤에도 일은 많은 법이니….
– 『채근담』

: 놓치고 살았던 것들에 대한 아쉬움이 있다. 마흔아홉 살까지는 잘 몰랐는데 쉰을 넘으니 그런 것들이 개미 떼처럼 한 줄로 서서 온다. 후회되는 게 참 많지만, 지금은 이런 얘기가 하고 싶다. 쉬지 못했던 거, 마음 놓지 못하고 안절부절했던 거, 걱정하고 미안해하느라 행복할 시간을 많이 놓쳤던 거, 그런 것들. 아이도 행복하고, 나도 행복한 시간을 만들 수도 있었을 텐데 그땐 왜 그걸 몰랐을까.

나를 아껴주지 못했던 것도 미안하다. 울 엄마 아빠에게는 나도 참 귀한 딸일 텐데… 나는 내 아들만 생각하느라 나를 내팽개치고 살았다. 걔한테 좋은 엄마가 되겠다는 생각만 하느라 그랬을 것이다. 그런데 이제는 정말 잠시만 쉬고 싶다. 똑같이 살다가는 10년 뒤 어느 날, 지금처럼 똑같이 후회할 것 같으니까. 어쩌면 그때는 쉴 수 있어도 몸이 성치 않아서 포기해야 할지 모른다. 아니구나. 그때 내가 이 세상에 있으리라는 보장도 없다. 사람 일, 세상일에 장담은 금물이니까.

그저 놀고 싶다.

한 번쯤은 나답게 살아보고 싶다.

마음껏 놀아보라고 해도 나는 고작 두어 시간 지나면 집으로 돌아가겠지만, 아무 두려움 없이 나만의 시간을 누려보고 싶은 꿈이 있다. 그 꿈이 그리 과한 것은 아니지 않나. 정말이지 두 다리 쭉 펴고 내 생각만 하면서 내 인생다운 나날들을 살아보고 싶다.

아이가 군에 가면 제주도 어디쯤에서 한 반년쯤 살다 오려고 한다. 남편은 어머니한테 맡기고, 혼자 갈 거다. 그리스 산토리니가 아니면 어떻고, 핀란드 헬싱키가 아니면 어떻고, 프로방스가 아니면 또 어떨까. 내 몸 쉬는 곳이 곧 나의 희망일 테지. 괜히 목돈 쓰고 죽을 때까지 빚 갚느라 애쓰지 말고, 우리 옆 동네라도 그저 감사히 여기고 찾아가보자, 한다.

가면 뭘 할까. 글 쓸까? 요리 배울까? 아니면 밭을 맬까? 거기까지는 생각해보지 않았다. 다만 반백의 인생 너머, 그 너머가 지난날들보다는 조금 더 자유롭고 평온했으면 좋겠다. 그렇게 얼마쯤 나를 다독여 더욱 단단해진 마음으로 돌아오면 그 힘으로 또 살아가겠지. 아들 장가들이고, 손주 봐주면서 다복다복 늙어가겠지. 바라건대 부디, 우리 신랑이 삼식이가 아니었으면! 꼬부랑 할머니가 되어서도 삼시 세끼 챙기며 사는 건 너무 고달플 거 같으니까! 우리 집 남자가 그래주려나, 어쩌려나.

그런데 『채근담』에는 왜 저런 글이 들어 있는 거지? 지금 쉬라고? 지금 안 쉬면 아들 장가들인 뒤에도 일이 많다고? 짜증 난다, 진짜.

이런 연애

"아들, 오페라 보러 가자."

"갑자기 뭔 오페라?"

"그게 말이지, 〈오페라의 유령〉 말이야. 세계적인 팀이 내한했던데?"

"어머니, 죄송하지만 그건 뮤지컬입니다."

아, 그 자식 진짜! 따지냐? 오페라건 뮤지컬이건 어쨌든 좋은 거 보자
는데. 엄마가 보여주겠다는데! 싫은가? 엄마랑 다니고 그러는 게 마마보
이 같아서 부끄러운가? 아니면 내가 준 정보를 들고 여자친구한테 달려
갈 작정인 건가? 아들한테 한 방 먹고 입을 삐죽거리고 있자니 걔가 쓱
다가와서 말했다.

"비싸지 않나? 뮤지컬 비쌀 텐데,"

"에이, 그 정도야 얼마든지 해줄 수 있지."

아들의 한마디에 섭섭했던 기분이 싹 가시면서 어깨춤이 절로 났다. 덕
분에 울 아들은 생애 첫 오페라, 아니 생애 첫 뮤지컬을 엄마인 나와 함께
보았다. 추적추적 비가 내렸지만 작품은 멋있었고, 무엇보다 아이가 감동
받아서 기뻤다.

"와! 좋은데? 역시 명작은 다 이유가 있네."

아이의 그 한마디에 마음이 뿌듯했다.

그리고 1년쯤 지난 뒤에 또다시 보고 싶은 작품이 도착했다. 이번에는 〈노트르담 드 파리〉였다. 나는 가자고 했고, 아이도 가겠다고 했고 드디어 디데이!

"엄마, 나 갑자기 약속이 생겨서 말이야. 우리 이따가 세종문화회관에서 만나는 게 좋겠어."

"그럴까? 그럼 그러지, 뭐."

5시 약속을 위해 집을 나서는데 기분이 묘했다. 머리 감고, 옷 갈아입고, 거울을 보니… 그 거울 속에 누구 말마따나 산전수전에 공중전까지 다 겪은 늙은이가 들어 있었지만, 그래도 괜찮았다. 내가 정말 좋아하는 어떤 애와의 약속이 있는 날이니까. 마냥 좋고, 기대되고 그랬다.

약속 시간에서 15분쯤 지났을 때, 그 아이가 나타났다. 손 흔들어 내가 여기 있음을 알렸고, 그 아이가 긴 다리로 성큼성큼 걸어왔다. 그 순간, 생각했다. 도대체 이게 무슨 일이람. 좋아하는 누군가와 약속을 잡고, 해봤자 아무 소용 없는 단장을 하고, 그리고 먼저 나가 그 누군가를 기다리고, 또 만나고, 둘이 무언가를 함께 보는 일. 아들이 아니면 과연 어떤 누구와 이렇게 정정당당하고도 싱그러운 연애 놀이를 할 수 있는가 말이다.

이런 걸 언제 해봤었지? 결혼 전에 남편과 데이트를 할 때 해봤지. 아니다. 남편을 만나기 전, 그러니까 대학에 다닐 때도 해봤겠다. 문득 옛 생각들이 모락모락.

"근데 어떻게 엄마는 꼽추만 나오면 우냐?"

"내가 언제?"

"뭘 언제야? 꼽추가 나와서 노래를 부르기만 하면 울더구먼."

"정말이야? 진상이구나."

"하긴… 옛날에 엄마랑 〈킹콩〉이라는 영화를 볼 때, 그때 알아봤지."

"그때 내가 뭘?"

"그때도 엄마는 킹콩 불쌍하다면서 대성통곡했잖아."

"그래? 내가 그랬었나?"

"내가 아주 창피했었거든!"

"미안하게 됐다. 눈물이 많아서."

"엄마, 설마 꼽추나 킹콩 같은 스타일을 좋아해서 그러는 거 아냐?"

"그럴지도!"

너, 뭐라 해도 좋다. 나는 이제 계속 늙어갈 거고, 너는 멀어져갈 거다. 나는 오늘 네가 했던 말들을 마음에 담아둔 채 곶감 빼먹듯 하나씩 꺼내 보면서 회상할 거고, 너는 네가 했던 말들을 단 한 마디도 기억하지 못한 채 살아가겠지. 그래도 괜찮다. 너도, 나도, 그만큼씩만! 우리 서로, 저마다의 나이만큼씩만 다하면서 살면 되지. 잊지 않으마, 오늘을. 너와 둘이 무언가를 함께 보기 위해 해 저무는 광화문을 기쁘게 걸었던, 내 인생의 어떤 하루를.

연애가 한창일 때 나는 상대에게 무언가를 바랐고, 기대했고, 꿈꾸었다.

그래서 그저 15분쯤 늦는 일로 불같이 화를 냈고, 비위를 건드리는 사소한 말에도 발끈했으며, 괜히 통을 주기도 했었다. 그런데 이런 연애도 괜찮구나. 다 주어도 하나 억울하지 않은 누군가가 나와 함께 시간을 보내주는 것만으로도 가슴이 벅찬…. 살다 보니 이런 연애의 순간이 오기도 하는구나. 나이를 먹는다는 게 아주 슬픈 일만은 아니구나. 고맙다, 아들! 오늘 엄마에게 좋은 기억 한 점 남겨주어서.

그날, 아들과 두 번째 뮤지컬을 보고 집으로 돌아오던 그 밤에 내 마음에 담긴 생각이었다.

20대 때 보던 세상을 50대 때도 그대로 보는 사람은
30년의 인생을 낭비한 것과 같다.
― 무하마드 알리

: 아들의 말마따나 나는 〈노트르담 드 파리〉에서 '꼽추'만 등장하면 눈물이 났다.
등이 굽은 그 남자, '콰지모도'라는 이름만 들어도 울컥했고, 그가 한쪽 다리를 질
질 끌고 나와 무대에서 노래를 부르면 얼굴을 감싸고 울었다. 그토록 사랑한 여인
'에스메랄다'를 향해 간절한 고백을 하거나 지켜주겠다고 하면 숨을 죽여가며 꺽
꺽 울었다. 그러고 보니 그때도 그랬던 것 같다. 어린 내 아이와 함께 영화 〈킹콩〉
을 보던 그때도. 사람도 아닌 것이 감히, 사람인 그 여인을 지키겠노라 목숨을 내
놓던 그 순간에도…. 저런 사랑을 어떡하느냐 하면서 속상해했었다. 나는 정말 왜
이렇게 생겨먹을까.

엄마라서 그런가 싶다. 아직은 한없이 부족하기만 한 내 아이가 기어이 세상으로
나가 버티고, 이기고, 싸울 것을 알아서 그런가 싶다. 아직은 덜 여문 그놈, 부족한
게 많은 내 새끼. 나는 걔를 바라보기만 해도 언제나 마음이 짠해지니까. 어쩌면
'너를 지켜주겠노라'는 그 반푼이들이 꼭 나 같아서 그런지도 모르겠다. 가진 것
하나 없으면서, 잘나지도 못한 것이, 운명적인 사랑 하나 마음에 품은 죄로 가시
밭길도 마다하지 않는 것. 그 사랑을 위해 성큼성큼 나아가는 것을 보면 마음 한
쪽이 베어져나갈 듯 쓰리다.

기다리게 했다고, 짜증 나게 했다고, 기념일을 잊었다고, 아껴주지 않는다고… 그렇고 그런 이유들로도 얼마든지 헤어질 수 있는 얕은 연애가 있었다. 우리는 모두 그렇게 20대의 어느 날들을 지나 여기까지 왔다. 토라지고, 바라고, 기대고, 징징거리기도 숱하게 했었다. 이런 사랑, 이렇게 가혹한 연애가 있으리라고는 감히 상상조차 해보지 못했었다. 그렇게 오만불손한 시절을 건너 이제 50대의 볼품없는 여자가 되었다.

그럼에도 불구하고 세상에서 가장 아름다운 연애는 내 새끼와의 연애, 그것 같다. 내가 개의 엄마라는 이유 하나만으로 그저 풍덩 빠져들게 되는 이 얼토당토않은 사랑을 막을 길이 없다. 그때, 그 철없던 시절의 사랑 놀음 따위와는 비교할 수조차 없다. 주면서도 살피고, 자면서도 생각하고, 돌아서면 다시 그리운 이런 사랑이 자식 말고 또 있다는 말은 나, 아직 들어보지 못했다. 아니다. 또 있고, 더 있대도 사절이다. 그래, 이만하면 됐다.

대신 아들과의 연애로 인해 나는 조금 컸다. 사람 꼴을 갖추게 되었고, 세상 이치를 배우게 되었다. 오직 나 위주로만 돌아가는 인생을 꿈꾸었던 게 얼마나 허무맹랑했는지도 알았다. 그러고 보면 개가 나를 키운 셈이다. 부모만 자식을 키우는 게 아니라는 걸 배웠으니… 그럼 된 거다. 사는 법을 알게 해주었으니 고마운 일이다.

어떤 엄마 ①

"그러니까 말이다, 그게 참 그렇더라고. 우리 애들이 어릴 때, 내가 그놈들을 이고 지고 여행을 다녔지. 엄마 아빠 손 놓치면 안 된다고 신신당부하면서 데리고 다녔지. 그런데 이번에 미국에 갔더니 우리 아들이 나한테 그러더라. '엄마, 거기 계세요. 움직이지 말고 가만히 계세요. 저 올 때까지 그냥 계셔야 돼요.' 웃음이 나더구나. 이렇게 됐구나, 했지. 세월이 무섭지, 뭐. 이젠 내가 정말 걔를 놓아줄 때가 되었구나, 했단다. 나의 세월이 너에게로… 그런 거겠지. 이제 나는 아들이 오기만을 기다리는 노인네가 되었지 뭐니. 그저 고맙고 미안하더라. 세월 가는 것이 그리고 내가 늙어간다는 것이."

어느 날, 선배의 말을 듣는데 마음이 저렸다. 내 얘기 같아서.

어떤 엄마 ②

'명훈이 온다.'

아흔 살, 어떤 노모가 달력 위에 써놓은 어눌한 글씨를 보는데 눈물이
났다. 서울 사는, 다 늙은 아들이 다니러 오겠다는 말에 엄마는 기다렸겠
지. 기다려졌겠지. 나도 그러겠지. 이다음에 나도 그렇게 기다리겠지, 싶
어서.

우리 엄마

'언니, 엄마 만났어. 그런데 뷔페 식당에 괜히 갔나 봐.

음식을 떠다 드시는 게 영 그렇더라고.

다리가, 허리가 마음대로 안 되신다 그러더라고.

다음 생애에 태어나면 식당은 안 하신대.

그냥 좀 자고 싶다 그러네.

마음껏 자보는 게 소원이라고.

새벽 5시에 일어나 음식 만들고,

손님 맞을 준비를 하고 그러는 게 힘드신가 봐.

그래, 힘드시겠지. 어떻게 안 힘들겠어.

나라면 못했을 거야.

엄마 나이, 벌써 일흔 살도 한참 더 됐는데.

마음이 안 좋아서…

어떻게 자식이 다섯이나 되는데

어떻게 하나도 편한 자식이 없냐.

그게 좀 그렇더라고.

언니, 그냥. 괜히 속상해서 하는 말이야.
신경 쓰지 말고 일해.'

엄마 보고 싶다고,
엄마한테 맛있는 거 사주겠다고 했던 셋째 여동생이
엄마를 만난 뒤 긴 문자를 보내왔다.
가뜩이나 눈물 많은 나는 또 찔끔, 그랬다.
자식이 다섯이나 되는데
어떻게 너나 할 것 없이 다 그 모양인지.
나는 괜히 부아가 나서 큰돈을 썼다.
어느 날 괜히 만나자 한 뒤에
엄마가 좋아하는 스테이크를 사주고,
허리 아프고 다리 아픈 엄마에게
20만 원짜리 전신 경락을 받게 해주었다.
세 시간 가까이 온몸으로 호사를 받은 엄마가
금방이라도 날아갈 듯한 목소리로 전화를 걸어왔다.

"우리 딸, 세상에! 어떻게 이런 게 있어?
이렇게 좋은 게 다 웬일이야? 이런 효도가 다 뭐라니?
평생의 피로가 다 풀린 것 같아. 진짜야.
고마워, 우리 딸! 엄마는… 죽을 때까지 못 잊을 거야."

팔순, 잔치는 끝났다

"신랑! 우리 말이야, 남들처럼 잔치를 할까? 악단 불러서 막 춤추고 노래하고 그러는 잔치?"

"너, 춤출 수 있겠어? 한복 입고?"

"흠… 안 되겠네. 그럼 밍크코트 사드릴까?"

"밍크코트? 겨울 다 갔으니까?"

"흠… 그럼… 돈으로 드릴까? 목돈으로?"

"그게 좋겠네. 그런데 돈 있어? 목돈… 응?"

"아, 맞다. 목돈이 없네. 할부로 드리면 안 되나?"

몇 해 전, 시어머니가 팔순을 맞으셨다. 팔순, 80년의 인생. 참 모질고 험난했을 거다. 우리 부부는 어머니를 위한 이벤트를 놓고 설왕설래를 계속했다. 그런데 맞춤으로 딱 떨어지는 게 없었다. 뭘 어떻게 해드려야 어머니가 정말 기뻐하실까, 그걸 생각하느라 잔머리만 윙윙 돌리고 있었다.

"있잖아, 결정했어. 제주도 보내드리자. 시누이 언니들이랑 셋이서 다녀오시라고 하자. 돈은 우리가 다 대고!"

"에이, 엄마가 그동안 제주도를 얼마나 많이 다녀오셨는데. 재미도 없고, 음식도 맛있다고 그러셨단 말이야."

"그거야 싼 데서만 계시다 오셨으니까 그렇지. 이번에는 럭셔리하게 해 드리는 거야. 그럼 좋아하실걸. 나만 믿어! 자신 있다, 내가!"

제주도 중문 단지에 있는 특급 호텔의 패키지 상품을 골랐다. 휴! 비싸더라. 조식 뷔페 먹고, 야외 스파 풀에서 뜨끈하게 사우나하고, 와이너리 돌면서 무드 있게 즐기고, 올레길 트레킹까지…. 항공권에, 갖은 패키지 상품에, 렌터카에, 용돈까지 챙기고 보니 등골이 휠 금액이었다. 그래도 했다. 큰맘 먹은 작은아들 내외의 선물을 내내 마다하시는가 싶더니 어머니는 꽃모자에 여우 털 코트를 입고 제주도로 여행을 떠나셨다.

"내 생애 그렇게 좋은 호텔은 처음이었다. 방이 정말 궁궐 같더라. 음식은 다 맛있고. 잘사는 사람들이 정말 많더구나. 나는 왜 그 좋은 걸… 이제야 알았다니."

여행에서 돌아오신 어머니가 말씀하셨다. 그 말에 괜히 먹먹해졌던 기억. 얼마나 좋은 게 많은 세상인데…. 팔순이 되어서야, 관절 아파 제대로 걷지도 못하는 때가 되어서야, 그렇게 뒤늦게야 보게 되신 것일까. 도대체 자식들은 다 뭐한 걸까? 스무 해 넘고 서른 해 가까이 살고 있는 나는 또 여태 뭘 했던 걸까? 진즉에 보여드리지 못한 좋은 세상, 그걸 생각하니 마음이 쓰렸다.

사치라는 걸 모르고 살아오신 우리 어머니. 돈 없어 그러는 것도 아니면서 여전히 양말 꿰매 신고, 아들 입던 낡은 러닝셔츠를 물려(?) 입고, 택시 같은 건 절대 거부하신다. 어머니의 그 알뜰살뜰 덕분에 자식들이 두 다리 펴고 좋은 세상 누리면서 살았을 것이다. 그렇게 키워놓으니 자식들은 저마다 저 살 궁리들만 하고 있는 것이리라. 다들 그러지 않나. 다른 집 자식들도 그런 게 당연한 듯 살고 있지 않나. 내 아들이라고 다를까. 걔는 벌써부터 지 생각만 하는걸.

조금 늦었지만, 남은 세월 동안 좋은 세상을 많이 보여드리자고 마음먹었다. 그렇게 충분히 해드리고 나서 그 보상은 우리 아들한테 받는 걸로! 나는 우리 어머니처럼 가만히 있지 않고, 너무 늦기 전에 아들놈한테 놀아달라고 떼를 써야겠다. 다른 효도는 바라지 않으니 가끔 한 번씩 좋은 곳에 데려가고, 멋있는 것도 보여주고, 맛난 음식도 사달라고 해야지. 폐 끼칠까 싶어 지레 살피지 말고 당당하게 놀자고 할 생각이다. 물론… 그게 될지는 요원하지만 말이다.

나의 이런 말에 이제 스무 살 조금 넘은 아들의 코가 석 자나 빠졌다.

"아휴! 나는 장가가지 말아야겠다. 엄마 때문에 장가가기는 어려울 거야. 그치, 엄마? 엄마 생각은 어때?"

그래? 그렇다면 설령 장가를 보내지 않는 한이 있더라도 꼭 그렇게 늙어가겠다고… 아이에게 큰소리를 치다가 혼자 웃었다. 픽도 그러겠다. 잘도 그렇게 큰소리치며 살겠다 싶어서.

나 같은 며느리

시어머니와 스물다섯 해를 살았다. 처음에는 무조건 잘하려고 했다. 가식적으로라도 교과서적인 며느리가 되기 위해 노력했다. 그러나 몇 해가 지나면서 포기했다. 어쩐지 한두 해 모시고 끝날 일이 아닐 거라는 생각이 들어서였다. 끝까지 쭉, 함께 살게 될 것이라는 판단이 서기 시작했기 때문이었다. 한두 해도 아니고, 그렇게는 살 수 없을 것 같아서.

나는 막 했다. 내키는 대로 했다. 밤새워 일하고 너무 졸음이 오면 어머니 식사도 안 챙기고 쿨쿨 잤다. 간혹 대들었고, 어머니랑 둘이 언성 높이면서 싸울 때도 있었다. 내가 청소를 할 때는 어머니에게 빨래를 개달라 했고, 내가 요리할 때는 어머니에게 감자를 까달라고 했다. 일주일에 사나흘을 새벽에 들어갔지만 당당했다. 일하느라 그러는 건데 당연하지 않나, 생각했다. 어머니가 자꾸 이상한 소리를 할 때는 "어머니, 매 맞으실래요?" 그랬고, 내가 그러면 어머니는 "너부터 맞자" 하셨다.

물론 그게 전부는 아니었다. 아무려면 그런 짓만 했겠는가. 가끔은 예쁜 짓도 했겠지. 어머니랑 둘이 영화도 보러 가고, 빈둥빈둥 드러누워 드라마도 같이 보고, 고구마 구워 먹고, 짜장면 한 그릇을 나눠 먹기도 하고, 친

정집에 다니러 가는 날에는 어머니랑 함께 갈 때도 있었다. 시누이 언니
들이랑 여행도 보내드리고, 남편과 나 그리고 아이까지 넷이서 같이 해외
여행도 했다. "너희들끼리 다녀와라" 했다가, "걸을 수나 있을지 모르겠다"
고 했다가 "그래, 한번 가보자" 했던 울 어머니. 다녀와서 몇 해를 두고두
고 똑같은 말을 하셨다.

"수경아, 우리 그때 참 좋았지? 갔다 오니까 자꾸 생각난다. 우리 언제
또 가자. 응?"

그렇게, 그렇게… 어머니와 나는 동지가 되었다. 둘이서 남편 욕도 엄청
했다. 아무도 없는 집에 둘만 남으면 정말이지 남편을 도마 위에 올려놓
고 자근자근 두드렸다. "어머니는 아들을 어떻게 그렇게 키우셨어요?" 하
면서 씩씩거렸고, 그러면 어머니는 "내 말이 그 말이다. 근데 너도 남의 말
할 때가 아니거든! 니 아들도 별수 없거든!" 하셨다.

좋은 날, 서러운 날, 더럽고 치사한 날, 대견한 날, 복 받은 것 같은 날,
횡재한 날, 슬퍼서 죽을 것 같은 날. 그렇고 그런 긴긴 인생에서 가식은 통
하지 않는다. 쉽게 들통 난다. 함께 살기 위해서는 그저 생긴 대로, 길들여
진 대로, 마음먹은 대로 사는 수밖에 없다. 스물다섯, 아직 어린 며느리였
던 나는 일찌감치 그걸 알고 있었는가 보다. 어려 고생이 깊어서 그랬는
가 보다. 살기 위해서 그랬나 싶기도 하다. 나도 살아야 하니까. 안 그러면
어떻게 사나.

그렇게 25년을 어머니 곁에서 함께 나이 들어온 나는 지금도 당당하다.
나만 한 며느리가 있으면 나와보라고 큰소리를 친다. 그러면 어머니는 코

웃음을 치신다. 꼴값도 가지가지, 라고 하신다. 하지만 기죽지 않는다. 왜?
나 같은 며느리는 이 세상에 없을 것 같아서 그렇다.

'그러면 너는? 이다음에 너는, 너 같은 며느리가 괜찮겠어? 그렇게 잘났
으면 너 같은 며느리 한번 들여보지그래?'

이 글을 쓰면서 다시 한 번 진심으로 생각해봤다. 머잖아 나도 며느리
를 보게 될 것이라고 생각하니 남의 일 같지 않아서였다.

나 같은 며느리… 싫다. 겉으로는 딸인 척 멋대로 하면서 속으로는 어
머니 흉을 얼마나 봤나. 입으로는 평생 같이 살자 했지만 수시로 불만도
품었다. 내 살림을 하고 싶다는 생각, 내가 주인이 되는 집이었으면 좋겠
다는 생각은 지금도 수없이 한다. 가식 없이 살았다 했지만 그조차도 가
식이었다. 내켜서가 아니라 마지못해 하면서 아닌 척, 연기도 참 잘했지.
맹랑하게!

어머니와의 일들은 그렇다 치자. 내 아들에게 나 같은 아내가 괜찮을지
를 생각할 때는 부르르, 몸이 떨렸다. 나처럼 기 센 아이는 아니었으면, 나
처럼 남편에게 설렁설렁 하는 아이는 아니었으면, 자기가 하는 일을 남편
보다 앞세우지도 않았으면, 남편이 하늘까지는 아니어도 지붕 정도는 된
다고 믿는 아이였으면! 평생을 살면서 이 남자의 아내가 된 것이 얼마나
큰 기쁨인가 하고 소박하게 감사할 수 있는 아이였으면… 싫었다.

나도 별수 없구나. 저질이구나. 얼마나 실망이 되던지. 그런데도 그런
내 마음을 접고 싶지 않았다. 이래서 막장 드라마가 통하는가 보다. 눈살

을 찌푸리면서도 보게 되는 건가 보다. 그러자니 문득, 결혼할 때 시어머니가 했던 말이 떠올랐다. 어디선가 궁합을 보고 와서는 나에게 단호히 일러두셨다.

"너, 내 아들 치마폭에 감싸지 마라. 그러면 나한테 아주 혼난다!"

그래, 역시 안 되겠다. 절대로 안 된다. 다른 꼴은 다 봐도 나 같은 며느리가 차고 들어오는 꼴은 볼 수가 없겠다. 나 잘했던 일만 알고, 나 힘들었던 것만 들먹이면서 난 체하고 살았다는 걸 내가 모를까. 그러니 나 같은 며느리라면 도시락을 싸 가지고 다니면서라도 말려야 한다. 내가 개를 어떻게 키웠는데, 그게 될 말인가 말이다. 어머니에게 그 얘기를 했더니 박장대소하면서 격하게 맞장구를 치셨다. 어? 뭐지? 살짝 기분이 상했지만 넘어갔다.

"얘야, 준호야. 너는 아무래도 니 어미 때문에 바가지 엄청 긁히면서 살 것 같다. 아주 기술적으로 며느리를 괴롭힐걸! 잘해주면서 약 올릴걸! 할미 말이 맞지? 그렇지?"

똘똘하고 눈치 빠른 내 아들이 대답했다.

"할머니도 한몫할걸! 똑같아요, 똑같아. 엄마나 할머니나!"

이번에는 내가 박장대소! 고소하다 생각했다. 그런데 가만 보니 어머니와 나, 쌍으로 저 어린 놈에게 까인 거다. 허탈하게 한마디 했다.

"어머니, 정말이지 세상에 믿을 놈 하나 없네요. 그렇죠?"

너의 뒤에서, 눈부셨던 날

셋도 아니고 둘도 아닌, 달랑 하나뿐인 아들. 그놈이 실패했다 도전하고, 넘어졌다 다시 일어서고 하면서 저 혼자 공부해 대학에 입성할 때까지도 나는 대한민국 수능 제도에 대해 정확히 꿰고 있지 못했다. 헷갈렸다. 국어, 수학이면 그냥 국어, 수학인 거지. A형은 뭐고 B형은 또 뭔가. 수능에도 혈액형이 있나?

수시와 정시야 그렇다 치지만 왜 그렇게 어려운 단어들이 많은가. 입학사정관제, 학생부 교과, 학생부 종합, 특별 전형과 일반 전형…. 아! 몰라, 몰라! 무슨 소리야? 농어촌 특별 전형은 뭐고, 만학도 특별 전형은 또 뭐야? 점수가 나와도 판독을 할 수 없다. 그냥 간단히 100점 만점에 몇 점 하면 될 것을 참 어렵게도 점수를 매긴다. 게다가 학교마다 뽑는 방법이 전부 다르다. 장난해? 그냥 똑같이 하라고, 똑같이!

삼수생 아들에게 괜한 소리를 지껄였다가 면박을 당한 적도 있었다.

"애, 만학도 특별 전형이라는 게 있더라. 그거, 너 되는 거 아냐? 너 만학도 맞잖아."

"그건 엄마 같은 사람이 대학 가고 싶다 그럴 때 치는 전형이거든."

"나 같은 사람? 나 같은 할머니들?"

"아, 진짜! 엄마! 이럴래? 나 지금 스트레스 엄청 받고 있거든. 제발 좀 건드리지 말지."

건드리지 않는 것만이 상책이라고 여기며 12년을 듬성듬성 지나왔더니 그사이 세상이 달라져도 너무 달라졌다. 시험이라는 게 점수만 있으면 되는 줄 알았더니 점수와 계략이 있어야 하는 거였다. 그 계략이란, 나 같은 '수능 무식쟁이' 엄마에게는 통하지 않을 무엇이었다. 그동안 내 아들 참 외로웠겠구나 싶어 미안했었지. 면목이 없어서 찍소리도 못했다. 우리 아이들의 나날이라는 게 온통 상처투성이니 촘촘히 보고, 촘촘히 꿰매주었어야 했다. 그래야 내 아이의 흠집이 덜했을 텐데.

드디어 아이의 대학 입학식을 하루 앞둔 날. 남편은 이만저만 끌탕이 아니었다. 맞는 양복이 하나도 없다고 했다. 격하게 살이 붙은 몸 때문에 입을 만한 정장은 씨가 말랐단다. "그게 자랑이야?" 하면서 퉁을 주었던가. 자기 아들은 그러거나 말거나, 속옷을 입고 가든 트레이닝복을 입고 가든 상관없이, 시어머니는 또 시어머니대로 한복을 꺼내 다림질을 하느라 초집중 상태였다. 그 어른의 며느리이며 그 남자의 아내이자 내 아들의 엄마인 나는, 되도록 어려(?) 보이는 데 초점을 맞추고 옷장 속을 이 잡듯 뒤졌다.

"엄마, 뭐해?"

"어? 나, 뭐 입을까 고민 중인데."

"어디 가? 누구 결혼해?"

"아니. 내일 너 입학식 가려고."

"입학식?"

"어!"

"나는 안 갈 건데!"

"무슨 소리야?"

"나는 입학식에 안 갈 거라니까."

"너, 왜 그래? 정신 나갔어? 학생이 어떻게 입학식을 안 가?"

"나, 내일 약속 있는데."

"말도 안 돼."

"요즘은 입학식, 그런 데 잘 안 가."

"야!!!!"

"다녀들 오십쇼. 가서 잘 보고 얘기해주세요. 나는 약속 있으니까!"

하여튼 산통을 깨는 재주로 따지면 대한민국에서 우리 애를 따라올 인물이 없다. 언제나 그런 식이다. 다들 설레고, 다들 흥분하는데 저 혼자 무념무상. 사람 삭 죽이는 재주는 타고났다. '뭐, 저런 게 다 있어?' 싶기로는 손꼽힐 만한 인물이라니까! 어르고 달래고, 북 치고 장구 치고, 5만 원을 꺼냈다가 10만 원으로 껑충! 지 입학식에 지가 참석하는 조건으로 촌지 거래까지 하면서 보낸다는 게 도대체 말이 되나?

어찌 됐든 다음 날은 왔고, 입학식이 눈앞이었고, 매우 트렌디한 카멜색 모직 재킷에 청바지 딱 입혀놓고는 보고 또 보았다. 고놈! 많이 컸네, 남자가 됐네. 좋은 티를 숨길 수가 없었다. 입을 앙다물어도 자꾸 웃음이 줄줄 새어 나올 만큼 대견했다.

"버스 타고 갈게."

"그 입, 다물지."

"버스 타고 간다니까."

"엄마가 데려다준다고! 아, 고놈의 새끼!"

할머니도, 아빠도 다 물리치고 결국은 엄마가 낙점! 갓 발굴한 문화재 모시듯 하면서 차에 태워 학교로 향했다. 학교라고 다 같은 학교이겠나. 남들보다 두 해나 더 묵혀가며 애써 찾아간 학교가 아닌가. 그러니 엄마 인 나로서는 감개무량일 수밖에. 이런 날도 오는구나, 얼마나 기쁘던지.

"고생했어."

"내가 뭘 고생했지?"

"남들 다 가는 대학 가느라."

"그렇군. 축하 인사가 아주 적절하군."

적절한 인사를 찾기가 어려웠다. 적절하면서도 오글거리지 않는 대사 가 생각나지 않았다. 말해주고 싶은 게 많았지만 입안에만 맴돌고 밖으로 나오지 않았다.

"기분 어때? 좋지?"

"왜 좋지?"

"대학생이 되는 거잖아. 엄마는 입학식 날, 엄청 좋아서 팔짝팔짝 뛰었 는데! 너도 그럴걸."

"아닌데."

"뭐야? 그럼 기분이 나쁘다는 거야?"

"뭐… 나쁠 건 없고… 청바지가 좀 불편하다, 그런 생각이 드는데?"

"관두자."

"예이~."

엉뚱한 소리를 해놓고는 멋쩍었던지 그놈이 웃었다. 얼핏 본 그 얼굴이 참 예뻤다.

"그런데 아들."

"어?"

"고마워."

"그러지 말지."

"히히."

진심은 겨우 두 조각, 쓸데없는 소리만 1리터도 넘게 콸콸 늘어놓으며 가던 그 길. 햇빛이 몹시도 눈부셨고, 아이는 몇 번이나 눈을 찡그렸다가, 괜히 엄마의 선글라스를 썼다 벗었다, 햇빛 가리개를 접었다 폈다가를 반복했다. 이 녀석이 좋긴 좋구나, 조금쯤 설레기도 하는구나…. 엄마인 내가 모를 리 없었다.

하지만 나는 말하지 않았고, 개도 내색하지 않았다. 만약 내가 눈치 없이 굴었다면 그날 개는 반드시, 기어코, 그 입학식에 참석하지 않은 채 엇나갔을걸! 내 아들이 그런 아이라는 것을 내가 모를까. 그런 내공도 없이 어떻게 그놈을 스무 해나 키웠을까. 우리가 맞추며 살았던 쿵짝이 얼마나 대단한데!

결국 나, 입학식은 구경도 못했다. 아니, 학교 문 앞까지도 못 갔다. 버스 정류장에 내려달라고 해서 거기에다 그놈을 내려놓았다. 조금 아쉬웠지만 "다녀옵니다!" 하고는 내 눈앞에서 멀어져가던 아이의 목소리가 하도 밝아서 괜찮았다. 어린이집에 가던 그 아이가, 겨우 초등학교에 다니던 아이가, 중학생을 지나 고등학생으로 훌쩍 자란 그 아이가 점점이 멀어지며 학교 문 안으로 걸어 들어가던 때가 생각났다. 그때 그 모습을 넋 놓고 바라보았듯, 그날도 한참이나 그렇게 서 있었다. 그놈의 뒤에서, 그놈의 찬란한 뒷모습을 바라보면서 말이다. 내 새끼, 장하다! 브라보, 마이 라이프! 촌스러운 멘트를 계속 읊어대면서.

'아들의 여자'를 기다리며

초짜치고 뭘 제대로 하는 애들을 본 적이 없다. 다 보인다. 눈빛, 안색, 차림새며 동선까지. 지들 나름대로는 안 그런 척, 있어 보이는 척하려고 수를 쓰지만 기어이 들통 나고 만다. 고수가 괜히 있겠나. 그 시절을 거쳐서 경지에 오른 사람들을 허투루 보면 안 된다는 말이다.

엄마는 이 지구 상에 존재하는 최고의 고수이자 달인이다. 그러므로 뭘 해도 아직은 초짜에 불과한 자식 놈이 엄마를 속일 방법은 없다. 특히 그 엄마가 자기 엄마일 때는!

"엄마, 이 옷에서 냄새나?"

평소와 다르게 입을 옷을 들고 와서는 냄새를 맡아보라고 한다? 이상하다. 여자 친구 생겼나?

"엄마, 이게 머리에 바르는 왁스 맞나?"

뭐지? 왜 갑자기 저걸 바르지? 저거 바르면 향이 하도 좋아서 여자가 막 꼬이고 그럴 텐데.

"나는 좀 진한 색이 어울리는 것 같은데. 이 옷은 너무 밝아서 싫어."

챙겨주는 옷을 꼬박꼬박 잘만 받아 입더니 갑자기 태클을 건다. 뭐야?

고 지지배가 밝은 옷은 입지 말라고 그랬는가?

"엄마! 이건 내 스타일 아닌데."

하! 이것 봐라. 던지는 말마다 가관이다. 아주 가지가지 한다. 말도 많고 탈도 많다. 게다가 툭하면 지 스타일이 아니라는데야 팍 돌겠다. 지가 스타일이 어디 있다는 거야? 청바지에 티셔츠, 청바지에 그냥 셔츠, 청바지에 셔츠 입고 그 위에 티셔츠… 날마다 이런 형국이면서 스타일은 개뿔!

재고의 여지가 없다. 분명 여자가 생긴 거다. 그런데 걔가 아주 옷차림을 따지는 아인가 보다. 그런 애 들어오면 안 되는데! 남자를 성품과 실력으로 평가해야지. 스타일 뜯어먹고 사는 애들은 허세 있어서 안 되는데! 떡 줄 사람은 생각도 않는데 혼자서 모락모락 상상 놀이가 시작되었다.

아이가 초등학교를 졸업할 무렵, 두툼한 노트 하나 장만했다. 아이의 성장 에피소드를 손 글씨로 써서 남기려고 고르고 고른 노트였다. 사진도 착착 붙여주려고 감각적인 디자인의 마스킹테이프도 몇 가지, 그림 그릴 색연필 세트와 밑줄 그을 형광펜도 몇 가지, 그 노트를 멋지게 묶어줄 가죽끈도 샀다. 뭐 하나 시작하려면 준비물을 철저하게 갖춰야 하는 성격이니 오죽했으랴. 그런데 사실, 그렇게 준비에 공들이는 사람치고 끝까지 해내는 사람을 못 봤다, 내가!

하루가 다르게 쑥쑥 자라는 아이를 보고는 화들짝 정신이 차려져서 그랬다. 잡지 기자 엄마의 마감 인생. 한 달 또 한 달 마감을 끝내고 정신을 차리면 '넌 누구냐?' 싶은 아이가 눈앞에 있었다. 많이 미안했고, 서글펐

다. 저 아이를 위해서 특별한 기억 하나 남겨주지 못했는데 점점 어른처럼 변해가고 있는 것이 무섭기도 했다. 그래서 준비한 노트였다.

실은 그 노트, 내 아들에게 연인이 생기면 그 아이에게 줄 참이었다. 그냥 사귀는 아이 말고 진짜 연인, 내 아들이 진실로 사랑하게 된 아이에게…. 내 인생과 아들의 인생을 거짓 없이 써내려간 그 노트에다 내 아들을 얹어서 넘겨주고 싶었다. 잘 부탁한다, 그러면서 주고 싶었다. 울 아빠가 내 손을 잡고 결혼식장으로 들어가 내 남자에게 나를 넘겨주었던 그때처럼, 나도 조금은 폼 나게 내 새끼를 보내고 싶었다.

못해준 게 많다고, 엄마 자리가 늘 비어 있었다고, 그놈이 사실은 좀 쓸쓸하기도 했을 거라고…. 그 말을 입으로야 어떻게 하나. 이렇게 키우려 했던 게 아니었음을 고백하고도 싶었다. 내 생애 오직 한 번뿐인 기회이자 선물 같은 아이를 정말 멋진 작품으로 만들고 싶었다는 것, 엄마 사랑 듬뿍 받아서 반들반들 광이 나는 아이로 키우고 싶었다는 것, 하지만 못했다는 것. 그 말을 쓰려고 했다.

그럼에도 내 새끼, 부족한 엄마를 탓한 적이 없었다는 말도 쓰려고 했다. 그게 좀 허세가 있기는 해도 참 착한 아이라고 쓰려고 했다. 걔가 좀 이상한 승부욕이 있어서 자기 하고 싶은 일은 기어이 해내는 꼴통이라고, 겉으로는 다 농담처럼 받아치고 말하지만 그렇다고 해도 다 장난은 아니라고, 그놈이 그래도 따뜻한 구석이 많고, 진심도 있다고 쓰고 싶었다. 성격이 시원시원해 보여도 은근히 소심하고 걱정이 많은 건 나 때문이라고 쓸 참이었다. 나를 닮아 그렇고, 내가 안 해주는 일을 저 혼자 하면서 크다

보니 그렇게 된 거라고.

또 이렇게 쓰려고 했다. 잘 부탁한다, 하고 쓰려고. 이제부터는 너만 믿는다, 하려고. 저 부족한 놈을 아껴달라고, 너는 나처럼 내팽개쳐두지 말고, 저 아이를 너무 외롭게 하지는 말아달라고 쓰고 싶었다. 살다가 힘든 날이 오거든 그놈 편이 되어달라 쓰고 싶었고, 저 못난 놈의 까다로운 식성은 내가 잘못 만들어 그런 것이니 나를 욕하라고 쓸까도 생각했다.

너에게 내 자리 내주고 나는 모른 척 살겠노라 쓸 참이었다. 나는 바빠서 자주 와보지 않을 거고, 너희들이 자주 오는 것도 안 좋아할 거라고. 나는 돈 버는 엄마이니 용돈 같은 건 필요 없고, 너희들 살기 바쁜데 굳이 나까지 챙기며 딸 노릇 할 필요는 없다고. 나는 되도록 멀리 갈 거라고, 그저 내 마음대로 훨훨 날아다니며 살 거라고도 쓸까 했었다. 그러니 너는 오직 하나, 모자란 내 아들놈과의 인생만 잘 엮고 가꾸라고. 그거면 된다고… 그렇게 쓸 참이었다.

사무실의 내 책상 아래쪽이 곧 창고로 변하게 생겼다. 거기를 정리하다가 두툼한 상자가 있기에 '뭐지?' 하면서 열었다. 노트였다. 색연필도 있고, 형광펜도 있고, 문양 고운 마스킹테이프도 뜯지 않은 그대로 있었다. 깜짝 놀라서 열어 보니 거기에 이렇게 쓰여 있었다.

'내 아들, 문준호의 짝지에게….'

딱 한 장, 꼭꼭 눌러쓴 글씨의 편지가 들어 있었고, 그다음은 전부… 백지였다.

그게 쉬운 일이었다면 그 속에서 아무런 즐거움도
얻을 수 없었을 것이다.
-빈센트 반 고흐

: 고흐는 동생 테오에게 보낸 편지에 이렇게 썼다. 그래, 맞다. 자식을 키운다는 것
도 다르지 않겠지. 그게 쉬운 일이었다면 세상 무엇과도 바꿀 수 없는 값진 기쁨
을 느낄 수 없었을 것이다. 아들과의 연애를 끝내는 일도 그럴 거다. 쉽지 않을 거
고, 속 끓이게 될 거고, 끝났다 하면서도 사실은 거짓말일 테지. 몸은 끝났어도 마
음이 자꾸 걔를 쫓을 거다. 그래도 나는 다시 마음을 다잡는다. 몇 번이든 다시 다
잡고, 다잡다 보면 그런 날이 오지 않겠나.
걔에게 진짜 사랑이 생기는 날을 디데이로 잡고 있다. 내 아들이 마음에 품은 아
이라면 내 마음에도 가득 찰 확률이 매우 높지 않은가. 그때 딸깍, 내 마음을 밝히
고 있던 그놈의 스위치를 끄고 그 등불을 넘겨주기로 했다. 옜다! 이제 나는 모르
겠다. 죽이 되든 밥이 되든 니들끼리 살아봐라! 하고는 잽싸게 도망갈 생각이다.
빨리 그런 날이 왔으면 싶은데 아들이 자꾸 헛소리를 한다.
"너, 진짜 여자 친구 없어?"
"군대 가야 하는데 여자 친구는 무슨… 다녀오기 전까지는 사절이야."
휴! 그놈과의 연애를 끝내려면 적어도 2년 이상을 기다려야 한다. 아이, 정말! 미
치겠네. 쟤 좀 빨리 치우고 싶은데!!!

인생의 우선순위

하필이면 친정엄마 생일이 호떡집에 불난 그날, 딱 걸렸다.

"언니, 내일 엄마랑 맛있는 밥 먹기로 했는데. 나올 수 있지?"

"아냐. 말도 안 돼. 나, 지금 머리에 꽃 달고 마감하는 중이거든. 그런데 왜 갑자기 밥이야?"

"뭐야~?! 내일 엄마 생일이잖아. 까먹었어?"

"정말이야? 엄마 생일은 왜 이렇게 빨리 돌아오냐?"

"큰딸이 진짜 너무한다. 언니 경찰에 신고할 거야!!"

그러고 보니 해마다 엄마 생일을 챙긴 건 동생들이다. 나는 언제나 회장님처럼 보고를 받고 부랴부랴 달려가곤 했었지. 나쁜 딸이다.

"엄마랑 할머니의 닮은 점이 뭔 줄 알아? 할머니는 눈만 뜨면 아프다 하시고, 엄마는 눈만 뜨면 바쁘다 한다는 거지."

아들 녀석이 지나가듯 던지는 한마디가 이상하게 마음에 와서 가시처럼 박힌다. 그런데 곰곰 생각해보니 낳아서 스무 해를 키우는 동안 내가 아이에게 가장 열심히 했던 말은 '엄마 오늘 바쁜데! 나중에 하면 안 돼?' 였던 것 같다. 내 아이의 스무 해 인생 속에 엄마인 나는⋯ 별로 없는 것 같다. 참 나쁜 엄마다. 새 학기가 되고 학부모 모임이 있을 때도 나는 바빴고, 아이 생일 파티를 해주어야 하는 날도 나는 바빴고, 대학 입학식이 있던 날도 변함없이 나는 바빴다. 그래서 대충 했었다. 얼렁뚱땅 임시방편으로 대충대충.

더러, 길을 잃은 것 같은 느낌이 드는 때가 있다. 열심히 달려오긴 했는데 내가 달리고 있는 길이 어디인지를 모르겠는 거다. 나, 지금 어디 가는 거지? 눈앞이 하얗게 흐려지는 날도 있다. 누구나 그럴 때가 있지 않던가. 내가 하고 있는 모든 일들에서 이유를 하나도 찾을 수 없는 때. 나 지금 왜 이러고 있는 거지? 하면서 묻게 되는 그런 때.

누구에게나 바쁜 일이 있듯, 누구에게나 하고 싶은 일도 있다. 그리고 꼭 해야 할 일도 있다. 그런데 삶의 우선순위는 언제나 바쁜 일 쪽으로 기운다. 이것부터 빨리 해결하고 나서 해야지, 하면서 20년 넘게 미뤄놓은 아주 중요한 일들도 있으니 말이다. 이번 주는 바쁘니까 다음 주에 해야지, 생각했는데 그 '다음 주'는 영영 오지 않을 때도 있다.

내게는 분명 내가 살고 싶었던 삶이라는 게 있다. 내가 진정으로 하고 싶은 일이 있고, 내가 꼭 만나야 할 사람도 있다. 건너고 싶은 시간, 뛰어넘고 싶은 꿈도 있다. 그런데 눈치만 보면서 두리번거리느라 그 진짜 그림들을 그리지 못한 채 하루살이처럼 살아가게 되는 것. 요즘은 그런 하루하루가 아깝다는 생각이 든다. 먹보처럼 시간만 먹어 치우고 있는 것 같아서 나 자신이 조금 미워지기도 하는 거다.

"네 앞에 수많은 길이 열려 있을 때, 그리고 어떤 길을 택해야 할지 모를 때, 그냥 아무 길이나 들어서진 마. 네가 세상에 나오던 날 그랬듯이 자신 있는 깊은 숨을 들이쉬며 잠시 기다려보렴. 어떤 것에도 흔들리지 말고 조금만 더 기다리고 기다려. 가만히 네 마음에 귀를 기울여봐. 그러다 네 마음이 말을 할 때, 그때 일어나 마음 가는 대로 가거라."

이탈리아 여성 작가 수산나 타마로가 쓴『마음 가는 대로』의 엔딩 메시지다. 마음 가는 대로 살아주지 못해서… 문득 내 몸에게 미안해지게 만드는 그런 책이었지. 그래서 읽고 또 읽고, 밑줄 그어 가슴에 담아두었다.

그랬으면 좋겠다. 내가 행복해지는 방법을 내 인생의 우선순위에 둘 수 있었으면. 내가 아이를 행복하게 만들어주겠다고 용쓰지 말고, 아이도 아이의 행복을 스스로 찾을 수 있게 해주었으면. 다만, 그 아이가 가는 길목마다에서 활짝 웃는 엄마의 얼굴을 보여주었으면. 그게 행복이지 뭐가 행복일까. 나부터 좀 살자. 그러다 보면 아들과의 연애는 상처 하나 없이, 아주 매끄럽게 끝날 거다.

그러기 위해서는 몸만 가지 말고 마음도 데려가야 한다. 살면서 한 번쯤은 '마음 가는 대로' 살아볼 용기도 좀 내면서 말이다.

너무 일찍 책장을 덮지 마라.
삶의 다음 페이지에서 또 다른 멋진 나를 발견할 테니.
– 시드니 셸던

: 그렇게 하지 마. 너무 소심하지 마.

지레 낙담하지 말고, 너무 깊이 생각하느라

시간을 허비하지도 말고, 세상살이를 앞에 두고

마치 '다 알고 있는 일'인 양 코웃음 치지도 마.

누군가 너를 위해 베풀어주는 작은 정성을 모른 척하지 말고,

누군가를 위해서 네가 아무것도 해주지 못하는 걸

당연히 여기지 마. 나는 그렇게 생겨먹었노라고

스스로를 업신여기지도 말고, 뭐든 잘할 수 있다고

나대거나 뻐기지도 마. 겁준다고 겁을 먹지는 말고,

그렇다고 겁 없이 살지도 마.

목소리로 누군가를 이기려 하지 말고,

영혼 없는 말로 누군가를 아프게 하지도 마.

누군가의 마음을 사려고 구걸하지 말고,

헛된 일에 마음을 함부로 팔지도 마.

살면서 불행이 닥칠 때 덥석 받지 말고,

찬사가 쏟아진다고 마음을 다 놓지는 마.

오늘이 끝이라 생각하지 말고, 내일이 반드시 올 거라고

과신하지도 마. 넘어지는 것을 두려워하지 말고,

넘어졌다가 다시 일어설 때 부끄러워하지도 마.

책 속에서만 답을 찾으려 하지도 말고,

책 속에 길은 없다고 단언하지도 마.

그러니 부디 인생의 책장을 너무 일찍 덮지는 마.

아직은 아무도 모르는 것. 너는 아직 길 위에 있고,

너는 아직도 가고 있다는 걸 잊지는 마.

엄마는 몰랐구나. 이렇게 살아야 한다는 걸 몰랐고,

아니 다 알면서도 모른 척했고, 내가 어떻게 살고 있는지조차

모른 채 살았구나. 그러느라 걱정만 했고,

끌탕을 했고, 무서워서 떨었구나.

내 마음만 보고 내 울타리만 지키느라 먼 곳을 보지 못했던 게

지금 이토록 마음 저리구나. 나는 하지 못했던 그 많은 일들,

나는 하지 못했던 '사람 노릇'을 너에게 이야기하면서

사실은 부끄럽기도 하구나. 그럼에도 불구하고 나는,

내가 너의 엄마일 수 있어서 시름을 잊고 산다.

네가 나의 아들이어서 언제나 좋았고,

지금 이렇게 다 자란 어른이 된 너를 보는 게 기쁘구나.

이제 가렴. 엄마 품속을 떠나 더 큰 세상으로 나가보렴.

다만 우리 서로 잊지는 말자. 너를 믿는 내가 있다는 것,

네가 믿는 내가 있다는 사실을. 너 언젠가 다시 돌아올 때

이 자리에서 내가 너를 반겨줄 것이라는 그 사실을.

입으로는 아니다, 아니다, 하고 있지만

'엄마'로 사는 우리들에게는 아들이고 딸인 너희들이

바로 '인생'이며 '세상'이라는 사실까지도.

부모란 부모는 다

부모는 그렇다.
죽는 그날까지
내 새끼에게 못해준 것만
기억한다.

자식이란 자식은 다

자식이란 그렇다.

딸도, 아들도 똑같다.

살면서 내내

자기가 잘했던 일만 기억한다.

너는 너
나는 나
그렇게 우리

그놈에게 해 바치며 살았던 좁쌀 같은 날들을 글로 풀다 보니 한 포대를 훌쩍 채웠다. 못다한 이야기들도 부지기수인데 해봤자 '내 얼굴에 침 뱉기'인 얘기들뿐이라, 그만 접는 게 좋겠다고 생각했다. 그런데 책의 꼴을 얼추 다 만들고, 내일이면 인쇄가 돌아간다고 기다리는데 마음이 아주 뒤숭숭했다.

'너도 양심이 있으면 생각해봐라. 이걸 누가 읽겠냐? 이름만 대면 알 만한 유명 인사도 아니고, 본받을 만한 이력을 가진 좋은 어른도 아니고, 역경을 딛고 일어나 자기 자식을 기어이 큰 인물로 만든 현대판 신사임당도 아니고… 게다가 뭐라는 거야? 아들과의 연애가 끝났다는 거야, 아니라는 거야? 미쳤나? 이런 걸 왜 쓰면서 시간을 다 잡아먹은 거지?'

혼자서 내내 고심하다가 이 책의 담당자가 된 후배에게 선언했다.

"책은 내지 않겠어!"

"됐어."

"안 낼 거라니까."

"조용히 해."

"네가 나다~ 생각하면서 고민 좀 하라고!"

"배고파. 밥이나 먹자, 선배."

씨알도 먹히지 않기에 간절하고도 진심 어린 눈빛으로 하소연했다. 아들과의 연애를 끝내기로 했다면서… 그게 안 되는데 어떻게 책을 내겠냐고.

"선배, 우리가 몰라? 그 연애를 어떻게 끝내? 자식하고 연애하다가 끝내는 부모 봤어? 도장 찍어? 이혼하듯이? 에이, 절대 못 끝내. 선배는 특히 못 끝내. 아주 딱 걸렸어."

"나, 딱 걸렸어?"

"어. 선배는 준호 못 이겨."

"우리 아들, 나쁜 놈이야?"

"아이, 정말! 됐다니까! 선배는 좀… 얄미워."

후배들은 툭하면 내가 얄밉다고 한다. 이유도 없다. 그냥 애를 다 키운 게 아니꼽고 얄밉단다. 자기들은 아직 갈 길이 너무 먼데 나 혼자 희희낙락하는 꼴이 얄밉다는 얘기다. 지들 애는 안 크나? 어차피 시간이 다 키울 텐데 뭘!

시간이 키운 내 아들. 저 녀석이 언제 커서 사람 노릇을 하려나 싶었던 그 아이는 어느새 스무 살을 훌쩍 넘긴 청년이 되었다. 술도 마시고, 친구들과 여행도 하고, 지가 아주 대단한 어른인 줄 알면서 살고 있다. 여전히 밥상머리에서는 까다롭고, 여전히 취향도 독특하고, 진담 한 마디에 농담 세 트럭쯤 섞는 화법도 여전하다. 한 대 쥐어박고 싶은 날도 많고, 욕이 나오는 걸 참느라 머리에 쥐가 날 때도 부지기수다. 철이 들려면 멀었지 싶다. 그런데 내가 죽기 전에는 철이 들려나, 어쩌려나.

그러는 사이 나는 부쩍 늙었다. 키는 하나도 안 크고 얼굴만 늙어서 아주 가관이다. 늙으면서 키도 좀 같이 크고 그러면 좀 좋아? 주름도 깊어지고, 흰머리 감추느라 헤어 마스카라도 구입해야 하고, 관절이 쑤셔서 '에고고!' 하며 일어나기도 한다. 눈이 자꾸 침침해지는 통에 손 닿는 곳마다 돋보기를 비치한 것도 꽤 되었다. 이만하면 늙었지. 어떻게 더 늙겠나.

아이는 엄마의 세월을 갉아먹으면서 어른이 된다고… 언젠가 내가 참 좋아하는 인생 선배가 그랬다. 이만큼 갉아먹었으면 걔나 나나 좀 편해지는 게 맞을 텐데 나는 아직 엄마 노릇이 힘에 부치고, 걔는 여전히 멀었다. 내 후배들은 자식 다 키운 내가 얄밉다지만 내 생각에는 아직 진행형이지 싶다. 이게 과연 끝나기는 할 일인가 싶기도 하고.

하지만 이 책을 쓰고 있는 동안 아들과의 싸움이 한결 줄었다. 섭섭해지려고 할 때마다 내 마음에게 묻고, 또 주문을 건다.

"아들과의 연애를 끝내기로 했다고 하지 않았어?"

그렇게 주문을 걸다 보면 '관두자, 내가 뭘 바라나' 싶은 마음이 들면서 포기하게 된다. 그렇게 하나둘 기대를 접으니 싸움도 접게 되더라. 개랑 싸울 시간이 있으면 내가 좋아하는 일을 하자고 다짐도 한다. 저놈이 사랑하는 여자를 데려오면 그 아이에게 다 떠맡기자 했으니, 그날이 오기 전에 나를 즐겁게 해줄 수 있는 일거리들을 찾아놓아야 한다.

바보 엄마로 살았던 세월을 다 쏟아놓느라 말이 길었다. 실은 두어 마디만 하면 될 일이었는데! 아이 키우는 전쟁을 피할 수 없다면 그저 즐기자고 말하고 싶었다. 내가 해줄 수 없는 일들은 세월에 맡기자고 하고 싶었다. 그러면 다 되더라고.

아이와 나를 한 상자에 담아 여기까지 오느라 조금은 고단했다. 그런 우리를 구경하느라 남편은 수시로 약이 올랐을 것 같기도 하다. 하지만 이제 나는 나, 너는 너! 그렇게 살아볼 참이다. 다 큰 놈에게 뭘 자꾸 해주고 그러느라 고생하지도 말아야지. 그렇게 우리 같이 늙어가면 좋겠다. 옛 얘기 하면서 두런두런 늙어가는 좋은 벗이 되었으면!

2015년 어느 봄날, 김수경 씀

아들과의
연애를
끝내기로 했다

초판 1쇄 발행 2015년 3월 20일
    3쇄 발행 2016년 3월 21일

지은이 | 김수경
펴낸이 | 김우연, 계명훈
기획 · 진행 | fbook
마케팅 | 함송이
경영지원 | 이보혜
디자인 | design group ALL(02-776-9862)
인쇄 | 애드플러스
펴낸 곳 | for book 서울시 마포구 공덕동 105-219 정화빌딩 3층
        02-753-2700(판매) 02-335-3012, 3082(편집)
출판 등록 | 2005년 8월 5일 제 2-4209호

값 13,000원
ISBN 979-11-86455-00-5   13810